삐에로의 소원해결소

삐에로의 소원해결소

요코제키 다이 지음
권하영 옮김

BOOK PLAZA

❄

　소년은 고개를 들고 삐에로를 보았다. 삐에로는 지금 역 버스 정류장 앞에 만들어진 무대에서 저글링을 하고 있다. 무대라고 해봤자 맥주 상자를 놓은 것이 전부지만, 분칠하고 의상을 갖춰 입은 삐에로가 그 위에서 길거리 공연을 펼친다.

　관객은 아무도 없다. 행인이 이따금 걸음을 멈췄다가도 금방 떠나 버린다. 소년은 조금 떨어진 벤치에 앉아서 무릎 위에 펼친 한자 학습지로 시선을 내렸다.

　갑자기 인기척을 느낀 소년은 다시 눈을 들었다. 초등학생 몇 명이 멀리서 삐에로의 묘기를 지켜보았다. 같은 반 아이들이었다. 그들은 흥미로운 눈빛이 아닌 반쯤 놀리는 눈이었다. 하교하는 길인지 다들 책가방을 멨다.

삐에로는 저글링을 마치고 이번에는 우산을 펼쳤다. 우산을 돌리면서 그 위에 공을 굴리려는 모양이었다. 컨디션이 좋을 때는 동시에 공 세 개를 우산 위에 굴린다.

첫 번째 공이 우산 위를 굴렀다. 삐에로가 두 번째 공을 던져 올리려고 하는데, 어디선가 무언가가 날아왔다. 한 아이가 던진 돌멩이였다. 돌멩이를 어깨에 맞았는지 삐에로는 맥주 상자 위에서 균형을 잃었다. 우산 위에서 구르던 공이 땅에 떨어져 몇 번 튀었다.

소년은 한자 학습지를 내려놓고 일어섰다. 아이들을 향해 소리쳤다.

"뭐 하는 거야?"

멀리서 지켜보던 아이들이 그 자리에서 방방 뛰며 말했다.

"이쪽이야, 새끼 삐에로."

"새끼 삐에로. 억울하면 와 봐."

"그래, 그래. 새끼 삐에로야."

"뭐라고?"

소년은 얼마 전에 전학을 왔다. 새끼 삐에로는 소년에게 붙은 별명이다. 소년은 잔뜩 화가 나서 멀리서 지켜보는 아이들에게 달려갔다.

"잠깐."

삐에로가 소년 앞을 막아섰다. 삐에로는 소년의 어깨에 손을 얹고 고개를 끄덕이며 말했다.

"다른 데로 가자. 조금 더 인적이 많은 상점가에 가보자."

삐에로는 땅에 놓인 공과 자질구레한 소품들을 보자기에 싸서 등에 짊어졌다. 끝으로 맥주 상자를 들고 걸음을 옮겼다. 소년은 한자 학습지를 책가방에 넣고 땅에 놓인 야구모자를 집어 들었다. 손님이 팁을 넣을 수 있게 둔 모자지만, 오늘은 아직 아무것도 없다. 소년은 모자를 쓰고 삐에로를 뒤쫓아 달렸다.

삐에로는 오른쪽 다리를 질질 끌듯이 걸었다. 원래는 도쿄에서 놀이공원 행사에도 참여하던 곡예사였지만, 3년 전 오른쪽 다리를 다치는 바람에 일이 급격히 줄었다. 그 뒤로 삐에로와 소년은 둘이서 일본 전역을 돌아다녔다. 작년에는 토호쿠라는 곳을 전전했고, 올 초에는 시코쿠라는 곳에도 갔다. 지난달에는 이 마을에 와서 자리를 잡았다. 이 마을은 삐에로, 다시 말해 소년의 아버지가 나고 자란 고향이었다.

"학교에는 적응됐어?"

삐에로가 묻자, 소년이 대답했다.

"그럭저럭."

"친구는 생겼어?"

소년은 대답하지 못했다. 친구 따위는 없다. 하지만 오늘 한 여자아이가 말을 걸어주었다. 땋은 머리를 한 귀여운 여자애였다.

"열심히 공부해. 그래서 훌륭한 사람이 돼. 나처럼 되면 안 된다."

공부는 좋아한다. 계속 떠돌이 생활을 해온 탓에 삐에로가 공연하는 동안 소년은 항상 공부했다. 공부 말고는 할 것이 없었다. 지금 다니는 학교에서도 성적은 반에서 1등이었다.

"큰아버지 기억하지?"

"응."

지난달에 처음으로 큰아버지를 만났다. 아버지의 형이고 이 마을에 산다. 인상이 조금 무서웠지만, 헤어질 때 용돈을 줬다.

"네가 원하면 큰아버지네 집에서 살아볼래? 큰아버지는 아이가 없으니까 분명히 너를 예뻐해 줄 거야."

"싫어, 그런 거."

"그래? 너한테는 그게 좋을 것 같아서 말한 건데."

상점가에 들어가자, 행인 수가 조금씩 늘었다. 삐에로는 "이쯤에서 할까"라고 중얼거리고는 맥주 상자를 땅에 내려놓았다. 그리고 스텝을 몇 번 밟고 과장되게 허리 숙여 인사했다. 소년은 야구모자를 벗어서 밑에 놓았다. 오늘은 팁이 모이면 좋을 텐데.

가까운 버스 정류장 벤치에 아무도 없어서 소년은 벤치에 앉았다. 책가방에서 한자 학습지를 꺼내 무릎 위에 펼쳤다.

삐에로가 맥주 상자 위에서 저글링을 시작했다. 빠른 걸음으로 지나가는 사람들이 보였다. 소년은 오늘도 팁을 기대하기 어렵겠다고 생각했다.

⋯◆⋯

"실례합니다."

이마니시 히나코가 그렇게 말하며 시장실에 들어가 보니, 시시도 시장은 평소처럼 조간신문을 읽고 있었다. 오전 여덟 시 삼십 분이 지나서 근무 시간을 알리는 종이 막 울린 참이었다. 히나코는 찻잔을 시시도 시장의 책상 위에 놓았다.

"그럼 오늘 일정을 확인하겠습니다. 오전 아홉 시 삼십 분부터 도시 계획 위원회의 정기 모임. 그 뒤에는 손님이 몇 분 방문할 예정입니다. 잠깐 점심시간을 갖고 오후 한 시부터는…."

히나코는 카부토 시청의 직원이다. 카부토 시청에 들어온 지 벌써 12년이 지났고 2년 전 비서과로 발령받았다. 마침 현 시장인 시시도 시장이 처음으로 당선된 해였다.

"알겠습니다." 시시도 시장이 조간신문을 보면서 대답했다. "그보다 히나코 씨, 오늘 점심은 2인분 주문해주세요."

"누가 같이 드시나요?"

"후원회장님이 오신다고 합니다. 잘 부탁드립니다."

"알겠습니다."

시시도 시장은 올해로 54세다. 원래 증권사에 다녔다는데, 예민한 성격이다. 항상 회색 정장을 입고, 다른 사람과 거리를 둔다고 할까, 예리한 칼날처럼 차가운 면이 있다.

"또 부탁할 것 있으십니까?"

히나코가 묻자, 시장은 조간신문에 시선을 고정한 채 대답했다.

"없습니다."

"부서장 회의 자료는 어젯밤에 메일로 보내놨으니 확인해주십시오. 그럼 나가보겠습니다."

히나코는 시장실에서 나갔다. 시장실은 청사 2층에 있다. 2층은 총무부가 있는 곳인데, 같은 총무부지만 비서과는 시장실과 가까운 곳에 있는 독립된 방을 사용한다. 다른 과들은 벽 없이 서로 트여 있어서 캐비닛 따위로 공간을 나눠 쓴다. 히나코가 비서과 집무실로 돌아가자, 직원들이 물었다.

"히나코 씨, 오늘 시장님 기분 어때?"

"평소랑 똑같아요."

"나 참, 태평한 건지, 배짱이 좋은 건지."

히나코도 동감했다. 지금 카부토시는 위기에 처해 있다.

카부토시는 시즈오카현 동부에 있는 인구 15만 명 정도인 지역으로, 시정이 시작된 이래 가장 심각한 재정난에 빠진 상태다.

발단은 2년 전, 카부토시 북서부에 있던 스탠더드 제약 주식회사 카부토 공장이 폐쇄된 것이었다. 약 45만 제곱미터, 도쿄돔 열 개만 한 부지와 근로자 천오백 명을 자랑하던, 카부토시에서 가장 큰 공장이었다. 그런데 본사가 중국 자본에 매각되면서 일본에 위치한 공장을 다른 나라로 옮기는 바람에 카부토 공장도 폐쇄되었다.

직원 천오백여 명이 직업을 잃었고, 많은 이들이 가족을 데리고 카부토시를 떠났다. 시가 추산한 바로는 약 사천 명이 카부토시를 떠났다고 한다. 카부토시의 총 인구는 약 15만 명이니 약 2.6퍼센트였다.

경제적으로도 큰 타격을 입었다. 법인세, 재산세, 카부토 공장 직원들의 소득세 같은 세수가 줄줄이 감소했다. 카부토시에 있는 스탠더드 제약의 하청 기업들은 수익이 평균적으로 절반 이하로 떨어졌다고 한다. 지난 2년 동안 도산한 중소기업은 스무 곳을 넘는다.

카부토시의 지역경제과는 스탠더드 제약이 있던 광활한 부지에 새로운 기업을 유치하려고 애썼지만, 좀처럼 실현되지 않아서 그 자리는 폐허로 변해 버렸다. 직원들이 살던 공장 근처에도 사람이 줄면서 그 동네에 있는 초등학교와 중학교는 전교생 수가 3분의 1로 줄어드는 기현상이 일어났다.

스탠더드 제약이 철수하자, 많은 시민이 영향을 받았고, 카부토시는 사상 최대의 위기에 처했다.

"의회는 다음 주부터였나?"

"맞아. 다음 주부터."

"지금 폭풍우가 몰아치는데, 자기 점심이나 걱정할 때냐고."

동료들의 대화가 귀에 들어왔다. 다음 주부터 시작되는 시의회에서는 다음 연도 증세를 주제로 논의하게 될 것이다. 시시도 시장은 카부토시 공무원들 사이에서 평판이 썩 좋지 않아서 여기저기서 악담이 들려왔다.

"히나코 씨, 오늘 시장님 점심 메뉴가 뭐였지?"

"수요일이라서 튀김 소바요."

"좋겠다, 시장님. 튀김 소바면 아마 8백 엔이지? 나는 생활비를 줄여야 해서 도시락이야, 도시락. 이런 말 하면 혼나겠지만, 우리 아내는 요리를 못 해. 전처럼 구내식당에서 백반 정식을 먹고 싶어."

올해 4월부터 시청 직원 급여가 6퍼센트 줄었다. 시장도 똑같이 6퍼센트 줄었지만, 시장과 일반 공무원의 급여 삭감률이 똑같은 것은 이상하다는 목소리가 직원들 사이에서 터져 나왔다. 게다가 시의원 보수는 삭감되지 않아서 직원들의 불만은 더 커졌다.

"정말 어떻게 해야 할지 모르겠다, 우리 시장님."

"임기가 2년이나 남은 걸 생각하면 머리가 아파."

동료들은 계속해서 불만을 터뜨렸다. 히나코를 제외한 남자 직원들은 반소매 와이셔츠에 넥타이를 맸다. 지금은 9월 늦더위가 있어 간소한 옷차림이 허용되는 기간인데, 비서과만은 폴로 티셔츠처럼 격식 없는 옷을 입을 수 없다. 복무규정에 명시되지는 않았지만, 비서과는 시장과 함께 회의나 출장에 동행할 때가 많아서 제대로 된 복장에 신경을 쓰게 된다.

비서과는 총 다섯 명으로, 여자는 히나코 혼자다. 과장을 포함한 남자 직원 네 명은 주로 시장이 출장을 갈 때 따라가거나 인사문 원고를 작성하거나 일정을 조율하는 작업을 해서, 히나코는 자연스레 시장을 뒤치다꺼리하는 역할을 맡는다. 주위에서는 이마니시 히나코가 시장의 눈에 들었다고 생각하는 것 같지만, 일이라서 시장과 붙어 다닐 뿐, 히나코도 딱히 좋아서 그러는 것은 아니라고 반박하고 싶은 마음이 있었다.

책상에 놓인 내선전화가 울리자, 히나코는 수화기를 들었다.

"네, 비서과입니다."

"아, 히나코 씨, 카자오카예요."

"카자오카 씨, 안녕하세요."

카자오카 씨는 1층 로비 안내 데스크에서 일하는 촉탁 직원이다. 부드럽고 세심하게 손님맞이를 해서 방문자들에게 평판이 좋다. 히나코와도 사이가 좋은 믿을 만한 사람이다.

"시장님께 손님이 찾아오셨는데, 안내해도 될까?"

오늘 시장의 일정에 면담 약속은 없었다. 약속을 잡지 않고 찾아온 면담 희망자는 보통 안내 데스크에서 돌려보낸다. 하지만 시시도 시장은 그렇게 하지 않는다. 이유는 2년 전, 시시도 시장이 선거에서 내건 공약 때문이다.

'열린 시정, 만나러 갈 수 있는 시장.'

시시도 시장은 찾아오는 시민을 만나는 것을 기본 방침으로 삼았다. 이를테면 세금이 높다든가 수돗물이 나오지 않는다는 민원을 넣는 시민은 결국 대부분 핏대를 세우며 이렇게 말한다. 시장을 데려오라고.

하지만 보통은 직원이 시민을 시장실로 안내하지 않는다. 일본 전역 어느 지자체에서나 그렇다. 그러나 카부토시의 시장은 다르다. 일정이 없으면 어떤 손님이든 만난다. 설령 그 사람이 악질적인 불평꾼이라 해도.

"들여보내 주세요. 시장님께는 제가 전달할게요. 어떤 손님이죠?"

"초등학생 남자아이야."

"이름이 뭐야?"

히나코가 복도를 걸으며 묻자, 소년이 대답했다.

"소타. 아카마츠 소타."

등에 멘 책가방에 '카부토니시 초등학교 3학년 2반 아카마츠 소타'라고 적혀 있었다. 오늘은 평일이라 초등학교는 수업을 할 터였다.

"학교는 어떻게 했어?"

"늦는다고 전화했어요."

"흐음, 그래."

히나코는 시장실 앞에 도착해서 문을 두드렸다. "이마니시 히나코입니다. 실례하겠습니다."

문을 열고 안으로 들어갔다. 시시도 시장은 의자에 앉아서 서류를 보고 있었다. 시장은 히나코 쪽으로 눈을 돌리고 의아한 표정을 지었다. 히나코가 설명했다.

"카부토니시 초등학교 3학년 아카마츠 소타 군입니다. 시장님을 뵙고 싶다고 해서 모셔왔습니다."

시시도 시장은 서류를 책상 위에 놓고 일어섰다. 소타는 긴장한 듯 눈을 이리저리 굴렸다. "자, 앉아도 돼"라고 히나코가 말하자, 쭈뼛거리며 소파에 앉았다. 시시도 시장은 소타 앞에 앉아서 말했다.

"소타 군, 안녕하세요. 시장인 시시도입니다. 학교에서 수업할 시간인데, 괜찮아요? 함부로 학교를 빼먹은 아이와 면담할 수는 없는데요."

"늦는다고 선생님한테 말했어요."

"그럼 됐습니다. 저한테 무슨 용건이 있으실까요?"

"시장이면 훌륭한 사람이죠?"

"훌륭하다는 말을 어떻게 정의하냐에 따라 다릅니다. 머리가 좋다거나 학교 성적이 좋다는 의미라면 저보다 훌륭한 사람은 카부토시에 아주 많습니다."

참 고지식한 사람이라고 히나코는 생각했다. 상대가 초등학생이어도 존댓말을 쓴다. 벌써 2년이나 비서로 일했고 같이 출장을 갈 때도 가끔 있었지만, 히나코에게도 아직 존댓말을 고수한다. 올곧은 시장이라고 평가하는 사람이 있는가 하면 거리감이 느껴진다고 불만을 표하는 사람도 있다.

"하지만 친구가 그랬어요. 시장님은 카부토시에서 제일 훌륭한 사람이니까 뭐든 할 수 있다고요."

"뭐든 할 수 있는 건 아닙니다. 오히려 못 하는 일이 더 많죠. 시장은 만능이 아닙니다."

"그렇구나. 들은 거랑 너무 다르네."

소타는 시무룩하게 어깨를 늘어뜨렸다. 히나코는 "제가 잠깐 얘기해도 될까요?"라고 시장에게 양해를 구한 다음 소타에게 말했다.

"소타, 시장님께 말하고 싶은 게 뭐였어? 뭔가 고민거리가 있는 거 아니야?"

"맞아요. 사실은⋯." 소타가 이야기를 꺼냈다. "아리킹이 없어졌어요. 어젯밤에 산책하다가 도망쳤어요."

"아리킹이라면?"

시장이 묻자, 소타가 대답했다.

"우리 집 개요. 계속 찾고 있는데 안 보여요. 경찰에 신고하려고 했는데, 아빠는 안 된다고 하고 어떻게 해야 할지는 모르겠고…."

이 시에서 가장 훌륭한 사람이라면 키우는 개가 도망친 문제를 어떻게든 해결해주리라고 생각했나 보다. 어린아이다운 발상에 저절로 미소가 지어졌다.

"그런데," 시장은 마냥 정중한 어조로 말했다. "그 아리킹이라는 개는 어떤 개죠? 견종, 나이, 성별, 신체적 특징. 구체적으로 알려주세요."

히나코는 옆에서 거들었다.

"소타 군, 견종은 개의 종류를 말하는 거야. 치와와나 불독 같은 거. 시장님이 아리킹에 대해서 구체적으로 알려달라고 하시네."

"갈색이고 시바견이에요. 수컷이고 나이는… 아마 세 살일 거예요."

널리고 널린 것이 시바견이다. 무언가 다른 특징이 없을까 생각하는데, 소타가 떠올랐다는 듯 말했다.

"아리킹은 오른쪽 귀가 접혀 있어요. 고개 숙여 인사하는 것처럼 귀가 접혀 있어요. 전에 산책하다가 큰 개랑 싸웠는데, 그때 꺾였어요. 그치만 아리킹은 지지 않았어요."

"그렇구나. 아리킹은 강하구나."

히나코는 그렇게 말하며 시시도 시장에게 시선을 던졌다. 시장은 소타에게 말했다.

"알겠습니다, 소타 군. 아리킹을 찾아보죠."

"정말요?"

소타의 얼굴에 처음으로 웃음이 피어났다. 시시도 시장이 고개를 끄덕이고 이어서 말했다.

"정말입니다. 하지만 소타 군, 시청 직원들은 저마다 할 일이 있어서, 금방 찾을 수 있다는 보장은 없습니다. 다시 한번 부모님께 이야기해보는 게 좋겠어요. 그리고 집 주변을 찾아보세요. 개는 귀소 본능, 그러니까 집으로 되돌아가는 습성이 있으니까요."

"네. 그럴게요."

시장의 책상 위에서 전화가 울렸다. 히나코는 책상으로 가서 수화기를 들었다. "네. 시장실입니다."

"히나코 씨구나." 안내 데스크에서 근무하는 카자오카 씨였다. "아까 들어간 남자아이 면담은 아직이야? 시장님께 손님이 또 왔는데, 그쪽으로 안내해도 될까?"

"이번에는 어떤 분이죠?"

"여사님들이야. 시장님께 전시회 초대장을 주고 싶다고 하시네."

히나코는 시계를 보았다. 오전 아홉 시를 조금 넘은 시각이었다. 아홉 시 삼십 분부터 시작되는 도시 계획 위원회 정기 모임까지 조금 시간이 있다.

"시장님, 손님이 오셨다는데, 안내해도 될까요?"

시시도 시장은 마침 소타를 시장실 밖으로 배웅하려던 참이었다.

"네. 들여보내세요."

"알겠습니다."

히나코는 카자오카 씨에게 그 말을 전하고 수화기를 내려놓았다. 소타는 이미 시장실에서 나간 뒤였다. 조금 불안했지만, 밖에 다른 직원들도 있으니 길을 잃지는 않을 것이다.

"시장님, 소타 군의 개, 어떻게 하실 건가요?"

일단 물어보았다. 시시도 시장은 표정을 바꾸지 않고 대답했다.

"아무것도 안 할 겁니다. 개 한 마리를 찾느라 직원들을 움직일 만큼 한가하지는 않으니까요. 그리고 저는 개를 썩 좋아하지 않아서요."

역시. 히나코는 속으로 낙담했다.

물론 시시도 시장의 말은 지당하다. 키우는 개가 도망가서 슬퍼하는 초등학생을 일일이 도와주다 보면 시청의 업무가 제대로 진행되지 않을 것이다. 알고는 있지만, 히나코는 마음이 찜찜했다.

"아, 이쪽이네."

"역시 시장실이야. 문이 멋들어지잖아."

"시장님, 실례합니다."

저마다 한마디씩 하며 세 여성이 시장실로 들어왔다.

세 사람은 같은 그림 교실에 다니는 주부들이었다. 머지않아 열릴 그림 교실 전시회 초대장을 가져왔다고 했다. 이런 용건으로 오는 손님이 꽤 많다. 시장이 얼굴을 비치면 전시회나 발표회의 명성이 높아지기 때문이리라. 하지만 특별한 이유가 있지 않은 한 시장은 초대에 응하지 않는다.

히나코는 문 근처에 서서 세 사람을 지켜보았다. 시장은 절대 혼자서 손님을 만나지 않는다. 열린 시정을 표방하는 시장으로서 밀실에서 누군가를 만나는 것은 피해야 할 일이라 반드시 비서과 직원을 곁에 둔다.

"여러분, 잘 오셨습니다. 시장 시시도입니다."

시시도 시장이 인사하자, 세 주부 중 가운데에 앉은 여자가 입을 열었다.

"진짜 만나주실 줄은 몰랐어요. 만나러 갈 수 있는 시장이라는 슬로건이 진짜였구나."

"저도 바빠서 모든 분을 만나 뵙지는 못합니다. 그래도 시간이 허락하는 한 시민 여러분의 이야기에 귀를 기울이려고 합니다."

"역시 시장님. 우리 전시회에 꼭 와 주시면 좋겠네요. 저희는 수채화를 그려요."

가운데 앉은 주부가 그렇게 말하며 봉투 한 장을 핸드백에서 꺼내 테이블 위에 놓았다. 시장이 살짝 시선을 보내자, 히나코는 앞으로 나와서 "실례합니다" 하며 봉투를 집었다.

봉투를 조금 열어서 안을 확인했다. 돈이나 상품권이 아닌지 확인하기 위해서였다. 그런 일은 거의 없지만, 시장에게 편의를 봐달라고 청탁하는 인간이 없다고 단정할 수는 없었다.

히나코는 전시회 초대장을 확인하고 봉투를 시장 앞에 놓았다. 시장은 봉투 안을 보지도 않고 작게 고개를 숙이며 말했다.

"감사히 받겠습니다. 그런데 아쉽게도 제가 미술 쪽으로는 조예가 깊지 않습니다."

"괜찮아요, 시장님. 저희 그림은 엉망진창이라 어차피 봐도 재미없을 거예요."

"그런 농담을."

세 사람에게서는 예술가 같은 분위기를 전혀 느낄 수 없었다. 비서과에서 근무한 2년 동안 다양한 손님을 만나 왔다. 이 사람들은 아마….

"자, 타치바나 씨, 어서."

가운데 앉은 여자가 오른쪽에 앉은 여자에게 작은 소리로 말했다. 타치바나라는 여자가 머뭇거리며 말을 꺼냈다.

"저어, 저는 타치바나라고 합니다. 남편은 시내에서 기계 부품 제작소를 운영해요."

"혹시 타치바나 제작소의 사모님이신가요?"

"맞아요. 저희 제작소를 아세요, 시장님?"

"네, 압니다."

"최근에는 불경기로 일이 거의 없어요. 이젠 정말 지긋지긋해요."

시장은 고개를 끄덕이면서 이야기를 들었다. 이런 불평을 늘어놓으려고 시장실을 찾는 손님이 많다. 시장에게 호소해봤자 아무것도 해결되지 않는다는 것을 그들은 안다. 하지만 말하지 않고는 못 배기는 모양이다. 쌓인 울분과 불만을 터뜨리려고 시장실을 찾는다.

"그래서 저희 아들이요, 대학교 4학년인데 아직 취업을 못 했어요. 혹시 시청에서 써주실 수 없을까 해서요. 왜, 공무원은 안정적이라고들 하잖아요."

이야기를 끝까지 들은 시시도 시장이 냉정한 표정으로 말했다.

"사모님, 죄송하지만 그 요청을 들어드리기는 어렵습니다. 다음 연도 신규 공무원 채용 시험은 지난달에 끝났습니다. 현재로서는 2차로 모집할 예정도 없습니다."

그 말대로다. 지난달 8월 초에 이미 다음 연도 신규 공무원 채용 필기시험이 끝났다. 이제 면접을 비롯한 2차 시험을 거쳐서 다음 달 10월에 채용 직원이 결정된다.

"아드님을 꼭 시청에 보내고 싶으시면, 임시직으로 들어오는 방법도 있습니다. 한번 인사과에 문의해보시면 어떻습니까?"

"임시직이요? 그보다는 역시 정직원이…."

"그럼 내년에 시험을 치르시면 어떨까요? 히나코 씨, 시간 괜찮은가요?"

히나코는 불쑥 그런 질문을 받고 시장의 의중을 알아차렸다. 이제 이 세 사람을 돌려보내고 싶은가 보다. 히나코는 세 주부에게 말했다.

"죄송하지만, 다음 일정이 있어서 이쯤에서 마무리하겠습니다."

타치바나라는 여자는 아쉬움이 남는 표정을 지었지만, 다른 두 사람이 일어나자, 그녀도 마지못해 일어났다. 그녀들이 시장실에서 나갈 때까지 기다렸다가 히나코도 시장에게 고개 숙여 인사했다.

"저도 이만 가보겠습니다. 도시 계획 위원회 정기 모임이 4층 회의실이라서요."

"수고하셨습니다, 히나코 씨."

시장은 자신의 책상으로 돌아가서 읽다 만 서류를 집어 들었다. 히나코는 시장실을 나왔다. 특별할 것 없는, 평소와 똑같은 아침이 었다.

"나는 증세에 반대입니다. 알겠습니까, 시장님? 안 그래도 불황이 에요. 그런데 증세까지 해 보세요. 시민들이 가만히 있지 않을 겁 니다. 다음 선거 때 지면 어떡할 겁니까?"

그 목소리가 문 너머까지 또렷이 들렸다. 히나코는 찻잔이 올라 간 쟁반을 들고 시장실 문을 두드리려는 참이었다.

시간은 오후 열두 시 삼십 분을 조금 지났다. 정오가 되기 전에 시시도 시장의 후원회장인 타누마 사다요시가 시장실에 들어가 식사를 시작한 것은 히나코도 확인했다. 슬슬 두 번째 차를 내가 야겠다 싶어서 이렇게 시장실에 온 참이었다.

어떻게 할까. 이대로 뒤돌아서 자리를 뜨는 것이 좋을까. 히나코 가 머뭇거리는데, 시장실 문이 벌컥 열렸다.

"알겠습니까, 시장님? 잘 생각해 보세요. 내가 다시 연락할 테 니까."

나온 사람은 타누마였다. 나이는 60세 정도지만, 훨씬 젊어 보였 다. 골프를 해서 피부는 까무잡잡했고 눈빛은 날카로웠다. 가끔 이 렇게 시장을 찾아오는데, 히나코는 이 사람이 별로 반갑지 않았다.

"이야, 히나코." 타누마 사다요시는 태도를 180도 바꿔 간살스러운 목소리를 냈다. "오늘도 여전히 예쁘네에." 히나코를 머리부터 발끝까지 훑듯이 보고는 이어서 말했다. "전에도 말했지만, 히나코도 골프를 해봐야 돼. 내가 채도 사주고 기초부터 알려줄게."

히나코는 뭐라 대답할 수 없어서 대충 미소로 넘기고 고개 숙여 인사했다.

"아무튼 그러니까, 잘 생각해 봐, 히나코. 골프 끝나면 맛있는 초밥집에 데려가 줄게."

타누마가 엇갈려 지나가며 어깨에 손을 올리자, 소름이 돋았다. 히나코는 타누마가 떠나기를 기다렸다가 꺼림칙한 기분으로 시장실에 들어갔다.

"차를 더 가져왔습니다."

시장은 매서운 표정으로 소파에 앉아 있었다. 무언가를 골똘히 생각하는 듯했고 튀김 소바에는 아직 손도 대지 않은 상태였다. 한편 타누마가 앉았던 자리 앞에 놓인 튀김 소바는 국물까지 깨끗이 사라진 뒤였다.

히나코는 고민에 잠긴 시장 앞에 찻잔을 두고 타누마가 비운 소바 그릇을 챙겨서 시장실을 나왔다. 탕비실에서 빈 그릇과 찻잔을 씻은 뒤 비서과 집무실로 돌아갔다. 자기 자리에 앉아서 차를 마시는데, 옆자리 동료인 남자 직원이 말을 걸었다.

"히나코 씨, 태풍이 오고 있대요."

"어머, 그래요?"

"주말에 우리 시를 딱 관통한다는 것 같아요." 남자 직원은 자신의 스마트폰을 보았다. "이걸 어쩐다. 일요일에 캠핑 가기로 했는데. 취소해야 되나?"

지금은 점심시간이다. 직원들은 저마다 자기 자리에서 스마트폰을 보거나 책을 읽었다. 히나코도 서랍에서 자신의 스마트폰을 꺼내 뉴스 사이트에 들어갔다.

기사 제목이 줄줄이 떴다. '야마노테선 열차에서 의사가 성추행으로 체포'라는 기사 아래에 '주말, 태풍 15호가 서일본에서 동일본으로 상륙할 가능성'이라는 제목이 보였다. 기사를 눌러 읽어보니 정말로 돌아오는 일요일에 대형 태풍 15호가 토카이 지방에 상륙한다고 적혀 있었다.

9월 중순이 되어 이제야 더위가 가셨다. 이번 주말에 딱히 일정은 없었지만, 태풍이 상륙한다니 김이 샜다. 잠시 뉴스 사이트를 보는데, 비서과 과장이 집무실로 들어왔다.

"이야, 타누마 씨가 어지간히도 화났나 봐."

그렇게 큰소리를 냈으니 다른 직원들도 그 목소리를 들었을 것이다. 아니면 타누마가 집으로 돌아가는 길에 아는 직원을 붙잡고 시장에 대한 불만을 늘어놓았을지도 모른다.

"폭풍우가 몰아칠지도 모르겠다."

과장이 그렇게 말하자, 히나코 옆에 있던 남자 직원이 고개를 들고 말했다.

"태풍이요?"

"아니, 시장님 말이야. 후원회장을 적으로 돌릴 수는 없잖아. 타누마 씨를 어떻게 회유하는지 이참에 실력 좀 봐야겠어."

과장은 의미심장한 미소를 지으며 말했다. 히나코는 자원해서 비서과에 온 것이 아니기에 정치적인 부분에 관심이 없었다.

서랍에서 핸드크림을 꺼내 손에 발랐다. 핸드크림은 필수품이다. 방문객이 많은 날에는 거의 30분마다 찻잔을 씻어야 해서 1년 내내 상비해야 했다.

비서는 손에 몰아치는 폭풍우와 싸우는 직업이기도 하다.

시장의 일은 다른 직원들과 마찬가지로 오후 다섯 시 십오 분쯤 끝난다. 다만 밤에 회의나 모임이 없을 때만 그렇다. 초등학교 6학년 아들을 둔 시시도 시장은 개인적인 시간에는 가능한 한 아이와 함께 있고 싶다는 이유로 근무 시간 이후에 잡히는 중요도가 낮은 회의나 모임에 부시장이나 부서장급 간부 직원을 대리로 보낼 때가 많다.

시장을 집까지 태워다주는 것도 비서과의 일이다. 대개는 남자 직원들이 태워다주지만, 한 달에 한두 번은 히나코에게도 차례가 돌아온다. 오늘은 히나코가 당번이라서 오후 다섯 시 십오 분에 청사 앞 로터리에 차를 댔다. 공용 자동차는 토요타 프리우스다. 히나코가 평소에 끌고 다니는 경차보다 달리는 느낌과 엔진 소리가 훨씬 부드럽다.

정문으로 나온 시시도 시장이 백미러 너머로 보여서 히나코는 운전석에서 내렸다. 뒷좌석 문을 열자, 시시도 시장이 "감사합니다" 하며 차에 탔다. 히나코는 뒷좌석 문을 닫고 운전석에 올랐다. 안전벨트를 매고 차를 출발시켰다.

"오늘은 곧장 댁으로 가면 될까요?"

히나코가 그렇게 묻자, 뒷좌석에서 시시도 시장이 대답했다.

"네. 그렇게 해주세요."

시시도 시장은 시청 청사에서 차로 20분 정도 떨어진 주택가에서 사는데, 가끔은 집과 가까운 슈퍼마켓 앞에서 내린다. 시시도 시장은 카부토시의 수장이면서 동시에 한 아이의 부모다. 맞벌이라서 평소에는 가정부를 쓰고, 야간 회의나 휴일 출장이 있을 때는 가정부에게 연장을 부탁하는 것 같았다.

히나코는 동료가 가르쳐준 샛길을 따라 차를 시원스레 몰았다. 시시도 시장은 창문으로 바깥 풍경을 감상했다. 바쁘면 서류를 훑어볼 때도 있는데, 오늘은 괜찮은 모양이다. 엔진 소리는 조용했고 NHK 라디오는 잔잔하게 흘러나왔다.

"오늘 저녁 메뉴는 뭔가요?"

히나코는 시시도 시장에게 물었다. 취임한 첫해에는 공용차 안에서 대화를 거의 하지 않아서 분위기가 냉랭했지만, 요즘에는 시장과 가벼운 잡담 정도는 나눈다. 하지만 그런 직원은 히나코뿐인지, 다른 남자 직원들은 여전히 차 안에서 숨이 막힌다고 했다.

"오늘은 가정부에게 맡겨서 모르겠습니다. 그리고 바로 또 외출해야 하거든요."

"그렇군요."

무슨 일로 나가는 것일까. 시장의 사생활이니 히나코는 질문하지 않았다. 역으로 시장에게 질문을 받았다.

"히나코 씨는 시청에 들어온 지 몇 년이나 됐죠?"

"으음, 12년차예요."

"지금까지 어떤 부서에 있었습니까?"

"처음 들어간 건 납세행정과였어요. 그리고···."

납세행정과에 3년 있다가 다음으로 발령받은 것은 시민행정과였다. 주민등록등본 같은 것을 발급해주는 창구 업무였다. 시민행정과에도 3년 있었고, 그 뒤로 국민건강보험연금과에서 국민 건강 보험과 관련된 일을 했다. 국민건강보험연금과에서 4년간 일한 다음, 2년 전 비서과로 발령받았다.

1년에 한 번 이동 관련 희망서를 인사과에 제출하지만, 희망하는 과에 갈 수 있다는 보장은 없다. 실제로 히나코는 지금껏 희망한 과에 배속된 적이 없고, 다른 직원들도 마찬가지일 것이다. 카부토 시청에는 정직원이 300명, 임시 직원과 촉탁 직원이 합쳐서 150명 가까이 있어서 전원의 바람을 채우기는 불가능하다.

"가고 싶은 과가 있습니까? 이러이러한 일을 해 보고 싶다든가."

"가고 싶은 과요?" 히나코는 시시도 시장의 질문을 듣고 생각했다. "관광과에는 한번 가보고 싶어요. 축제나 행사 운영에 관심이 있거든요."

"그렇군요. 관광과라. 히나코 씨는 왜 카부토시의 직원이 되셨습니까?"

어려운 질문이었다. 원래는 초등학교 선생님이 되고 싶었지만, 교원 채용 시험에서 떨어지고 말았다. 똑같은 지방공무원이니 시청 직원을 목표로 했다. 하지만 있는 그대로 말하려니 조금 창피했다.

"저는 도쿄에서 대학교를 다녔는데, 언젠가는 꼭 고향인 카부토 시로 돌아오고 싶었어요. 부모님이 권유하시기도 해서 공무원 시험을 쳤어요."

"그렇군요."

오늘 시시도 시장은 기분이 좋은 듯했다. 이렇게 길게 대화가 이어진 적은 처음이다. 히나코는 큰맘 먹고 물어보았다.

"그럼 시장님은 어떻게 시장이 되셨어요?"

"당연히 선거에서 이겼기 때문이죠."

"아뇨, 그런 뜻이 아니라⋯."

차는 이미 시장이 사는 주택가를 달리고 있었다. 시장의 집이 보여서 천천히 브레이크를 밟았다. 시장의 집은 평범한 서양식 단독주택으로, 호화로운 저택은 아니었다. 집 앞 주차장에는 하얀색 승합차 한 대와 왜건형 경차 한 대가 서 있었다. 둘 다 시장의 자가용이다.

시시도 시장이 뒷좌석 문을 열고 차에서 내렸다. 문을 닫기 직전에 문득 말했다.

"히나코 씨, 조만간 방금 그 질문에 대답할 수 있을 겁니다. 오늘 수고하셨습니다."

"감사합니다."

시시도 시장은 문을 닫고 집을 향해 걸어갔다. 히나코는 시장이 집에 들어가는 것을 확인하고 액셀을 밟았다.

…◆…

타치바나 료는 역 근처 버스터미널 한쪽에 있는 벤치에 앉아서 지나다니는 사람들을 바라보며 한숨을 쉬었다. 벌써 몇 번째 한숨인지 모르겠다.

오늘 오후, 료는 카부토시에 있는 자동차 부품 공장에서 면접을 봤다. 면접을 본 사람은 총 다섯 명이었고, 료는 솔직히 잘 봤다고 하기 어려웠다. 예상치 못한 질문을 받고 횡설수설했으니 불합격은 불 보듯 뻔했다.

료는 도쿄에 있는 사립 대학교에 다니는 4학년 학생이다. 도쿄 나카노구 연립주택에서 산다. 6월부터 취업 준비를 했지만, 아직 한 군데에도 합격하지 못했고 면접까지 올라가는 것마저 마음처럼 되지 않았다. 원래 게임을 좋아해서 막연하게 게임 업계에서 일하면 좋겠다고 생각했지만, 인생이 그렇게 쉽게 풀릴 리는 만무해서 게임 회사에 지원하는 족족 서류에서 떨어졌다. 처음부터 인기 기업만 노린 것이 실수였지만, 그 사실을 깨달았을 때는 이미 늦은 뒤였다. 이제는 닥치는 대로 이력서를 낸다.

도쿄에서 취업하는 데 한계를 느끼고 지난달부터 고향인 시즈오카현 카부토시로 돌아와 가까운 기업에 이력서를 내기 시작했지만, 이렇다 할 성과는 없었다.

손목시계를 보니 오후 여덟 시가 되기 조금 전이었다. 여기에 여섯 시쯤 도착했으니 벌써 두 시간이나 앉아 있었다는 뜻이다. 슬슬 집에 가려고 하는데 뒤에서 인기척이 느껴졌다. 뒤돌아본 료는 자기도 모르게 "헉" 하고 숨을 삼켰다.

"소원을 하나 말해 보세요."

거기에 서 있는 것은 삐에로였다. 얼굴에 하얀 분을 칠하고 새빨간 립스틱을 거의 귀까지 이어 그렸다. 소품용 빨간 코에 뽀글뽀글한 가발까지. 어디 모로 보나 삐에로였다. 삐에로의 발치에는 갈색 시바견이 있었다.

"소원을 하나 말해 보세요."

삐에로는 재차 그렇게 말했다. 도움을 청하려고 주위를 둘러보았지만, 아무도 이쪽을 신경 쓰지 않았다.

"돼, 됐어요."

료가 가까스로 그렇게 말하자, 삐에로는 "실례하겠습니다" 하며 료 옆에 앉았다.

"정말 됐습니까? 후회할 겁니다. 저는 사람들의 소원을 들어주는 삐에로입니다. 이건 천재일우의 기회예요."

때마침 퇴근하는 회사원 같은 남자들이 료 앞을 가로질렀지만, 아무도 삐에로를 쳐다보지 않고 지나갔다. 원래 삐에로가 자주 출몰해서일까. 료는 이 동네에 돌아온 것이 오랜만이라 알 수 없었다.

"자, 당신의 소원을 말해 보세요."

일어서려는데, 삐에로가 오른팔을 붙잡았다.

"놓으세요. 자꾸 이러시면 경찰 부릅니다."

"불러도 됩니다."

료는 어찌해야 할지 몰라 당황스러웠다. 귀찮은 일에 휘말린 것 같다. 신종 사기일지도 모른다. 시바견이 혀를 빼고 료를 올려다보았다.

"어떤 소원이든 상관없습니다. 예를 들면 '갑부로 만들어주세요' 같은 소원이 있죠."

"그, 그럼 저를 갑부로 만들어주세요."

"알겠습니다. 그 정도는 쉽죠."

삐에로는 그렇게 말하며 일어서서 자신의 옷 주머니에 손을 집어넣었다. 삐에로가 입은 헐렁헐렁한 옷에는 배 쪽에 큰 주머니가 달려 있었다. 삐에로는 한참 주머니를 뒤적이다가, 찾는 물건이 없었는지 료에게 말했다.

"죄송하지만, 300엔만 빌려주시겠습니까?"

"네?"

"300엔만 빌려주세요."

방금 만난 삐에로에게 왜 돈을 빌려줘야 하나. 어쩌면 300엔을 갖고 달아날 속셈일지도 모른다.

"싫어요."

"갑부가 될 기회입니다."

삐에로의 태도에는 자신감이 넘쳤다. 료는 그 기세에 눌려 자기도 모르게 지갑에서 100엔짜리 동전 세 개를 꺼냈다. 삐에로는 동전을 받아 들고 자기 가슴팍을 두드렸다.

"잠깐만 기다리세요."

삐에로는 뒤를 돌아 걸어 나갔다. 시바견도 신나게 삐에로를 따라 달렸다. 삐에로와 시바견은 역사 안으로 사라졌다. 이 틈에 도망치는 게 좋지 않을까. 그런 생각이 들었지만, 300엔으로 갑부 되는 법이 궁금해서 기다리기로 했다.

9월 중순에 접어들어 밤이 되면 조금 서늘하다. 그래도 지나다니는 사람들은 아직 반소매 차림이었고, 역 앞 빌딩 옥상에서는 야외 테이블을 깔아놓고 맥주를 팔았다. 거기 앉은 손님들의 즐거운 목소리가 바람을 타고 들려왔지만, 낙오자인 자신에게는 거기서 맥주를 마실 자격이 없었다.

"오래 기다리셨습니다."

겨우 몇 분 만에 삐에로가 돌아왔다. 삐에로는 작은 종이 한 장을 료에게 건네며 말했다.

"1등에 당첨될 복권입니다. 소중히 간직하세요."

삐에로가 내민 것은 가을 시즌 점보 복권이었다. 삐에로는 의기양양한 미소를 지은 채—그러지 않아도 립스틱 때문에 항상 웃는 것처럼 보이지만—료 옆에 앉으면서 말했다.

"그 복권은 당첨될 겁니다. 어떻습니까? 갑부가 된 기분이죠?"

사기다. 당첨될 리가 없다.

"속았다고 생각하는군요." 삐에로가 자신만만하게 말했다. "제가 보기에, 당신의 진짜 소원은 갑부가 되는 것이 아닙니다. 그래서 저는 그에 맞는 방법을 사용했습니다. 세상에는 무언가가 절실히 필요한 사람이 많습니다. 그런 사람들의 진짜 소원을 들어주는 게 저의 일입니다. 밑져야 본전이니 말해 보면 어떻습니까? 당신이 가장 이루고 싶은 소원을요."

불가능할 게 뻔하다. 그러나 불가능한 소원을 이야기해서 삐에로를 골려주는 것도 나쁘지 않겠다고 고쳐 생각하며 료는 입을 열었다.

"취직하고 싶어요."

"그렇군요. 취직이라."

삐에로가 팔짱을 끼고 말했다. 다른 사람이 료에게 직장을 구해다 줄 수는 없다.

"초조해할 필요는 없습니다. 입사 시즌인 내년 4월까지 어느 기업에든 들어가면 되는 것 아닙니까?"

"그건 그런데…."

료는 설명했다. 이름 있는 기업은 이미 채용이 끝났고 대학교 동기들은 대부분 내정을 받은 점, 도쿄에서 열리는 취업 설명회는 너무 붐비고 사람이 많아서 기에 눌려 적극적으로 질문할 수 없는 점. 료의 이야기를 다 들은 삐에로가 고개를 끄덕이면서 말했다.

"이력서를 갖고 있나요?"

"네, 일단은요."

늘 가방에 넣고 다니는 이력서 한 장을 꺼내자, 삐에로가 옆에서 낚아채더니 무릎 위에 펼쳤다.

"특기, 끝말잇기는 뭐죠?"

"아니, 그것 말고는 생각이 안 나서요."

"초등학생도 아니고…. 뭐, 일단 넘어가죠."

삐에로가 일어나서 역 반대 방향으로 걸어갔다. 료도 허둥지둥 일어나서 삐에로의 뒤를 쫓았다.

"잠깐만요. 제 이력서 돌려주세요. 어디 가는 거예요?"

삐에로는 대답하지 않고 유유히 걸어갔다. 퇴근하는 회사원들을 스쳐 지나갔지만, 삐에로를 보고도 누구 하나 표정이 바뀌지 않았다. 이 근방에 매일 밤 출몰하는 것일까.

삐에로는 한 편의점으로 들어갔다. 같이 가게 안에 들어가기가 민망해서 문 앞에서 가게를 들여다보았다. 삐에로는 ATM으로 무언가를 했다.

이윽고 삐에로가 가게에서 나와 봉투를 내밀며 말했다.

"이거, 이번 달 월급입니다."

"무, 무슨 말이에요?"

삐에로가 내민 봉투는 두툼했다.

"취직하고 싶으시다니 제가 채용하겠습니다. 마침 조수를 한 명 구하려던 참이었거든요. 월급은 한 달에 20만 엔입니다."

취직하고 싶다고 했지, 채용해 달라고 하지는 않았다. 게다가 삐에로의 조수가 무슨 일을 어떻게 해야 하는 직무인지도 모르겠다.

이 삐에로가 나쁜 일을 꾸미지 않는다는 보장도 없다. 한시라도 빨리 도망쳐야 한다.

"이만 가보겠습니다."

료는 삐에로의 품에 봉투를 밀어 넣고 달렸다. 역사 안을 향해 달리는데, 뒤에서 작은 발소리가 들려왔다. 뒤돌아보니 시바견이 쫓아오고 있었다.

"따라오지 마. 저리 가."

료가 그렇게 말했지만, 시바견은 쫓아왔다. 료는 하는 수 없이 멈춰 섰다. 정말이지 오늘은 마가 끼었나 보다.

"당신이 마음에 들었나 보군요." 삐에로가 유유히 걸어왔다. 봉투를 료의 손에 쥐여주며 말했다. "역시 당신은 삐에로의 조수가 될 인물입니다. 월급 인상도 있고 보너스도 드리겠습니다."

"아니, 갑자기 그게 무슨…."

"조금 더 자신감을 가지세요." 삐에로가 말했다. 립스틱 때문에 웃는 것처럼 보였지만, 눈빛이 진지했다. "으음, 이름이…."

"타치바나 료예요."

"료 군, 저는 사람 보는 눈이 있습니다. 당신은 틀림없이 삐에로의 조수에 걸맞은 사람입니다. 조금 더 자신감과 긍지를 가지세요."

자신감과 긍지. 료와는 무관한 말이었다. 대학교에도 제대로 가지 않고 방에서 스마트폰 게임만 하던 삶이다. 스무 살에 술집 아르바이트를 했을 때도 한 달 만에 그만뒀다. 얼마 전 기적적으로 서류 전형에 합격해 대형 가구 회사에서 면접을 봤다. 세 명이 동시에 들어가는 단체 면접에서 면접관이 자기 어필을 하라고 요청하자, 료를 제외한 두 사람은 봉사 활동을 한다는 둥, 해외에서 열몇 개 국을 여행했다는 둥 열을 올렸다. 하지만 료는 열심히 술집 아르바 이트를 한다고 거짓말만 했다.

"일이 이렇게 됐으니 잘 부탁합니다, 료 군."

삐에로는 료의 손을 잡았다. 료는 악수에 응할 수밖에 없었다.

"그런데 료 군은 개를 좋아하나요?"

"개요? 싫지는 않아요."

"그럼 이 개를 료 군에게 맡기겠습니다. 저는 개를 썩 좋아하지 않아서요."

삐에로는 그렇게 말하면서 시바견의 목줄을 료의 손에 쥐여주고 걸어가 버렸다. 시바견이 혀를 내밀고 료를 올려다보았다. 똘똘해 보이는 개였다. 료는 영문도 모른 채 시바견과 함께 걸음을 뗐다.

"첫 업무입니다. 저 집에 소년이 살고 있습니다."

삐에로가 가리킨 곳은 한 주택이었다. 역에서 서쪽으로 15분 정 도 걸어 나왔고, 이미 밤 아홉 시가 넘었다.

"아카마츠 소타라는 소년입니다. 초등학교 중학년쯤일 겁니다. 그 소년을 밖으로 데리고 나오세요. 저는 여기서 기다리겠습니다."

"못 해요, 그런 거."

"밤에 갑자기 삐에로가 나타나면 소년이 놀랄 겁니다."

삐에로는 그렇게 말하며 료에게서 시바견의 목줄을 채어 갔다.

료는 마지못해 주택을 향해 걸음을 옮겼다. 일본산 경차가 서 있었고, 창문에서 빛이 새어 나왔다.

영문을 모르겠다. 왜 내가 얼굴도 모르는 남의 집에 찾아가야하나. 그렇게 생각하면서도 초인종을 누르려고 할 때, 뒤에서 발소리와 함께 대화 소리가 들려왔다. 아버지와 그 아들인 듯한데, 료가 있는 쪽으로 똑바로 걸어왔다.

"어쩔 수 없잖아. 울어도 아리킹은 돌아오지 않아." 아버지로 보이는 남자가 료를 보고 걸음을 멈추며 말했다. "응? 누구시죠?"

"으, 으음, 저는…."

어떻게 대답하면 좋을지 몰라서 허둥대는데 갑자기 삐에로가 다가왔다.

"밤중에 실례합니다. 삐에로입니다."

삐에로라는 건 누구나 보면 안다. 하지만 부자는 간담이 서늘한 얼굴로 삐에로의 모습을 바라보았다. 소년의 아버지가 굳은 표정으로 말했다.

"뭐죠? 저한테 무슨…."

"용건이 있는 건 아드님 쪽입니다." 삐에로는 아버지에게 눈길도 주지 않고, 겁먹어서 그 등 뒤에 숨은 아이에게 말했다. "아카마츠 소타 군이죠? 소타 군의 소원을 하나 이루어드리죠."

"이상한 소리 하지 말고 돌아가세요."

아버지가 아이의 손을 잡아끌고 집 문을 향해 갔지만, 삐에로는 그 앞을 막아섰다.

"소타 군, 소원을 하나 들어드리죠."

"적당히 해요. 경찰을 부를 겁니다."

당연한 반응이었다. 아버지는 아이의 손을 잡아끌고 삐에로 옆을 지나쳐서 문에 있는 열쇠 구멍에 열쇠를 꽂으려고 했다. 아이가 뒤를 돌아 삐에로를 올려다보았다. 그 얼굴에는 공포와 호기심이 뒤섞여 있는 것 같았다.

"소타 군, 소원이 뭐죠?"

무언가 하고 싶은 말이 있는 듯 소타라는 남자아이의 입이 우물우물 움직였다. 문이 열리고 아버지가 몸 절반을 문 안쪽으로 넣으며 아들을 불렀다. "소타, 뭐 하는 거야? 저런 놈들 상대하지 마."

"소타 군, 말해 봐요." 삐에로가 팔짱을 끼고 말하자, 소타는 입을 움직였다.

"저, 저희…."

"뭐라고요? 잘 안 들립니다. 큰 소리로 말해주세요."

"저, 저희 집 개를 찾아주세요. 이름은 아리킹이에요."

"알겠습니다. 그 정도는 쉽죠."

삐에로는 크게 고개를 끄덕이고 휘파람을 불었다. 잠시 후 달려오는 검고 작은 그림자가 보였다. 방금 그 시바견이었다. 시바견은 망설임 없이 문 앞에 선 소타의 발치로 달려갔다.

"아리킹!"

소타가 기쁘게 시바견을 끌어안았다. 시바견은 소타의 뺨을 핥았다. 소타도 시바견도 기뻐 보였다.

"소원이 이루어져서 다행입니다. 그럼 안녕히."

삐에로는 그렇게 말하고 걸음을 뗐다. 아버지는 입을 떡 벌린 채 아들과 반려견을 보다가 갑자기 정신을 차렸는지 삐에로의 등에 대고 말했다.

"가, 감사합니다."

삐에로는 돌아보지 않고 말했다.

"사례는 됐습니다."

료는 잰걸음으로 삐에로를 쫓아갔다. 모퉁이를 돌자 서른 살쯤으로 보이는 회사원 남자가 서 있었다. 삐에로는 그 남자에게 다가가서 천 엔짜리 지폐 한 장을 건넸다.

"타이밍이 완벽했습니다. 감사합니다."

천 엔을 받은 남자가 떠났다. 그 남자가 삐에로의 휘파람 소리에 맞춰 개를 놓아준 모양이다. 삐에로는 역 쪽으로 걸으면서 말했다.

"역시 다른 사람의 소원을 들어주면 기분이 좋습니다."

"그 아이가 개를 찾는 걸 처음부터 알고 있었죠?"

"묘책이 많으면 이기고 적으면 진다."

"네에?"

"손자의 말입니다. 기억해둬서 나쁠 게 없죠. 저는 그 소년이 개를 찾는 걸 알고 있었습니다. 그 개는 어젯밤 늦게 보건소에서 보호를 받기 시작했어요. 저는 그 개를 보건소에서 데리고 나와 그 아이에게 돌려보냈을 뿐입니다."

이 삐에로는 매일 이렇게 다른 이들의 소원을 들어주는 것일까.

대체 무슨 목적으로 이런 일을 하는 것일까. 그냥 봉사치고는 과하다.

"배가 고프군요. 어묵이라도 먹을까요?"

앞쪽에 어묵 포장마차가 보였다. 그러고 보니 점심부터 아무것도 먹지 않았음을 깨닫자, 갑자기 배가 고파졌다. 포장마차에 매달린 붉은 등롱이 바람에 흔들렸다.

"아니, 차림새가 왜 그래요? 그 꼴로 용케 안 붙잡히네요."

포장마차에 먼저 온 손님이 있었다. 20대 후반으로 보이는 여자가 혼자 잔술을 들이켰다. 한 곳을 물끄러미 응시하고 있었다. 료는 포장마차에서 혼자 술 마시는 여자를 처음 봤다.

"사장님, 맥주 두 잔 주십시오. 료 군도 맥주 괜찮죠? 오늘 일은 이쯤에서 마무리합시다. 원하는 걸 주문하세요. 취업 축하 선물입니다."

삐에로는 취한 여자에게 대꾸하지 않고 그렇게 말했다. 삐에로가 들어왔는데도 초로의 사장님은 눈 하나 깜짝 안 하고 생맥주 두 잔을 카운터 위에 놓았다. 네모난 냄비 안에서 어묵이 익어갔다. 맛있는 국물 냄새가 수증기와 함께 피어올랐다.

"그런 꼴로 잘도 밖을 돌아다니네요. 삐에로잖아요, 삐에로. 어? 삐에로가 뭐 하는 사람이더라? 놀이공원에서 풍선 나눠주는 사람이었나?"

취한 여자가 혼자 떠들었다. 료는 국물에 푹 익힌 무와 소 힘줄과 원통형 어묵을 주문했다. 전부 뜨끈뜨끈하고 맛있었다. 엄마가 만들어주는 어묵탕보다 담백한 맛이었지만, 국물이 진했다. 삐에로도 옆에서 묵묵히 어묵을 먹었다.

나는 정말 삐에로의 조수가 되어 버린 것일까. 료는 예전부터 남이 권하면 거절하지 못하는 성격이었다. 바로 얼마 전에도 방문 판매로 영어 회화 CD 한 세트를 사 버리는 바람에 경제적으로 궁핍한 나날이 이어졌다.

"그래서요, 사장님." 취한 여자는 삐에로에게 무시당한 것을 신경 쓰는 기색도 없이 사장에게 말을 걸었다. "오늘도 야근, 어제도 야근. 바빠서 내가 병이 날 지경이에요, 진짜."

"그렇게 바쁜가요? 무슨 일을 하시길래요?"

줄곧 잠자코 있던 삐에로가 입을 열었다. 어묵을 몇 종류 먹고 배가 찼나 보다. 료는 작은 목소리로 사장에게 "곤약이랑 다시마 말이랑 달걀 주세요"라고 주문했다. 취한 여자가 삐에로에게 말했다.

"말할 줄 아네요? 삐에로가 말해도 되던가?"

"삐에로가 말하면 안 된다는 법은 없습니다. 아무튼 무슨 일을 하시죠?"

"간호사예요. 뭐 문제 있어요?"

"문제 있다고 하지는 않았습니다. 저는 삐에로입니다. 이쪽은 제 조수인 료 군입니다. 잘 부탁드립니다."

삐에로가 내민 오른손을 취한 여자가 잡았다. 취해서 조금 흐트러진 모습이었지만 자세히 보니 미인이었다. 가슴 언저리가 벌어진 니트를 입어서 그 사이로 보이는 가슴골이 야한 느낌을 풍겼다.

"나는 레이나예요. 후지이 레이나. 잘 부탁해요."

"잘 부탁합니다, 레이나 씨. 매일 야근하시나요?"

"뭐, 그렇죠. 정말 견딜 수가 없어요. 우리 병원은 이제 끝이에요."

"어느 병원이죠?"

"중앙 병원이요."

시내에서 가장 큰 카부토시 중앙 병원. 료도 중학생 때 거기서 맹장 수술을 받았다. 료는 두 사람의 대화를 들으면서 어묵을 입으로 가져갔다.

"거기가 아마 시에서 운영하는 병원이죠? 나쁜 소문은 못 들었는데요."

"아니에요. 위험하다니까요, 진짜. 작년부터 외과 의사가 없어요. 내가 외과 입원 병동을 담당하는데 매일 고역이에요."

"한 명도 없습니까?"

"도쿄에 있는 대학 병원에서 일주일에 세 번 파견 의사가 오는 게 다예요. 사장님, 사케 더 주세요."

"그렇군요. 의사 부족 문제군요." 삐에로는 그렇게 중얼거리고는 옆에 앉은 료에게 설명했다. "의사는 원래 도시 쪽에 집중되기 마련입니다. 그래서 카부토시 정도 되는 시골에서는 의사를 확보하기가 어렵습니다. 개업의면 몰라도, 저렴한 임금으로 시영 병원에서 일하고 싶어 하는 의사는 별로 없죠."

"당신, 삐에로치고 잘 아네요. 내 생각에는 대학교 위치랑도 관련 있어요. 의대를 졸업하면 보통 그 근처에서 일을 시작하거든요. 그러니까 의대가 없는 이 지역에서는 의사를 확보하기 어려운 거예요."

료는 왠지 모르게 수긍했다. 정들면 고향이라는 말에 일리가 있는 것이, 료도 원래는 실제 고향이 아닌 자신이 살던 도쿄에서 취업하려고 했다. 거기에 아무런 고민이나 망설임이 없었다. 삐에로가 팔짱을 끼고 말했다.

"레이나 씨, 여자치고 꽤 분석적이네요."

"지금 그 발언, 성차별이에요."

"실언했군요. 너그러이 봐주십시오. 그보다 레이나 씨, 여기서 만난 것도 인연이니 당신의 소원을 하나 들어드리겠습니다."

"소원? 나 취했다고 놀리는 거죠?"

"놀리는 게 아닙니다. 거리에서 번민하는 사람들의 소원을 들어주는 게 제 일이자 책무입니다."

"뭔가 정치인처럼 말하네요."

"소원이 없으시다면 다른 분에게 물어보죠. 도움이 필요한 사람은 많으니까요."

레이나는 잔술을 죽 들이켜고 카운터 위에 잔을 놓았다. 취해서 힘 조절이 안 되는지 컵이 깨질까 봐 걱정될 만큼 힘을 주었다. 레이나가 게슴츠레한 눈으로 말했다.

"그러면 외과 의사를 데려와요. 의사 부족을 해결해줘요."

삐에로는 잠시 궁리하듯 팔짱을 끼고 있다가 이내 입을 열었다.

"재미있군요. 해 보죠. 시간을 조금 주세요. 그럼 오늘은 이만."

삐에로는 그렇게 말하며 캔맥주를 끝까지 들이켜고 계산한 뒤

자리를 떴다. 료는 허둥지둥 삐에로를 뒤쫓으려고 했지만, "조금만 더 있다가 가"라고 말하는 레이나에게 팔을 붙잡혔다.

료는 겉옷 주머니에 손을 넣었다. 돌려주려고 한 20만 엔짜리 봉투가 그대로 남아 있었다.

…◆…

이마니시 히나코는 시장의 일이 크게 세 가지로 분류된다고 생각했다. 방문객 만나기, 회의나 행사에서 연설하기, 서류에 도장 찍기. 이렇게 세 가지다.

지금 시시도 시장은 카부토시청 청사 앞, 행사용 단상에 서 있다. 히나코는 관계자석 뒤쪽에 서 있었다. 단 아래에는 소년 다섯 명이 철제 의자에 앉아 있었다. 소년들은 모두 피부가 갈색빛이었다.

"…그리하여 우리 카부토시와 카푸르와르시의 우호 관계를 진정으로 더욱 굳건히 하고 싶습니다."

다섯 소년은 인도 북동부에 있는 중간 규모의 도시 카푸르와르시에서 온 인도인이다. 카부토시와 카푸르와르시는 자매결연을 맺어서 1년마다 소년파견단이 왕래하는데, 올해는 카푸르와르시에서 온 소년파견단을 카부토시가 맞아들일 차례였다. 지금은 그 환영식이 진행되고 있다.

시시도 시장 뒤에는 카부토시의 마스코트 캐릭터인 카붓토 군이 서 있다. 머리에 투구를 쓰고 파란 유니폼을 입은 카붓토 군은 작년 지자체 캐릭터 대회에서 800위라는 부진한 성적을 냈다. 카부토가 투구라는 뜻이라 머리에 투구를 쓴 것은 수긍이 가지만, 파란 유니폼이 뜻하는 바는 알기 어렵다. 사실 그 유래는 인도에서 시작된 스포츠 카바디다.

지금으로부터 약 10년 전, 히나코가 시청에 들어온 지 3년이 됐을 때였다. 카부토시는 이렇다 할 관광 자원도 특산 음식도 없어서 관광객의 이목을 끌 요소가 몹시 부족했다. 그런 가운데 당시 시장은 뜬금없이 카바디를 시 스포츠로 삼겠다고 선언했다. 카부토와 카바디의 발음이 비슷하다는 데서 나온 발상이었다.

시장의 명령은 절대적이었다. 곧장 카바디 추진실이라는 부서가 설치되면서 카바디를 보급하기 위한 업무가 시작되었고 예산도 편성되었다. 시영 체육관에는 카바디 전용 코트가 만들어졌고 시내 초등학교와 중학교에는 카바디를 가르치는 교육과정이 추가되었다. 카푸르와르시와 자매결연을 맺은 것도 그 무렵이었다.

하지만 예상대로라고 해야 할까. 카바디는 널리 퍼지지 못했다. 초등학교와 중학교에서도 1년에 두세 시간 수업하는 정도였고, 시영 체육관에 설치된 카바디 코트는 어느샌가 배드민턴 코트로 변해 버렸다. 카바디가 시 스포츠라는 사실은 카부토 시민들의 기억 속에서 멀어졌다.

"…카푸르와르시 소년파견단 여러분께서 카부토시에서 유익한 시간을 보내고, 나아가 이 경험이 다가올 인생에 거름이 됐으면 좋겠습니다. 끝으로 이번 파견단을 위해 힘써 주신 관계자 여러분께 감사 말씀 드리며, 이것으로 제 인사를 갈음하겠습니다. 진심으로 감사드립니다."

여기저기서 박수가 일었다. 이어서 꽃다발 증정식이 시작되어 시 시도 시장이 파견단 소년들에게 꽃다발을 나눠 주었다.

소년파견단은 어젯밤 나리타공항에 도착해서 현재는 시내에 있 는 숙소에 머문다. 파견 기간은 일주일로, 카부토시에 있는 초등학 교를 돌며 같은 또래의 소년 소녀와 교류한다고 했다. 주말에는 각 초등학교에서 선발된 아이들과 합동으로 시내 최북단에 있는 카 니사와 지구에서 캠핑할 예정이었다.

계속해서 교육장이 인사말을 했다. 히나코는 단 아래에 앉은 소 년파견단을 보았다.

모두 남자아이였다. 오늘을 위해 준비했는지 다들 똑같은 티셔 츠를 입었다. 카푸르와르시는 비교적 치안도 좋고 경제적으로 풍 요로운 도시라고 들었지만, 그래도 빈곤층은 있을 것이다. 2년마다 카부토시로 파견되는 소년들은 대체로 상당한 부유층의 아이들인 듯했다.

모두 긴장한 기색으로 교육장의 이야기에—사실 일본어를 알 아듣지는 못하겠지만—귀를 기울였다. 그런 가운데 맨 오른쪽 끝 에 앉은 남자아이는 혼자 들뜬 기색이었다. 갑자기 주위를 둘러보 나 싶더니 문득 주머니에서 스마트폰을 꺼내 들여다본다. 어느 나 라에서든 아이들은 가만히 지켜보기만 해도 재미가 있다.

시야 끝에서 이쪽으로 달려오는 남자 직원의 모습이 보였다. 비서과 직원이었다. 그는 히나코 옆에 있는 비서과장에게 달려가 조금 허둥대며 말했다.

"과장님, 큰일 났습니다. 시장실 앞에서 시민이 소란을 피웁니다. 큰소리로 시장님을 부르고 있어요."

"뭐 때문에?"

"불만이 있어서요. 시장 나오라는 말만 반복하고 우리 쪽 얘기는 들으려고 하지도 않아요."

"알았어. 내가 갈게." 과장은 손목시계로 시선을 떨어뜨리고 히나코에게 말했다. "이제 5분만 있으면 끝날 거야. 히나코, 식이 끝나면 바로 시장님을 모시고 와줘."

"알겠습니다."

과장은 남자 직원과 함께 대열에서 빠져나가 청사로 달려갔다. 히나코는 불길하게 뛰는 심장을 느끼며, 단상에서 연설을 이어가는 교육장에게로 눈을 돌렸다.

"아니, 왜 이렇게 늦어? 시장은 뭐 하는 거야? 만나러 갈 수 있는 시장이라고 하더니 다 구라였어?"

그 목소리가 2층 전체에 울려 퍼졌다. 시장실이 있는 청사 2층에 히나코가 막 도착한 참이었다. 옆에는 시시도 시장도 있었다. 둘이서 복도를 지나 시장실로 향했다.

한 남자가 서 있었다. 화려한 셔츠와 반바지를 입은 남자였다. 비서과장과 동료 남자 직원이 그 남자 근처에 서서 열심히 어르고 달래는 중이었다.

"아까도 말씀드렸지만 시장님은 행사에 참석하러 가셨습니다. 끝나면 바로 오실 겁니다."

"시끄러워. 아까부터 말이 많네. 너희, 내가 누군 줄 알아?"

시시도 시장과 함께 남자에게 다가가려고 하는데, 뒤에서 누군가가 불러세웠다. "시장님, 잠시만요."

뒤돌아보니 명찰을 단 초로의 남자 직원이 서 있었다. 아동복지과장이었다. 그는 조금 창백한 얼굴로 시장에게 고했다.

"죄송합니다. 저희도 막으려고 했는데, 시장님을 만나게 해달라고 계속 우기지 뭡니까."

시시도 시장은 걸음을 멈추고 아동복지과장에게 물었다.

"신원이 어떻게 되는 분입니까?"

"노부이 마사시. 카부토시에 거주하는 무직 남성입니다." 아동복지과장은 목소리를 낮추고 덧붙였다. "지난달에 저 사람의 아내가 우리 상담원에게 상담을 요청했습니다. 조사 결과, 가정 폭력이 강하게 의심돼서 이번 달부터 임시 보호 조치를 내렸습니다."

"그 아내분은 어디 있죠?"

"아는 사람의 집에서 몸을 숨기도록 조치했습니다. 카부토시 내에 있습니다. 적절한 시기를 봐서 본가가 있다는 카나가와현으로 보내려고 하는데, 그쪽 주소는 남편도 안다고 합니다."

가정 폭력. 한마디로 남편이 아내에게 폭력을 가해서 시청에서 아내를 보호했다는 뜻이다. 그런데 그 남편이 분풀이를 하려고 시장실까지 쳐들어온 모양이다.

"가정 폭력은 확실한 거죠?"

시장이 거듭 확인하듯 묻자, 아동복지과장은 대답했다.

"확실합니다. 우리 상담원이 아내분에게 자세한 이야기를 들었고, 온몸에 있는 멍도 확인했습니다. 동네 주민도 아내분의 비명을 들었다고 했습니다. 남편인 노부이를 조심하라고 부하한테도 미리 말해뒀는데…."

"부하를 탓하는 건 좋지 않습니다. 책임은 전부 과장에게 있습니다. 책임지기가 싫으면 바로 직위를 박탈해 드리겠습니다."

"죄송합니다."

아동복지과장이 고개를 숙였다. 책임을 통감하는지 낯빛이 어두웠다. 시장은 노부이라는 남자에게 다가갔다. 노부이가 시장을 알아보고 말했다.

"드디어 납셨군. 왜 이렇게 늦어?"

"오래 기다리셨습니다. 시장인 시시도입니다. 안으로 들어가시죠."

시시도 시장이 손을 앞으로 내밀며 서둘러 노부이를 시장실로 들여보냈다. 2층에는 오고 가는 시민이 그리 많지 않지만, 복도에서 소란을 피우게 두기보다는 시장실에 가둬 버리는 편이 낫다.

"역시 시장이네. 방이 넓구먼."

노부이는 소파에 털퍼덕 앉아서 양팔을 펼쳤다.

"그래서, 저한테 하실 말씀이 뭡니까?"

"내 마누라 내놔. 너희가 숨긴 거 다 알아."

"사모님을 말입니까? 저는 그런 이야기는 못 들었습니다."

"거짓말 마. 누굴 바보로 알아? 너희가 아케미를 빼돌렸잖아. 잘 들어. 이건 납치야, 납치. 남의 마누라를 납치해 놓고 모른 척 시치미를 떼?"

"정말입니다. 저는 아무것도 모릅니다."

아동복지과장과 비서과장이 히나코 옆에 서서 두 사람의 대화를 지켜보았다. 둘 다 걱정스러운 표정이었지만, 아동복지과장은 몸을 움츠리고 있어서 더더욱 작아 보였다.

"장난질하지 마. 어?" 노부이는 두 발을 테이블 위에 올렸다. "다 알아. 너희가 아케미를 데려갔잖아. 됐고, 어디 있는지 당장 말해. 그러면 돌아갈게."

시 행정에는 잘못이 없다. 가정 폭력을 당한 여자를 법에 의거해 보호했을 뿐이다. 하지만 이 사람에게는 논리가 통하지 않을 것이 분명했다. 눈이 벌건 것을 보니 어쩌면 술을 마셨을 가능성도 있다.

"사모님이 없어지신 지 얼마나 됐습니까?"

"얼마나 됐냐고? 그건 너희가 더 잘 알잖아. 너희가 데려갔으니까."

"걱정되시면 경찰에 신고하는 게 어떻습니까?"

"무슨 헛소리야? 경찰은 믿을 게 못 돼."

"신고해 보지 않으면 모르잖습니까. 히나코 씨, 카부토 경찰서에 전화해주세요. 제가 직접 얘기하겠습니다. 이분의 사모님을 긴급히 찾아달라고요."

"하지 마, 하지 말라고. 빌어먹을." 노부이는 신경질을 내며 신발밑창으로 테이블을 차고 일어섰다. "이걸로 끝이라고 생각하지 마. 나는 반드시 아케미를 찾아낼 거야."

노부이는 위압적으로 어깨를 들먹이며 시장실에서 나갔다. 그가 복도 끝으로 사라지는 모습을 확인한 뒤 아동복지과장이 시시도 시장에게 깊이 고개를 숙였다.

"시장님, 죄송합니다."

"아닙니다. 시민의 목소리를 듣는 게 제 일이고, 제가 내건 공약 이기도 합니다. 그보다 저 사람을 그냥 내버려 둬도 괜찮겠습니까?"

"주의하겠습니다. 다음에 또 오면 경찰에 신고하는 것도 고려하 겠습니다. 과 직원들에게도 신중하게 대응하라고 일러두겠습니다."

"잘 부탁드립니다. 저는 화장실에 다녀오겠습니다."

시시도 시장은 그렇게 말하며 일어나서 시장실에서 나갔다. 이 어서 비서과장과 아동복지과장도 나갔다. 히나코는 노부이가 차 는 바람에 위치가 흐트러진 테이블을 제자리로 돌려놓았다. 그리 고 시장실을 나서려고 하는데, 시장의 책상 위에서 전화가 울렸다. 수화기를 들고 귀에 댔다. "네. 시장실입니다."

"히나코 씨구나. 시장님이 그쪽에 계신다고 들었는데 아니야?"

안내 데스크에서 일하는 카자오카 씨였다. 히나코가 대답했다.

"잠깐 자리를 비우셨어요. 아마 금방 돌아오실 거예요."

"그렇구나. 그게, 손님이 오셨어."

카자오카 씨의 목소리가 전에 없이 진지했다. 수화기를 쥔 손에 힘이 들어갔다. 카자오카 씨가 이어서 말했다.

"경찰이야. 형사님 같아. 시장님을 뵙고 싶대."

2인조 형사였다. 한 사람은 40대, 다른 한 사람은 히나코와 같은 30대로 보였다. 두 사람 다 짙은 회색 정장 차림으로 소파에 앉지도 않고 꼿꼿이 서 있었다. "편히 앉으세요"라고 시시도 시장이 권하자, 두 형사는 그제야 소파에 앉았다.

"그래서 저한테 무슨 볼일이 있으신가요?"

히나코는 형사들이 시장에게 무슨 용건인지 궁금했다. 하지만 여기서 이야기를 들으면 안 될 것 같아서 조용히 문으로 향했다. 그러자 시시도 시장이 불러 세웠다.

"히나코 씨, 여기 계세요. 형사님, 저는 열린 시정을 공약으로 내건 사람이라 밀실에서 형사님들과 이야기를 나눴다고 나중에 뒷말이 나오는 상황은 피하고 싶습니다. 괜찮으시죠?"

중년의 형사가 힐끔 눈길을 던지자, 히나코는 고갯짓으로 가볍게 인사했다. 형사가 잠시 고민하다가 말했다.

"시장님이 괜찮으시다면요."

"그럼 시작하시죠. 저도 다음 일정이 있으니 짧게 부탁드립니다."

"알겠습니다. 저는 카부토 경찰서 형사과 시모야마입니다. 이쪽은 하라다라고 합니다."

하라다라는 젊은 형사가 안주머니에서 경찰 신분증을 꺼내 시장에게 보여주었다. 시장은 그것을 보고 작게 고개를 끄덕였다.

"그래서 저한테 하실 말씀이 뭡니까?"

"시장님의 후원회장인 타누마 사다요시 씨를 아시죠?"

"네."

"타누마 씨가 오늘 아침 자택에서 시신으로 발견됐습니다."

히나코는 자신의 귀를 의심했다. 타누마가… 죽었다고? 바로 어제도 본 사람이다. 평소처럼 음흉한 미소를 지으며 히나코에게 같이 골프를 치러 가자고 했다.

"그게 정말입니까?" 천하의 시시도 시장도 목소리가 떨렸다. "사인이 뭐죠? 지병이 있다는 얘기는 못 들었는데요."

"척살입니다. 타누마 씨는 누군가에게 살해됐습니다."

다시 말해 살인사건 수사라는 뜻이다. 히나코는 놀라는 한편, 경찰이 왜 시장을 찾아왔는지 의문이 들었다. 시장은 약간 당황한 표정으로 말했다.

"살해됐다니, 대체 누구한테…."

"그걸 수사하는 게 저희의 역할입니다. 정식 소견은 부검이 끝나야 나오겠지만, 법의관의 견해에 따르면 사망 추정 시각은 어제 오후 여섯 시부터 여덟 시 사이라고 합니다. 시장님, 어제 오후 여섯 시 반쯤에 타누마 씨의 집을 방문하셨죠? 동네 주민이 타누마 씨의 집에 들어가는 시장님을 목격했다고 했습니다."

"네." 시시도 시장이 대답했다. "잠깐 할 얘기가 있어서 방문했습니다. 30분 정도 대화하다가 귀가했습니다."

어제 시장을 집까지 배웅한 직원은 히나코였다. 공용차인 프리우스로 시시도 시장을 자택까지 태워다주었다. 시장의 집에 도착한 시간은 오후 다섯 시 사십 분경이었다. 그러고 보니 시시도 시장은 '오늘 밤에 볼일이 있다'고 했다. 그것이 타누마 후원회장과의 면담이었나 보다.

"실례지만, 타누마 씨와 어떤 이야기를 나누셨는지 여쭤봐도 될까요?"

"제 시정에 대한 토론 같은 것이었습니다."

"어제도 타누마 씨가 여기 와서 시장님과 말다툼을 했다고 들었는데, 맞습니까?"

소식이 빠르다. 여기 오기 전에 직원들에게 이야기를 들었나 보다. 자신에게 엄격한 만큼 타인에게도 엄격한 시시도 시장을 탐탁지 않게 여기는 직원은 많다.

"말다툼이라고 하니 어감이 좋지 않군요. 저는 어디까지나 토론이었다고 생각합니다."

"그럼 시장님은 어젯밤에도 타누마 씨와 토론을 하고 귀가하셨다는 말씀이죠?"

"네, 그렇습니다."

두 형사는 눈빛을 교환했다. 정확히 타누마의 사망 추정 시각에 시시도 시장이 타누마의 집에 있었다. 그래서 이 두 형사는 시시도 시장을 의심하는 것일까.

30분간 대화했다고 하니 시장이 타누마의 집을 나선 시간은 오후 일곱 시쯤이었을 것이다. 사망 추정 시각이 오후 여덟 시까지라면, 일곱 시부터 여덟 시 사이에 타누마의 집을 방문한 누군가가 타누마를 살해했다는 뜻이다.

"시장님, 이건 아주 중요한 문제입니다." 시모야마라는 중년 형사가 목소리를 약간 낮추고 말했다. "지금 현장 주변을 탐문하고 있는데, 이렇다 할 목격 증언이 나오지 않습니다. 지금까지 수사한 바로는 어젯밤 타누마 씨의 집을 방문한 사람은 시장님뿐입니다."

"한마디로 제가 범인이라는 말씀입니까?"

"그래서 중요한 문제라고 먼저 말씀드린 겁니다. 한 지자체의 수장이 용의자라는 결론을 내리려면 저희로서도 아무래도 그만한 근거가 필요합니다. 아무쪼록 수사에 협조해 주셨으면 해서 이렇게 귀한 시간을 뺏는 겁니다."

어젯밤 시시도 시장 외에 아무도 타누마의 집을 방문하지 않았다면, 경찰의 눈이 시장을 향하는 것은 당연하다. 히나코는 얼굴에 열이 오르는 것을 깨달았다.

유력한 용의자는 시장뿐이다. 히나코는 지금 엄청난 이야기를 듣고 말았다.

오후 여섯 시가 되기 전, 히나코는 시민 체육관에 있는 실내 수영장에 있었다. 일주일에 한두 번 퇴근길에 이곳에 들러 수영한다. 히나코는 고등학교 때까지 수영부였다. 20대 때는 운동을 거의 하지 않았지만, 서른을 넘기고부터는 가능한 한 몸을 움직이려고 수영을 시작했다. 요금도 저렴하고 비교적 한산해서 마음에 들었다. 시민 체육관은 민간에 위탁된 상태라 민간 관리 단체가 운영한다.

십수 년 전까지는 시에서 운영해서 카부토시 직원이 근무했다고 하는데, 히나코가 시청에 들어오기 전의 이야기다.

그 대화 이후 두 형사는 금방 자리를 떴지만, 그들이 시시도 시장을 의심하는 것은 명백했다. 시장의 의연한 태도로 보아 시장은 사건과 관련이 없는 것 같았다. 하지만 그것은 히나코의 추측에 지나지 않는다. 아무 일도 없으면 좋겠는데….

수영장 옆쪽에서 스트레칭을 하다가 문득 한쪽에서 수영하는 아이들을 보았다. 수영한다기보다는 논다는 표현이 더 적절하겠다. 초등학생으로 보이는 아이들이 환호성을 질렀다.

그때 한 남자가 시끌벅적한 아이들을 향해 수영장 가장자리를 뛰어가는 모습이 보였다. 50대쯤인 남자였다. 남자는 메가폰을 입에 대고 아이들에게 말했다.

"너희, 여기는 노는 데가 아니야. 수영하는 곳이야."

아이들은 남자의 경고를 들은 척도 하지 않고 까르르 웃으며 남자에게 물을 튀겼다. 남자는 물에 젖은 얼굴을 손으로 닦으며 메가폰으로 한 번 더 주의를 주었다.

어쩐지 미소가 새어 나오는 광경이었다. 발목을 돌리면서 그 광경을 지켜보는데, 뒤에서 목소리가 들렸다.

"안녕."

"아, 안녕하세요."

뒤돌아보니 한 여자가 서 있었다. 시청 안내 데스크에서 일하는 카자오카 씨였다. 히나코가 수영장에 다니기 시작한 계기는 카자오카 씨가 같이 가자고 해서였다. 카자오카 씨는 40대인 듯하지만, 체형은 훨씬 젊어 보였다. 그녀는 매일 5킬로미터를 수영한다고 했다.

"저 사람, 새로 온 관장님이래." 카자오카 씨의 시선이 메가폰을 잡은 남자에게 향했다. "원래는 스탠더드 제약 직원이었대. 꽤 높은 사람이었나 봐."

스탠더드 제약이 카부토시에서 철수한 영향이 이런 곳에까지 미쳤다. 히나코는 직원 수가 적은 비서과에 있어서 자세히는 모르지만, 카부토 시청에도 스탠더드 제약에 다니던 사람이 임시직으로 채용된 부서가 있다고 들었다. 언젠가는 공공 직업 안내소에 실업자가 물밀 듯 몰려들어서 임시 주차장을 개설했다는 이야기를 들은 적도 있다.

"그런데 히나코 씨, 오늘 낮에 형사님들은 무슨 일로 온 거야?"

"아, 그거요?"

아무리 카자오카 씨여도 섣불리 이야기할 수는 없었다. 히나코의 표정을 보고 무언가를 눈치챘는지 카자오카 씨가 말했다.

"우선 걸을까?"

"네."

수영장 안으로 들어갔다. 물이 시원해서 기분 좋았다. 코스는 부표로 나뉘어 있었다. 히나코는 5코스, 카자오카 씨는 6코스를 걸었다. 물속에서 걷기만 해도 수압 때문에 전신 운동이 된다. 갑자기 헤엄치는 것보다 준비운동이 돼서 좋다.

"그러고 보니." 옆에서 걷던 카자오카 씨가 말했다. "하천관리과

코바야시 씨네 부부 사이가 안 좋은가 봐. 이러다 올해 안에 이혼 하는 거 아니냐는 소문이 있어."

"그래요?"

사내 결혼은 흔하다. 히나코도 올해 들어 사내 커플의 결혼식에 세 번이나 초대됐을 정도다. 그런데 사이좋은 부부가 있는가 하면, 그렇지 않은 부부도 있는 것 같다. 이혼한 부부가 몇 쌍이나 있어 서 그런 직원들끼리는 같은 곳에 발령되지 않도록 인사과가 신경 을 쓴다는 소문도 있다.

"히나코 씨, 기회 되면 소개해주고 싶은 사람이 있는데."

"아니, 저는 괜찮아요. 제가 알아서 찾을게요."

"그런 소리 하다가 계속 나이만 먹는다. 히나코 씨 정도 능력이 면 좋은 사람을 얼마든지 찾을 수 있을 텐데."

"제 성격에 결함이 있나 봐요."

히나코는 그렇게 말하며 웃음으로 얼버무렸다. 마침 25미터를 다 걸은 히나코는 물안경을 쓰고 물속으로 들어가서 벽을 강하게 찼다.

⋯◆⋯

"너 취업 준비는 잘 되고 있어?"

저녁을 먹으려고 1층에 내려가자, 부엌에 있던 엄마가 그렇게 물 었다.

"벌써 9월이잖아. 이러다가 취업 재수 하겠어. 그것만은 제발 피하자. 어디든 좋으니까 일단 들어가서 일하는 게 최고야. 너희 아빠를 보면 알잖니."

아버지 하루오는 아무 말 없이 석간신문을 보았다. 아버지는 금속 거푸집 같은 것을 만드는 작은 제작소를 운영하지만, 최근에는 사업이 순탄치 않은 듯했다.

아버지가 운영하는 유한회사 타치바나 제작소는 제작하는 부품의 약 80퍼센트를 스탠더드 제약에서 수주했기에 주요 거래처가 카부토시에서 철수한 뒤로는 일거리가 거의 없었다. 료가 이 이야기를 엄마에게 들은 것은 작년 1월 연휴를 맞아 본가에 내려왔을 때였다.

료가 어릴 때만 해도 아버지는 직원을 다섯 명 정도 뒀는데, 지금은 아버지 혼자서 공장을 겨우겨우 이어 간다고 했다. 예전에는 이런 저녁 시간에 아버지가 식탁 앞에 앉는 일 자체가 거의 없었고, 밤 아홉 시까지 집 뒤편에 있는 공장에서 기계 돌아가는 소리가 들렸다.

카부토시에서 가장 큰 공장이 철수한다는 이야기를 들었을 때 료도 놀랐다. 초등학교와 중학교 때는 스탠더드 제약 직원의 아들이나 딸이 어김없이 같은 반에 있었고, 고등학교를 졸업한 뒤 스탠더드 제약에 들어간 동창도 많았다.

"…그러니까 료, 아무리 작은 회사여도 좋으니까 일단 들어가. 어제 시청에 갈 일이 있어서 시장님께도 물어봤는데, 역시 시청에서 일하기는 어려울 것 같더라. 공무원 시험은 지난달에 끝났대.

얘, 듣고 있어? 료."

"응. 듣고 있어."

엄마가 거듭 확인하듯 말하자, 료는 대답했다. 어젯밤 일을 떠올렸다. 어쩌다 보니 삐에로의 조수가 되어 버렸지만, 그런 이야기를 엄마에게 할 수는 없었다. 조금 전 역 앞에 가봤지만, 삐에로는 없었다. 20만 엔을 어떻게 돌려줘야 할까.

"임시직에는 빈자리가 있대. 혹시 네가 생각 있으면 엄마가 한 번 더 부탁해볼게."

"괜한 짓 하지 마요."

"너를 위해서 이러는 거야. 아빠 회사를 이을 생각은 하지도 마. 도산 직전에 아비규환이니까."

"내가 아비라서 아비규환인가."

아버지 하루오가 불쑥 끼어들었지만, 엄마는 하루오의 말을 무시했다.

현관 초인종이 울렸다. 엄마가 손을 닦고 "누구세요?" 하며 현관으로 갔다. 잠시 후 엄마가 께름칙한 표정으로 거실에 돌아왔다.

"료, 너한테 손님이 왔어."

"나한테?"

"너 언제부터 저런 이상한 거랑 어울린 거야?"

나쁜 예감이 들었다. 료가 현관으로 가보니, 어제 본 삐에로가 거기에 서 있었다.

"료 군, 안녕하십니까. 오늘도 잘 부탁드립니다."

"잘 부탁드린다니…. 어떻게 저희 집 주소를….'

"이력서에 적혀 있었습니다. 자, 일할 시간입니다. 열심히 해봅 시다."

"벌써 밤이에요."

"삐에로의 일은 주로 평일 밤에 있습니다."

말투는 공손했지만, 이렇게 남의 집에 멋대로 쳐들어온다는 점에서 절대 평범한 사람은 아니었다. 바깥은 이미 어슴푸레했고, 오후 일곱 시를 넘은 시간이었다.

"자, 료 군. 거리가 우리를 기다립니다."

등 뒤에서 기척을 느끼고 돌아보니, 엄마가 걱정스러운 표정으로 서 있었다. 삐에로가 엄마를 발견한 듯 료의 어깨너머로 말했다.

"어머님, 제가 지금 차림새는 이렇지만, 매우 상식적인 성인입니다. 잠깐 아드님을 빌려 가겠습니다. 아드님에게도 좋은 사회 공부가 될 겁니다."

엄마는 아무 말도 하지 않고 아연실색한 표정으로 삐에로의 얼굴을 바라보았다. 그럴 만도 하다. 놀라지 않는 것이 오히려 이상하다.

"료 군, 어서 갑시다."

료는 2층에 있는 자기 방으로 가서 지갑과 스마트폰, 삐에로에게 받은 월급봉투를 챙겨서 1층으로 내려갔다. 밖에 나가보니 하얀 승합차가 서 있었고, 삐에로는 이미 운전석에 앉아 있었다. 이대로 정말 삐에로의 조수가 되어 버리는 것일까. 그런데 어차피 집에 있어 봤자 할 일도 없고, 삐에로의 조수가 된다고 신변이 위험해질 일은 없으리라. 그런 생각을 하면서 료는 승합차 조수석에 탔다.

료가 끌려간 곳은 역 앞 상점가 뒤편에 있는 술집이었다. 지저분한 포렴이 걸렸고, 가게 안은 빈말로도 깨끗하다고 하기 어려웠다. 손님이 거의 없어 보였고 유선 방송에서는 엔카가 흘러나왔다. 삐에로가 망설임 없이 가게의 맨 안쪽 방으로 향하자, 료는 뒤를 쫓았다. 방에는 먼저 온 손님이 있었다. 수염을 기른 젊은 남자였다. 갈색으로 물들인 머리가 경박한 인상을 주었다. 서른 살쯤일까. 남자는 이미 맥주를 마시고 있었다.

"오래 기다리셨습니다."

삐에로가 그렇게 말하며 남자 앞에 앉자, 료는 신발을 벗고 삐에로 옆에 앉았다. 남자가 미심쩍은 시선을 보냈다. 삐에로가 메뉴판을 보면서 대답했다.

"제 조수입니다. 이름은 타치바나 료예요."

"진짜예요?" 남자가 말했다. "조수가 필요하면 저한테 먼저 말하지 그랬어요."

카운터 안쪽에 한 남자가 서 있었다. 삐에로는 남자에게 우롱차 두 잔을 주문하고 료에게 말했다.

"이쪽은 죠시마 군입니다. 마이아사신문 카부토 지국의 기자고, 여러모로 저를 도와주는 분입니다. 도쿄에서 사고를 쳐서 고향인 카부토시로 좌천됐습니다."

"그렇게까지 정확하게 말할 필요는 없잖아요. 뭐, 하지만 나도 삐에로 씨 덕분에 살았어요. 그때는 감사했습니다."

우롱차가 나왔다. 삐에로는 그것을 한 모금 마시고 설명했다.

"반년 전이었습니다. 도쿄에서 좌천된 죠시마 군은 낙담해서 자살을 생각했습니다. 어릴 때부터 공부를 잘해서 누구나 아는 유명한 대학교를 거쳐 천하의 마이아사신문에 들어갔는데 술에 취해 택시 기사에게 폭언을 했고, 그 모습이 인터넷에 올라갔습니다. 신문사의 윗분들은 죠시마 군을 카부토시에 보내서 일을 무마하려 했습니다. 엘리트였던 죠시마 군은 한순간에 자존심이 무너졌죠. 제가 죠시마 군을 발견한 건 고가교 위였습니다. 뛰어내리려는 순간이었어요."

소원을 들어드리죠. 삐에로가 그렇게 말하자, 죠시마는 나를 죽여달라고 대답했다. 그 말을 들은 삐에로는 말했다. 그 정도는 쉽죠.

"저는 죠시마 군을 밀었습니다. 하지만 이 사람은 죽지 않았어요. 영화 같은 데서 자주 보잖습니까? 아래에 서 있던 트럭 짐칸에 떨어져서 발목만 삐고 끝났어요. 어찌 된 영문인지 그 이후로 죠시마 군은 저를 잘 따르게 됐습니다."

"그때는 정말 죽는 줄 알았어요. 하지만 그걸 계기로 어쩐지 속이 후련해졌어요."

"옛날얘기는 이쯤 하죠."

"아, 자살 하니까 생각났는데, 지난주에 도와준 남자 있잖아요. 무사히 일을 구했대요. 그리고 지갑을 잃어버려서 난처하던 여고생은 파출소에서 연락을 받고 지갑을 찾았대요."

"그것참 다행이군요."

삐에로는 만족스럽게 고개를 끄덕였다. 밤마다 거리로 나가서 사람들의 소원을 들어준다는 말이 사실이었나 보다.

"그래서 그 일은 알아봤나요?"

"네"라고 죠시마는 조금 목소리를 죽이며 말했다. "그 집 주변에 기자들이 얼쩡거려요. 방송국 놈들도 왔더라고요. 카부토시에서는 살인사건이 거의 안 일어나니까 그럴 만도 하죠."

살인사건이 일어났나. 전혀 몰랐다. 료의 표정에서 무언가를 읽었는지 삐에로가 물었다.

"료 군, 처음 듣습니까?"

"처, 처음 들어요."

"그 사건 때문에 저녁부터 TV에서 난리입니다. 시시도 시장의 후원회장이 살해됐거든요."

삐에로가 설명해주었다. 지금의 카부토시 시장은 시시도라는 사람으로, 그 사람의 후원회장이 살해됐다는 이야기였다. 료는 원래 도쿄에서 살고 정치에도 별로 관심이 없어서 그 이야기가 와닿지 않았다. 죠시마가 수첩을 펼치며 말했다.

"피해자는 타누마 사다요시, 62세. 부동산회사를 운영해요. 2년 전 시장 선거에서 시시도 시장의 후원회장이 됐어요. 시시도 시장과는 중학교 동창이라고 하고, 그 인연으로 자진해서 후원회장을 맡았대요. 살해된 건 어젯밤, 시신이 발견된 건 오늘 아침이에요.

부인과 자녀는 어제부터 여행이었다고 하네요. 시신을 발견한 사람은 타누마의 회사 직원이에요."

삐에로는 진지한 표정으로 죠시마의 이야기를 들었다. 료는 우롱차를 한 모금 마시고 죠시마의 이야기에 귀를 기울였다.

"기자들 사이에서 도는 소문으로는 경찰이 용의자를 추렸다는데, 겁나서 섣불리 기사를 쓸 수가 없어요."

"용의자가 누구입니까?"

"시시도 시장이요. 시장이 범인이라니 전대미문의 사건이에요. 어젯밤 타누마가 사망한 걸로 추정되는 시간에 타누마의 집을 방문한 사람은 시시도 시장뿐이라는 소문이 있어요."

"타누마 씨가 운영하던 후원회에서 일하는 사람은 없었습니까?"

"말이 후원회지, 사실상 타누마가 혼자 운영했나 봐요. 선거 직전에는 지지자들을 임시 스태프로 많이 채용한다던데, 다음 시장 선거까지는 2년이나 남았잖아요."

"그렇군요."

삐에로는 팔짱을 꼈다. 말없이 무언가를 골똘히 생각했다. 죠시마가 입을 열었다.

"그런데 삐에로 씨, 왜 이렇게 이 사건에 관심을 가져요?"

"죠시마 군, 시시도 시장을 어떻게 생각합니까?"

"어떻게 생각하냐고요? 뭔가 예민해 보여서 솔직히 저는 별로예요. 그런 사람이 상사면 최악이죠."

"장수는 지(智), 신(信), 인(仁), 용(勇), 엄(嚴)을 갖춰야 한다."

"뭐예요, 그게?"

"손자의 말입니다. 제 생각에 시시도 시장은 장수에 걸맞은 그릇입니다. 카부토시의 미래를 맡겨도 될 사람이에요. 그런 사람이 궁지에 몰렸습니다. 도와주고 싶어지는 게 당연합니다."

"그렇군요. 이번 사건은 엄청 커질 것 같네요."

죠시마가 수염을 쓸며 고개를 끄덕였다. 삐에로는 우롱차 잔을 비우고 말했다.

"시장이 결백하다는 걸 증명합시다. 우리 셋이요. 제 감이지만 타누마 씨가 혼자서 후원회 일을 다 처리했을 것 같지는 않습니다. 도와주는 사람이 있었을 겁니다."

"사무원 같은 거요?"

죠시마가 수첩에 펜을 놀리며 묻자, 삐에로는 고개를 끄덕였다.

"그렇습니다. 최근에 시청을 관둔 직원을 조사해 주세요. 뭔가 나올 가능성이 있습니다."

술집에서 나온 삐에로는 순찰이라는 명목으로 차를 타고 카부토시를 달렸다. 이따금 승합차를 갓길에 세우고 지나가는 고등학생에게 "얼른 집에 들어가세요"라고 하거나, 산책하는 여자에게 "조심하세요"라고 말을 걸었다. 그때마다 사람들은 흠칫 놀란 표정으로 삐에로를 피해 도망치듯 서둘러 자리를 떴다. 말이 순찰이지, 사실은 시민들을 겁주는 것이나 다름없었다.

료는 주머니에 든 봉투를 꺼내 대시보드 위에 놓았다. 어젯밤 삐에로에게 받은 월급이다. 손도 대지 않은 20만 엔이 그대로 들어 있었다.

"이거 돌려드릴게요."

삐에로는 봉투를 힐끔 보고 말했다.

"그 금액은 성에 안 찹니까?"

"아니요. 받을 수가 없어요."

이 돈을 받아 버리면 정말 삐에로의 조수로 일하게 될 것 같아서 무서웠다. 지금은 취업 준비를 하는 처지다. 늦어도 내년 봄까지는 직장을 구해야 한다.

"그 돈은 제가 개인적으로 모아둔 돈입니다. 수상한 돈이 아니에요."

"그런 문제가 아니에요. 저는 직장을 구해야 해요."

"저는 료 군을 채용해서 일이 순조롭게 풀릴 테고, 료 군은 일자리를 구했어요. 윈윈입니다."

"좀 더 제대로 된 직장에 가고 싶어요. 삐에로 씨도 낮에는 평범하게 일하잖아요?"

이렇게 밤에 활동하는 것이 낮에는 멀쩡한 일을 한다는 증거였다. 삐에로가 어정쩡하게 고개를 끄덕였다.

"뭐, 그렇죠."

"어떤 일이에요?"

"서비스업 같은 겁니다."

서비스업에도 여러 종류가 있다. 그런데 삐에로의 말투에서 낮에

하는 본업을 이야기하고 싶지 않다는 분위기가 느껴졌다.

차가 속도를 줄였다. 삐에로는 차를 갓길에 댔다. 핸드 브레이크를 당기면서 삐에로가 말했다.

"료 군이 무슨 말을 하는지 알겠습니다. 그럼 수습생으로 일하면 어떤가요?" 삐에로는 대시보드에 놓인 봉투에서 지폐를 몇 장 꺼내더니 자기 주머니에 넣었다. 그리고 봉투를 료의 품에 밀어 넣으며 말했다. "여기 3만 엔이 들었습니다. 일주일 치 보수입니다. 취업 준비를 하면서 제 일을 도와주세요. 아르바이트 개념으로요."

료는 봉투 안을 들여다보았다. 삐에로의 말대로 만 엔짜리 지폐 세 장이 들어 있었다. 료가 삐에로에게 말했다.

"왜 저죠? 저 말고도 도와줄 사람은 많잖아요."

"어제 그 장소에서 만난 것도 인연 아닙니까. 저는 다른 사람과의 만남을 소중히 여깁니다. 게다가 료 군은 저와 같이 다니면 다양한 경험을 할 수 있을 겁니다. 언젠가 제대로 된 직업을 찾게 될지도 모르죠."

그때 휴대전화 벨소리가 들렸다. 삐에로는 주머니에서 휴대전화를 꺼내 귀에 댔다.

"나야. 무슨 일이야? 미안하지만 마작하는 중이야. … 알았다니까. 금방 들어갈게. … 우유 사 가면 되지? 알았어. 응, 끊어."

삐에로는 전화를 끊고 크게 한숨을 쉬었다.

"사모님이에요?"

"네, 집사람입니다."

"마작하러 간다고 거짓말하고 집을 나온 거예요?"

"당연하죠." 삐에로는 씁쓸한 표정으로 대답했다. "이런 차림으로 거리를 돌아다니는 걸 들키면 바로 이혼입니다. 이 의상과 화장품도 차 트렁크에 두고 다닙니다."

아내의 눈을 속이면서까지 이런 차림으로 다니고 싶어 하는 삐에로의 사고방식을 이해하기 힘들었다. 대체 이 사람은 무슨 생각을 하는 것일까. 이상해서 도리어 궁금증이 일었다. 이 삐에로와 조금만 더 함께 다녀볼까. 아내와 가정이 있는 사람이라니 믿어봐도 괜찮을 듯했다.

"제 얼굴에 뭐가 묻었나요?"

"아, 아뇨. 딱히요."

"오늘은 여기까지 하죠. 편의점에서 우유를 사 가야 해서요."

삐에로는 그렇게 말하며 승합차를 출발시켰다.

⋯◆⋯

히나코가 시장실에 갔을 때, 시시도 시장은 서류에 도장을 찍고 있었다. 카부토 경찰서 형사가 온 것은 어제였다. 시장이 특별히 입단속을 하지는 않았지만, 히나코는 어제 들은 대화를 아무에게도 이야기하지 않았다.

"시장님, 손님이 오셨습니다."

"들여보내세요."

히나코는 문 옆에 서며 길을 텄다. 두 여자가 시장실 안으로 들어왔다. 히나코는 그 뒤를 따랐다.

"잘 오셨습니다. 시장인 시시도입니다."

"오늘 이야기 나눌 기회를 만들어 주셔서 감사합니다. 코마츠 에리카라고 합니다."

회색 정장을 입은 여자가 고개를 숙였다. 나이는 40세쯤으로 보였다. 쇼트커트와 치켜 올라간 눈이 인상적인 여자였다. 다른 한 명도 코마츠 에리카와 비슷한 나이대로 보였지만, 청바지에 셔츠를 걸친 가벼운 차림이었다. 두 사람이 소파에 앉는 것을 보고 시시도 시장이 그 앞에 앉았다.

"저는"하며 코마츠 에리카가 이야기를 시작했다. "'카부토시의 미래를 생각하는 모임'의 대표입니다. 이쪽은 우시야마 하루카라고 하고, 무가지 기자입니다. 저희 기관지를 써주고 있습니다."

코마츠 에리카가 명함 한 장과 얇은 책자를 테이블 위에 놓았다. 시시도 시장은 "감사합니다"하며 명함과 책자를 받고서 가볍게 책자를 훑어보았다.

"시시도 시장님, 저는 사실 시시도 시장님의 후배입니다."

코마츠 에리카가 그렇게 말하자, 시장은 책자를 넘기던 손을 멈추고 고개를 들었다.

"후배라면?"

"고등학교, 대학교 후배예요. 대학교에서는 법학부였습니다."

"그러시군요. 이것참 반갑습니다."

히나코는 조금 불쾌해졌다. 코마츠 에리카라는 여자가 친밀감을 어필함과 동시에 자신의 학력이 시장과 동등하다고 선언한 것처럼 보였기 때문이다.

"저는 카부토시의 보육 문제에 다소 불안을 느낍니다." 코마츠 에리카가 이야기했다. "시시도 시장님이 2년 전 시장 선거에서 내건 공약 중에 '어린이집 대기 아동을 0으로'라는 내용이 있었죠. 얼마 전 시청이 발표한 데이터에 따르면 대기 아동이 0명이 됐다고 하던데, 문제의 본질은 그게 아니라고 생각합니다."

전국적으로 어린이집 입소 대기 아동이 문제지만, 도쿄 같은 대도시와 달리 카부토시에는 애초에 대기 아동 수가 적다. 기존에 있는 어린이집에 인원을 조금씩 할당해서 대기 아동을 0명으로 만들었을 것이다.

"어린이집의 정원을 넘어섰습니다. 쉽게 말해 어린이집이 콩나물시루 같은 상태입니다. 이래서는 보육교사가 모든 아이를 섬세하게 돌보기 힘듭니다. 시장님은 그 점을 어떻게 생각하십니까?"

"지당한 지적이십니다. 그래서 저희도 보육교사를 늘리려고 대책을 마련하고 있습니다."

"저는 조카가 남녀 하나씩 있는데, 둘 다 시내에 있는 어린이집에 다닙니다. 가끔 동생 대신 조카들을 마중하러 가 보면, 어린이집에 아이들이 꽉 들어차 있어서 안쓰럽더군요. 조금 더 넓은 곳에서 마음껏 놀게 해주고 싶은 게 부모의 마음이겠죠. 실례지만, 시장님은 자제분이 있으신가요?"

"아들이 하나 있습니다. 지금 초등학교 6학년입니다."

시시도 시장은 올해로 쉰네 살이다. 늦게 얻은 아들이라 시장은 요즘도 적극적으로 육아를 한다고 들었다.

"그럼 제 마음을 잘 아시겠네요. 새로 건설할 예정인 어린이집은 얼마나 진척됐습니까?"

"현재 부지런히 추진하고 있다고 보고를 받았습니다."

새로운 어린이집을 건설하겠다는 계획은 몇 년 전부터 있었다. 기존의 어린이집들은 점점 낙후되고 대기 아동은 계속 생겨나는 문제를 해소하기 위해 카부토시가 주목한 것은 시청에서 그리 멀지 않은 폐공장이었다. 하지만 아직 공사가 시작되지 않았다.

"사실 여기 오는 길에 건설 예정지를 보고 왔는데, 공사를 시작할 기미가 없더군요. 정말 거기에 어린이집이 건설되는 게 맞습니까? 시장님이 취임하신 지 벌써 2년이 지났습니다."

"조금 난항을 겪는다는 보고는 들었지만, 계획은 진행되고 있습니다. 제 임기 중에는, 그러니까 2년 안에는 완성될 겁니다."

"어린이집은 꽤 큰 건축물입니다. 지금쯤 공사를 시작하지 않으면 2년 후에 완성하기는 어렵지 않겠습니까?"

"건설 기간은 1년 정도라고 전해 들었습니다. 2년 후에 완성되기는 어렵지 않을 겁니다."

"그럼 1년 안에 공사가 시작된다는 말씀이시군요."

"그렇게 생각하시면 되겠습니다."

"시장님이 방금 하신 말씀을 저희 기관지에 실어도 될까요?"

"네. 괜찮습니다."

대단한 여자다. 지금껏 온갖 방문객을 다 봤지만, 시장과 이렇게까지 대등하게 이야기하는 사람은 오랜만이다. 같은 여자로서 존경심이 느껴지면서도 어쩐지 호감은 들지 않았다.

우시야마라는 여자는 조금 전부터 한결같이 메모를 하고 있었다. 이 대화 내용을 기사로 쓸 생각인가 보다.

"오늘 귀중한 시간 내주셔서 진심으로 감사드립니다."

코마츠 에리카가 일어섰다. 시시도 시장도 일어나서 코마츠 에리카와 테이블 너머로 악수했다. 우시야마라는 여자는 허둥지둥 노트를 덮고 일어났다.

시장실 문으로 나가기 직전, 코마츠 에리카가 떠올랐다는 듯 말했다.

"시장님, 만약 1년 안에 새 어린이집 공사가 시작되지 않는다면, 저한테는 계획이 있습니다."

"계획이라 하심은?"

"2년 후 시장 선거에 입후보할 겁니다. 그리고 당선돼서 제 손으로 새 어린이집을 건설할 겁니다."

히나코는 귀를 의심했다. 사실상 선전 포고나 다름없었다. 하지만 시시도 시장은 여유로운 미소를 지으며 말했다.

"그러면 곤란하죠. 에리카 씨처럼 총명한 분을 적으로 돌리고 싶지는 않습니다. 그런 일이 생기지 않도록 온 힘을 다해 시정에 임하겠습니다."

시시도 시장은 코마츠 에리카가 시장실에서 나가는 모습을 끝까지 지켜본 뒤 책상에 놓인 수화기를 들었다. 아마 새로운 어린이집 건설이 어떻게 진행되고 있는지 확인하기 위해서일 것이다. 몇 분 후면 어린이집을 관리하는 보건복지부의 부서장이, 또는 실제로 공사를 담당하는 도시정비부의 부서장이 시장실을 찾아올 듯하다.

히나코는 가볍게 인사하고 시장실을 나왔다.

"저 사람은 아마… 음, 전입?"

이마니시 히나코는 1층 안내 데스크 앞에 있었다. 안내 데스크에는 카자오카 씨가 서 있었다. 1층 회계과에 서류를 내고 돌아가는 길에 잠깐 들렀다.

한 남자가 안내 데스크 앞으로 왔다. 긴소매 셔츠를 입고 커다란 가방을 들었다. 남자는 주위를 둘러보았다. 20대로 보이는 남자였다.

"안녕하세요. 어떤 일로 오셨나요?"

카자오카 씨가 그렇게 묻자, 남자는 쭈뼛거리며 대답했다.

"으음, 전입 신고를 하려고요."

"알겠습니다. 그럼 1층 정면에 있는 시민행정과 3번 창구에서 번호표를 뽑고 기다려주세요."

남자가 떠났다. 가르쳐준 대로 3번 창구로 향하는 남자의 모습을 끝까지 지켜본 뒤에 히나코는 카자오카 씨에게 물었다.

"대단해요, 카자오카 씨. 어떻게 알았어요?"

"후후. 글쎄. 우선 9월에는 4월 다음으로 전입이나 전출이 많거든. 그리고 아까 그 남자, 커다란 여행 가방을 들고 있었잖아. 카부토시까지 전철을 타고 와서 바로 여기 들른 것 같더라고. 긴소매 차림인 걸 보니까 비교적 추운 지방에서 왔나 봐."

카자오카 씨는 이 일만 15년째인 베테랑이다. 매일같이 1층 안내 데스크에서 방문객들을 안내한다. 이제는 방문객을 보기만 해도 그 사람이 어떤 용건으로 시청에 왔는지 아는 모양이다.

"그럼 히나코 씨, 저 분은 어때?"

카자오카 씨는 장난꾸러기 같은 눈빛으로 물었다. 때마침 정문에서 한 여자가 청사 안으로 들어왔다. 노란 봉투를 손에 들고 약간 다리를 절었다. 나이는 50대나 60대인 것 같았다.

"흐음, 저 분은…." 히나코는 그 여자를 관찰하며 대답했다. "장애가 있는 것 같으니까 돌봄 관련일까요?"

"내 생각에는 국민건강보험연금과 같아. 아, 안녕하세요."

다리를 저는 여자가 안내 데스크로 다가왔다. 카자오카 씨는 미소 지으며 말했다.

"어떤 일로 오셨나요?"

"그게, 장애 연금 때문에 물어볼 게 있어서요."

"그럼 국민건강보험연금과입니다. 이쪽으로 쭉 가서 왼쪽에 있어요."

카자오카 씨는 안내 데스크에서 나가 여자에게 손을 내밀려고 했다. 그러나 여자는 "괜찮아요. 신경 써줘서 고마워요"라고 인사하고는 국민건강보험연금과를 향해 걸어갔다.

"대단해요, 카자오카 씨. 바로 알아보셨네요."

"방금 건 살짝 반칙이었나? 그 여자분, 봉투를 들고 있었잖아. 그 봉투에 '일본 연금 기구'라고 적혀 있는 게 보였어."

"역시 엄청난 관찰력이네요."

"봉투 색이나 발신자를 보면 그 사람이 어떤 용건으로 시청에 왔는지 대충 예상이 돼. 기본 중의 기본이지."

"덕분에 또 배웠어요."

새로운 발견이라고 할까. 몰랐던 것을 알게 되는 것은 즐겁다. 히나코는 이럴 때 시청에 들어와서 다행이라고 생각했다. 일반적으로 시청 직원이라고 하면 시청에서 일어나는 일은 뭐든 아는 줄 알지만, 실제로는 그렇지 않다. 카부토 시청에는 과가 30개 가까이 있는데, 한 직원이 4년 주기로 이동한다 해도 전체 공무원 인생에서 약 10개의 과에만 배속될 수 있다. 히나코는 시청에 들어온 지 올해로 12년째고, 비서과는 네 번째로 발령된 과다. 이동 주기가 짧은 편이지만, 아직도 모르는 것투성이다. 가끔 친척이나 지인이 쓰레기 분리수거 하는 법이나 확정 신고 하는 법을 물어봐서 난처할 때도 있다.

방문객들이 하나둘 안내 데스크를 찾아오자, 히나코는 방해하지 않으려고 자리를 떴다. 2층 비서과로 돌아가 자리에서 서류를 작성하는데, 과장이 히나코를 불렀다.

"저기, 히나코, 잠깐 얘기 좀 할까?"

마침 비서과 집무실에 과장과 히나코 둘뿐이었다.

"무슨 일이세요?"

히나코가 고개를 들자, 과장이 물었다.

"어제 형사들이 왔잖아. 점심시간에 소문으로 들었는데, 시장님 뒤를 캔다나 봐. 히나코, 뭐 아는 거 없어?"

그러지 않아도 과장에게는 기회를 봐서 이야기하려고 했기에 히나코는 숨기지 않고 보고했다. 과장은 그다지 동요하지 않으며 히나코의 이야기를 끝까지 듣고 말했다.

"역시 그랬구나. 시장님과 후원회장이 다툰 건 청사 안에서도 화제였어. 형사들에게 이것저것 질문을 받은 직원도 몇 명 있는 것 같아. 시장님이 설마 사람을 죽이지는 않았겠지만, 언론에 알려지면 일이 커질 거야."

타누마 살인사건은 어젯밤부터 전국 인터넷 뉴스 프로그램에 보도되었다. 오늘도 아침부터 청사 안에서 그 이야기로 시끄러웠다. 살인사건. 그것도 살해된 사람이 현 시장의 후원회장이다. 화제 되지 않는 것이 이상하다.

"시장님 상태는 어때?"

과장이 묻자, 히나코는 대답했다.

"딱히 별다를 건 없어요. 평소랑 똑같이 일하세요."

"그래. 역시 포커페이스네."

시장은 감정을 거의 겉으로 드러내지 않아서 뒤에서 포커페이스라고 불린다. 시장이 유능한 것은 청사 직원들 모두 인정하지만, 회의 때 직설적으로 말하는 경향이 있어서 시장을 노골적으로 싫어하는 직원도 있는 듯했다.

히나코는 비서로 2년 동안 시장을 가까이 대하면서 시장이 존경할 만한 인물이라고 생각하게 되었다. 일도 잘하고 결단력도 있다. 게다가 시장이라는 자리에 있으려면 24시간 어떤 순간에나 시장으로 있어야 한다. 평범한 사람은 할 수 없는 일이라고 비서과에 들어온 후에야 비로소 느꼈다.

"아무튼 큰일이야. 타누마 씨 사건도 그렇고, 다음 주부터 있을 9월 의회에서는 본격적으로 증세하자는 움직임이 보일 거야. 태풍도 오는 것 같고, 긴장을 늦출 수 없는 나날이 이어지겠어."

과장이 한숨처럼 말했다. 어떤 마음일지 이해된다. 시장을 향한 비판이 강해지면 그만큼 비서과의 일도 늘어난다.

지금 시장은 외출 중이다. 시내에 사는 100세 노인을 찾아가서 꽃다발과 기념품을 증정하고 있을 것이다.

오늘은 금요일이다. 이번 주말에는 웬일로 시장의 근무 일정이 없다. 원래는 토요일이나 일요일에 행사에서 인사말을 하거나 회의에 참석해야 할 때가 많다. 당연히 비서가 동행해야 해서 비서과 직원들은 교대로 휴일 출근을 한다.

"히나코, 잠깐 관광과 회의에 다녀올게. 수고해."

과장이 그렇게 말하며 나가자, 히나코는 집무실 안에 혼자 남았다. 일을 다시 시작했을 때, 책상 서랍에서 낮은 진동음이 울렸다.

서랍에서 스마트폰을 꺼내 보니, 메시지가 하나 와 있었다.

···◆···

"저기요, 아직이에요? 예약 시간은 진작에 지났잖아요."

"제대로 설명해요. 왜 진찰을 안 해줘요?"

"더는 못 기다려요. 약이라도 처방해줘요."

환자들이 불만의 목소리를 토했다. 이미 오후 네 시가 지나서 료가 카부토시 중앙 병원에 도착한 지도 한 시간 넘게 경과했다.

료가 집에 있는데 엄마가 할머니를 병원에 데려가 달라고 했다. 오후 세 시 예약이라고 들었건만, 할머니의 이름은 아직 불리지 않았다.

벤치는 진찰을 기다리는 환자로 꽉 찼고, 앉지 못한 사람은 서 있었다. 대기 환자가 50명은 되는 것 같았다. 할머니는 조금 전까지 료 옆에 함께 서 있었는데, 너무 안쓰러워서 정면 로비에 있는 빈 벤치에 할머니부터 앉혔다. 차례가 되면 부르러 갈 생각이었다. 대기 환자는 계속 늘어만 갔다.

"실례합니다." 료 옆에 선 노인이 지나가는 간호사를 불러 세웠다. "진찰이 시작되려면 멀었나요? 벌써 한 시간이나 기다렸는데요."

그러자 여자 간호사가 멈춰 서서 난처한 표정으로 대답했다.

"죄송합니다. 오전 진찰이 예정대로 끝나지 않아서 다 오후 진찰로 미뤄졌어요."

"오전에 예약한 환자들 진찰이 끝나기 전에는 우리가 진찰을 못

받는다는 말이에요?"

"뭡니까, 그게? 예약한 의미가 없잖아요."

사람들이 불만을 터뜨렸다. 아무래도 오늘은 돌아가는 것이 좋겠다. 료는 걸음을 돌려 할머니가 기다리는 정면 로비로 향했다.

복도 저편에서 한 간호사가 걸어왔다. 어디서 본 얼굴이다 싶더니, 그저께 밤 어묵 포장마차에서 만난 후지이 레이나였다. 레이나는 료를 전혀 신경 쓰지 않고 성큼성큼 걸어왔다. 그때 그녀는 꽤 취한 상태였다. 료를 기억하지 못할 가능성이 크다.

료는 멈춰 서서 후지이 레이나에게 시선을 던졌다. 료의 시선을 알아차렸는지 후지이 레이나는 멈춰 섰다. 료는 고개 숙여 인사하며 말했다.

"안, 안녕하세요."

"죄송합니다. 누구시죠?"

역시 기억하지 못하나 보다. 료는 "실례했습니다"라고 어색하게 말하고 자리를 뜨려고 했다. 그러자 그녀가 말했다.

"장난이야. 기억나. 이런 데서 뭐해? 어디 아파?"

그저께는 머리를 풀고 있었는데, 오늘은 위쪽으로 묶어서 인상이 조금 달라 보였다. 간호복을 입어서 더 그랬다.

"아뇨, 할머니를 모시고 왔어요. 그런데 사람이 너무 많아서 포기하고 집에 가려고요."

"외과였나 보구나. 오늘 진찰해주시는 선생님이 도쿄에서 전철을 타고 오는 길에 사고를 목격해서 부상자를 봐줘야 했다나? 아무튼 그래서 두 시간 지각했어. 뭐, 불가항력이라 어쩔 수 없지만. 나는 외과 입원 병동 담당이라 오늘은 또 몇 시에 퇴근할 수 있을지 모르겠다."

말투는 태연했지만, 레이나는 얼굴색이 퍽 좋지 않았다. 상당히 지쳐 보였다.

"정말 어떻게 좀 해줘. 아, 그런데 료네 할머니는 어디가 아프셔?"

"류마티스 관절염…일걸요."

작년부터 손목 관절이 아프다고 하더니, 진찰 결과 류마티스 관절염이었다. 2주에 한 번 이 병원에 다닌다고 들었다.

"류마티스면 우리 병원이 아니어도 괜찮아. 개인병원에서도 봐줄 수 있으니까 모시고 가. 으음, 와타나베 정형외과 있지? 아니면 쿠사노 외과나 히가시 외과 클리닉도 괜찮아. 그리고…."

"잠, 잠깐만요."

료는 허둥지둥 스마트폰을 꺼내서 레이나가 말한 병원 이름을 메모장에 적었다. 인터넷으로 진찰 시간을 찾아서 지금이라도 가보면 될 것 같았다.

"감사합니다."

"저기, 료. 나 그저께 엄청 취하긴 했는데, 그때 너 삐에로랑 같이 있었지?"

"네, 있었어요."

"다행이다. 취해서 이상한 꿈이라도 꿨나 했어. 삐에로한테 안부 전해줘."

레이나는 그렇게 말하고 떠났다. 마침 손에 든 스마트폰에 메시지가 와서 바로 읽었다. 도쿄에 있는 중견 기업에서 온 면접 안내였다.

7월경 그 회사에서 필기시험을 본 기억은 있지만, 불합격 통보를 받은 기억은 없다. 기업에서 보낸 불합격 통보는 '기도 메시지'라고 불린다. 서류든 메일이든 끝부분에는 항상 '귀하의 성공을 진심으로 기도합니다'라고 적혀 있는 것이 유래다. 최근에는 불합격 통보를 하지 않는 기업도 늘어서 취업 준비생들에게 '소리 없는 기도'라고 불린다.

기업이 '소리 없는 기도'를 하는, 다시 말해 불합격을 통보하지 않는 이유는 주로 두 가지로, 하나는 단순히 인사 담당자가 태만해서다. 다른 하나는 내정을 받아 놓고 입사하지 않는 사람이 속출할 때를 대비해 합격과 불합격의 경계에 있는 학생들을 비축해 두기 위해서다.

이번에 료에게 메시지를 보낸 회사는 후자일 듯했다. 내정을 받고 입사하지 않는 사람이 나오는 바람에 추가 시험을 치러야 해서 7월 필기시험 때 경계선에 있던 학생들에게 연락한 것이다.

료는 스마트폰을 주머니에 넣고 할머니가 기다리는 로비로 서둘러 갔다.

····◆····

약속 장소는 역 근처 찻집이었다. 오후 일곱 시에 히나코가 가게에 도착하자, 남자가 이미 창가 자리에서 기다리고 있었다.

"미안해, 히나코. 갑자기 불러내서."

"아니야. 다른 일정도 없었어."

"뭐 마실래? 밥 안 먹었으면 먹어도 돼."

"따뜻한 홍차. 밥은 집에 가서 먹을게."

남자의 이름은 죠시마 히데아키. 히나코와는 초등학교 때부터 동창이었다. 고등학교까지 같이 다녔다. 초중학교 때는 학급 임원도 몇 번 같이 했지만, 고등학교 졸업과 동시에 진로가 나뉘었다. 죠시마는 대학교를 졸업하고 대형 신문사에 들어갔다고 들었는데, 지금으로부터 3개월 전, 시장의 정례 기자 회견에서 우연히 만났다. 히나코도 일하는 중이었기에 두세 마디밖에 대화하지 못했다. 죠시마에게 받은 명함에는 '마이아사신문 카부토지국 기자'라고 적혀 있었다. 히나코는 업무상 언론 관계자를 대할 일이 많아서 그 뒤로도 몇 번 얼굴을 봤다.

"아, 누님. 아이스커피랑 따뜻한 홍차 한 잔씩요."

죠시마는 지나가는 점원에게 그렇게 말하고 담배를 물었다. 이목구비가 뚜렷해서 미남이라 불릴 만한 얼굴이라 소개팅에 나가면 인기가 많을 것 같았다. 죠시마는 라이터로 불을 붙이려고 하다가 떠오른 듯 말했다.

"담배 싫어했던가?"

"아니야. 괜찮아."

예전에는 성실해서 선생님의 말을 거스르지 않는 학생이었지만, 지금 앞에 있는 죠시마는 조금 불량해 보인다고 할까, 어쩐지 비뚤어진 분위기를 풍겼다. 하지만 그건 그것대로 나쁘지 않다고 멋대로 결론을 내렸다. 카부토시 같은 지방 지국으로 쫓겨난 것을 보면 죠시마의 인생에도 우여곡절이 있었을 것이다.

"너를 부른 건 다름이 아니고," 죠시마는 안부 인사도 생략하고 바로 본론을 꺼냈다. "작년까지 카부토시 직원이던 무라오카라는 사람 알아? 내가 조사를 좀 하고 있어."

무라오카 하루유키를 말하는 것 같다. 면식은 없지만 얼굴과 이름 정도는 안다.

"알아. 면식은 없지만."

"요즘 어디서 뭐 하는지 알아? 소문으로 들은 것도 괜찮아."

히나코는 죠시마가 기자임을 떠올리고 마음속으로 긴장의 끈을 조였다. 이건 사석에서 동창과 차를 마시는 상황이 아니었다. 적어도 죠시마는 일하러 온 것 같다.

"몰라. 말 섞어 본 적도 없어."

"뭐든 괜찮아. 그 사람, 시청을 관두고 뭐 할 것 같아?"

무라오카 하루유키는 40대 초반인 전직 공무원으로 1년 전 시청에서 징계 면직 되었다. 이유는 음주운전이었다. 퇴근길에 술을 마시고 대리운전을 이용한 것까지는 좋았는데, 집 근처에서 대리를 돌려보내고 직접 운전해서 귀가하다가 순찰 중인 경찰의 눈에 띄었다. 무라오카의 집은 복잡한 골목 안쪽에 있어서 대리운전을 맡기기보다 직접 운전하는 것이 낫다고 여긴 모양이다. 중간까지 대리운전으로 오다가 끝에 가서 경찰에 붙잡혔으니, 본인으로서는 불운하다고 생각하는 것 같았다.

하지만 그가 음주운전으로 경찰에 넘겨진 것은 사실이라, 시시도 시장은 즉시 그를 징계 면직 하겠다고 발표했다. 무라오카는 일 처리가 깔끔하고 성실하며 붙임성 좋은 직원이었기에 처벌 수위를 낮춰 달라고 호소하는 목소리가 직원들 사이에서 나왔지만, 시장은 이미 내린 결정을 뒤집지 않았다.

"으음, 뭐 하고 지내려나?"

"그 사람이 누구랑 친하게 지냈는지는 알아?"

"글쎄…."

죠시마가 묻자, 히나코는 고개를 갸웃했다. 무라오카의 인간관계 따위 모른다. 인맥을 활용하면 알아내지 못할 것도 없겠지만, 죠시마를 위해 그렇게까지 할 의무는 없었다. 더구나 공무원은 정보 유출을 조심해야 한다.

"참고가 될지는 모르겠지만," 히나코는 그렇게 운을 뗐다. 살짝 힌트를 주는 정도라면 괜찮을 것 같았다. "무라오카 씨는 아마추어 야구팀에 소속돼 있다고 들었어. 같은 팀 동료라면 뭔가 알지도 몰라."

"팀 이름이 뭔데?"

"거기까지는 몰라. 너 신문 기자잖아. 그 정도는 직접 알아낼 수 있지 않아?"

"뭐, 그렇지."

죠시마는 아이스커피 잔을 비우고 재떨이에 담배를 비벼 껐다.

"고마워, 히나코."

"도움이 됐는지 모르겠다. 그런데 왜 무라오카 씨를 조사해?"

"미안하지만 그건 알려줄 수가 없어. 아무리 너여도."

요즘 카부토시는 타누마 후원회장 살인사건으로 떠들썩하다. 하지만 그 사건과 무라오카 사이에는 연결고리가 없어 보였다. 히나코가 홍차를 입에 대자, 죠시마가 계산서를 들고 일어났다.

"벌써 가?"

"미안. 너 같은 미인을 혼자 두고 가기는 아쉽지만 가야 돼."

"죠시마, 변했구나. 원래는 그렇게 능글맞은 소리를 하는 애가 아니었던 것 같은데."

"맞아, 변했어. 난 다시 태어났어."

죠시마는 어째선지 기쁘게 웃었다. 언뜻 경박해 보이는 표정 뒤에 왠지 모를 슬픔이 느껴졌다. 한번 좌절하고 나니 마음이 편해진 것일까. 죠시마는 계산서를 들고 계산대로 향하다가 무언가가 떠오른 듯 히나코 쪽으로 돌아왔다.

"히나코, 시시도 시장 말인데, 좀 큰일을 겪을 것 같아."

"큰일? 어떤 큰일?"

"내일이 되면 알 거야. 그럼 다음에 보자."

죠시마가 떠났다.

혹시 타누마 살인사건의 용의자라는 사실이 언론사에 노출됐나.

찻집에서 나가는 죠시마의 뒷모습을 끝까지 지켜보던 히나코는 불안을 느끼며 홍차를 입으로 가져갔다.

…◆…

"이래서는 안에도 못 들어가겠습니다. 어떻게 해야 하지?"

"그러게요."

료는 마츠도쵸 주택가에 왔다. 그저께 밤에 살인사건이 일어난 현장이다. 살해된 사람은 현 시장의 후원회장이라고 했고, 삐에로는 사건을 해결하겠다고 의지를 불태웠다. 사건 현장이 된 단독주택은 노란 테이프로 봉쇄돼 있었다.

주위에는 지금도 언론사 관계자들이 바글거렸다. 그들은 삐에로의 모습을 보고 호기심 어린 시선을 던졌지만, 삐에로는 아랑곳하지 않았다.

삐에로는 갓길에 세워둔 승합차에 탔다. 료가 조수석에 앉자, 삐에로가 물었다.

"료 군, 어떻게 생각하나요?"

"어떻게 생각하냐니, 뭘요?"

"이 사건 말입니다. 죠시마 군이 준 정보에 따르면 타누마 씨가 살해된 날 밤, 저 집을 방문한 사람은 시시도 시장 한 명뿐이라고 합니다. 다음 날 아침 시신을 발견한 타누마 씨의 회사 관계자가 도착하기 전에 저 집에 들어간 사람이 있었다는 이야기는 아직 없습니다."

"시장도 인간이잖아요. 사람을 죽이고 싶어지는 순간도 있지 않겠어요?"

"맞는 말입니다." 삐에로가 시동을 걸고 승합차를 출발시켰다. 핸들을 움직이면서 삐에로가 덧붙였다. "시장도 살의를 느낄 때가 있겠죠. 하지만 료 군, 인간은 손익을 기반으로 움직입니다. 시장이 사람을 죽이면 손실이 훨씬 큽니다. 게다가 시장은 이 시의 최고 권력자입니다. 정말 거슬리는 사람이 있으면 직접 죽이는 것 말고 다른 방법을 찾을 겁니다."

휴대전화 벨소리가 울렸다. 마침 빨간불에 멈춘 참이라 삐에로가 휴대전화를 귀에 댔다. "알겠습니다. 당장 가죠"라고 말하고는 휴대전화를 주머니에 넣고 다시 승합차를 출발시켰다.

차는 역을 향해 달렸다. 역 앞 거리 갓길에 정차하자, 뒷좌석 문이 열리더니 한 남자가 올라탔다. 죠시마라는 기자였다.

"이야, 역시 삐에로 씨예요. 감이 대단해요."

죠시마가 차를 타자마자 말했다. 삐에로가 깜빡이를 켜며 물었다. "뭔가 알아냈나요?"

"지난 몇 년 사이에 시청을 관둔 직원을 조사해 봤어요. 그랬더니 수상한 사람이 한 명 있었어요. 이름은 무라오카 하루유키. 1년 전에 음주운전으로 징계 면직 됐어요. 그 사람이 소속된 아마추어 야구팀 동료에게 이야기를 들어보니 무라오카는 후원회 사무원이었대요."

"징계 면직 된 사람이 어떻게 후원회 사무원이 됐을까요?"

"그 경위는 불분명해요. 아무튼 후원회 사무소가 타누마의 집 근처에 있는데, 무라오카가 거기를 드나드는 모습이 목격됐어요. 안 그래도 저도 무라오카가 음주운전으로 시청에서 징계 면직 된 건 알고 있었습니다. 시시도 시장이 강하게 밀어붙였다고 합니다."

"역시 시시도 시장은 정 많은 사람인 것 같군요. 세간의 눈이 있어서 가혹한 처분을 내릴 수밖에 없었지만, 시청에서 징계 면직 된 사람이 재취업하기는 어렵습니다. 그래서 자신의 후원회에서 채용하도록 했겠죠. 아마 무라오카 씨가 사무원으로 일한다는 이야기는 어디에도 하지 않았을 겁니다."

"그랬나 봐요. 그런데 당사자인 무라오카가 어제부터 행방이 묘연하대요."

"사라진 후원회 사무원이라…. 아마 경찰도 무라오카 씨를 주목하고 있을 겁니다. 어떻게든 무라오카 씨를 찾아내 주세요. 무라오카 씨라면 시장의 무죄를 증명할 수 있을 겁니다."

"알겠어요. 계속해서 무라오카를 뒷조사할게요. 오늘 밤에는 회사에서 원고를 써야 해서 이만 실례하겠습니다."

죠시마가 뒷좌석 문을 열고 차에서 내렸다. 그리고 한 상가 건물로 들어갔다. 그 건물 안에 '마이아사 신문'의 지국이 있는 모양이다.

"뭘 좀 먹을까요?" 하며 삐에로가 무인 주차장에 차를 댔다. 삐에로가 운전석에서 내리자, 료는 허둥지둥 안전벨트를 풀고 조수석에서 내렸다. 역 앞 거리를 조금 걷다 보니 앞쪽에 빨간 등롱이 보였다. 그저께 밤에도 온 어묵 포장마차다.

"어? 삐에로다. 료도 있네. 자, 앉아."

오늘도 곤드레만드레한 후지이 레이나였다. 낮에 봤을 때와 완전히 딴판이다. 일을 야무지게 해치우는 간호사의 모습은 어디에도 없고 어느 모로 보나 술주정뱅이였다.

"얼른 앉아, 료."

레이나가 일어나서 료에게 팔짱을 꼈다. 봉긋한 가슴이 팔꿈치 쪽에 느껴져서 얼굴이 빨개졌다.

"오호라, 사이가 꽤 좋아 보이는군요. 사귀는 겁니까?"

삐에로가 말하자, 레이나가 대답했다.

"뭐, 그렇죠."

"아, 아니에요!" 료는 황급히 부정했다. "오늘 병원에서 만난 게 다예요. 할머니를 중앙 병원에 모시고 갔다가 그때 잠깐 대화했을 뿐이에요."

"뭐, 아무렴 어떻습니까. 사장님, 맥주 주세요."

레이나를 사이에 두고 카운터석에 앉았다. 오늘은 다른 손님도 있었다. 회사원으로 보이는 젊은 남자 둘이 어묵을 안주 삼아 사케를 마셨다.

"레이나 씨, 의사 관련 건은 조금 더 기다려주십시오. 여러모로 정신이 없어서요."

삐에로가 포장마차 사장에게 캔맥주를 받으면서 말하자, 레이나는 컵에 담긴 사케를 마시며 말했다.

"어머, 진심이에요?"

"당연하죠. 삐에로는 한 입으로 두말하지 않습니다."

"큰 기대 없이 기다릴게요."

"그러시죠."

료도 캔맥주를 받고 어묵을 적당히 주문했다. 남자 손님들의 시선이 신경 쓰였다. 그들은 대화하면서 흘깃흘깃 삐에로를 곁눈질했다. 그 시선을 알아차린 삐에로가 두 사람에게 말을 걸었다.

"제 얼굴에 뭐가 묻었습니까?"

"아, 아뇨. 아닙니다."

"남의 얼굴을 힐끔거리는 건 좋지 않습니다. 두 분은 무슨 일을 하시죠?"

한 남자가 대표로 대답했다.

"금융 쪽 일이요."

"요즘 경기가 어떻습니까? 이익이 좀 나요?"

"전혀요. 소위 말하는 스탠더드 불황이에요. 앞날이 캄캄해요." 젊은 남자가 이어서 말했다. 뺨이 벌겋게 물들었다. "저야 뭐 독신이니까 괜찮다 쳐요. 여차하면 이직해서 이 마을을 떠나면 되니까요. 그런데 이놈은 불쌍해요. 3년 전에 대출을 받아서 집을 지었거든요. 게다가 애가 초등학생이라 전학은 절대 안 된다고 아내가 반대한대요. 이 마을을 떠날 수가 없어요."

"흐음. 그렇군요. 고생하십니다." 삐에로가 맥주를 한 모금 마시고 물었다. "어떻게 하면 이곳 경기가 회복될까요?"

삐에로가 그렇게 묻자, 다른 남자가 대답했다.

"스탠더드가 사라지고 남은 땅에 기업을 유치하면 회복될 거예요. 쉬운 일은 아니지만. 시청에서도 기업을 유치하려고 애쓰고 있을걸요."

아버지가 운영하는 제작소의 실정을 알아서 료도 카부토시의 불황을 체감했다. 그 광대한 땅에 기업을 유치하기는 보통 일이 아니다. 카부토시의 불황은 한동안 계속될 듯했다.

그러고 보니 내일 오후에 도쿄에서 면접이 있다. 오전에는 집을 나서야 한다. 삐에로에게 말하는 것이 좋을까. 아니, 괜히 말했다가 못 가게 하면 귀찮아진다.

"오늘은 제가 두 분에게 쏘겠습니다. 카부토시의 미래를 진심으로 걱정하는 젊은이들을 만나서 저도 기쁘니까요."

삐에로가 그렇게 말하며 가슴팍을 두드리고는 만 엔 지폐 한 장을 카운터 위에 놓고 일어섰다.

"저는 이만 가보겠습니다. 료 군, 레이나 씨, 편안한 밤 되세요."

삐에로가 떠났다. "벌써 가는 거예요? 재미없게" 하며 레이나가 볼을 부풀렸다. 료가 일어나자, 레이나가 팔을 감았다.

"료, 조금만 더 마시자."

"아뇨, 저도 이만 가볼게요."

레이나의 팔을 뿌리친 료는 포렴을 젖히고 포장마차에서 나갔다. 삐에로의 모습을 찾았다. 한 20미터 앞에 삐에로의 모습이 보였다. 역시 저 모습은 눈에 띈다. 료는 미행을 시작했다.

저 삐에로라는 사람은 정체가 뭘까. 그게 궁금했다. 궁금하지 않은 것이 오히려 이상하지 않나. 저런 꼴로 거리에 나타나서 사람들의 소원을 들어주다니. 대체 뭐 하는 사람일까.

삐에로와 거리가 가까워졌다. 삐에로는 료가 미행하는 것을 전혀 눈치채지 못한 듯 휴대전화로 통화하면서 밤길을 걸었다.

"…응. 지금 대리운전으로 집에 가는 길이야. …섬유 유연제? 나는 섬유 유연제에 어떤 게 있는지도 몰라."

오늘도 아내가 심부름을 시키나 보다. 잠시 후 한 마트가 나와서 삐에로는 가게 안으로 들어갔다. 료는 자판기 그늘에 숨어 삐에로가 나오기를 기다렸다. 스마트폰으로 게임을 하며 기다렸지만, 삐에로는 좀처럼 가게에서 나올 기미가 없었다.

료는 참다 못해 가게에 들어갔다. 가게 안은 밝았고 손님은 별로 없었다. 삐에로를 찾는데, 갑자기 뒤에서 목소리가 들려왔다.

"료 군, 무슨 일이죠?"

뒤돌아보니 삐에로가 서 있었다. 료는 횡설수설하며 대답했다.

"아, 아뇨, 그냥, 뭘 좀 사러…."

"설마 저를 미행한 건 아니겠죠?"

의심하는 눈빛이었다. 료는 부정했다.

"아니에요. 그런 거 아니에요."

"그럼 섬유 유연제 찾는 걸 도와주세요. 종류가 많아서 저는 잘 모르겠습니다. 아내는 꼭 이걸 사 오라고 분부했습니다. 잘못 사 가면 그야말로 혼쭐이 날 겁니다."

삐에로가 그렇게 말하며 쪽지를 내밀었다. 거기에 적힌 제품명을 읽고 료는 삐에로와 함께 섬유 유연제를 찾아서 가게 안을 돌아다녔다.

···◆···

보행자용 신호가 깜빡이자, 히나코는 속도를 늦췄다. 빨간불이 들어와 있는 동안 그 자리에서 스트레칭을 했다. 신호가 파란불로 바뀌었을 때 다시 달렸다.

오늘은 토요일이라 쉬는 날이다. 일정이 없는 휴일 오전에는 항상 조깅을 한다. 원래는 헬스장에 다니다가 월급이 6퍼센트 삭감되고 나서 헬스장을 그만뒀다. 그 뒤로 거리를 달리게 되었는데, 러닝머신 위를 달리는 것보다 야외에서 달리는 것이 훨씬 상쾌했다. 평일 수영과 휴일 조깅은 빼먹을 수 없는 습관이다.

히나코는 팔에 떨어진 물방울을 느끼고 하늘을 올려다보았다. 우중충하게 구름이 끼었다. 어젯밤 뉴스에 따르면 태풍이 혼슈에 접근해서 내일 오후 토카이 지방에 상륙한다고 했다. 경로 예상도에 표시된 태풍 영향권에 이 카부토시도 포함돼 있었다.

빗발이 서서히 강해졌다. 히나코가 거주하는 연립주택까지는 약 2킬로미터 남았다. 히나코는 달리는 속도를 높였다. 아직 태풍의 영향권에 들지는 않았지만, 오늘 국지적으로 호우가 온다고 어젯밤 뉴스에서 들었다. 이대로면 이번 주말은 태풍에 날아가 버릴 것이다.

10분 정도 달려서 집에 도착했다. 히나코의 본가는 카부토시에 있지만, 5년 전 오빠가 결혼해서 본가에 들어간 것을 계기로 본가를 벗어나 혼자 살기 시작했다. 하지만 일주일에 두세 번은 본가에서 저녁을 먹는다. 두 살 난 조카가 참을 수 없이 귀여워서 저도 모르게 장난감이나 과자를 사주게 된다.

샤워하기 전에 스마트폰을 확인해 보니 부재중 전화가 와 있었다. 과장의 전화였다.

불길한 예감이 들었다. 어제 죠시마가 한 말을 떠올렸다. 죠시마는 시시도 시장이 큰일을 겪을 것이라고 말했다.

스마트폰을 귀에 댔다. 통화 연결음이 몇 번 울린 뒤에 과장의 목소리가 들렸다.

"히나코, 조간신문 봤어?"

"아뇨"라고 히나코는 우물쭈물 대답했다. 사실 집에서 신문을 받아보지 않는다. 시청에 가면 읽을 수 있기 때문이다. "죄송해요, 과장님. 지금 조깅 갔다가 막 들어왔어요."

"그래, 아무튼 지금 바로 시청으로 와."

"네? 지금요?"

"응. 고생 좀 해줘."

대체 무슨 일일까. 인터넷으로 검색해볼까 싶었지만, 서두르는 것이 좋을 듯해 외출 준비를 했다. 10분 만에 집을 나서서 차를 탔다.

빗발은 조금 전보다 강해졌다. 토요일 오전이라서, 게다가 비까지 와서 길은 한산했다. 태풍이 접근하는 탓에 외출을 삼간 시민도 많은 것 같다.

시청 앞 주차장에 차를 세우고 직원 전용 통로로 청사에 들어갔다. 2층 집무실에 가보니, 비서과 직원이 다 모여 있었다. 전화기 세 대가 모두 울렸다. "오느라 수고했다, 히나코"라고 과장이 말을 걸자, 히나코는 물었다.

"과장님, 대체 무슨 일이…."

그러자 근처에 있던 직원이 A4 용지를 내밀었다. 오늘 자 조간신문을 복사한 것 같았다. 거기에 '카부토시장, 공금으로 해외여행 갔나'라는 글이 떡하니 박혀 있었다.

'스루가 뉴스'라는 지방 신문이었다. 기사를 죽 읽어보니 시시도 시장이 반년 전 3월 중순 인도네시아 발리섬으로 여행을 갔을 때 왕복 항공권과 현지 호텔비 등을 공금으로 결제했다는 내용이었다. 공금은 한마디로 시의 예산이다. 다시 말해 시장이 사적인 여행에 시민들의 혈세를 사용했다는 뜻이었다.

"히나코, 그날 어땠는지 기억하지?"

과장이 묻자, 히나코는 대답했다.

"네, 기억해요."

시장이 발리섬에 간 날 오전, 히나코는 과장과 함께 시장의 도쿄 출장에 동행했다. 시즈오카현 고령자 의료광역연합의 의장인 시시도 시장이 전국 회의에 참석하는 것을 보필했다. 오전에 회의가 끝난 뒤 시시도 시장은 홀로 나리타 공항으로 향했다. 마침 그

날은 금요일이었고 시장은 그다음 주 화요일까지 휴가를 얻어서 여행을 떠났다. 그다음 주 수요일, 시청으로 돌아온 시장이 발리섬에 다녀온 기념품이라며 초콜릿을 나눠준 기억도 난다.

"여행비가 우리 예산에서 나갔을 줄은 꿈에도 몰랐어. 회계과 직원도 아까 왔어. 확인해 보니까 사실이래."

"잠깐만요. 저는 기억이 안 나요."

시장이 출장에 사용한 경비는 비서과 경리 담당인 히나코가 관련 영수증과 청구서를 관리하여 회계과에 제출한다. 히나코는 항공권 비용과 발리섬 호텔비를 재무 시스템에서 처리한 기억이 없었다.

"죄송해요. 그거 제가 했어요." 근처에 있던 남자 직원이 손을 들었다. "아마 히나코 씨가 쉬는 날이었을 거예요. 시장님이 시키길래 서류를 만들어서 회계과에 지불을 요청했어요."

전화기 세 대가 계속해서 울렸다. 아마 신문 기사를 본 시민들의 민원 전화일 것이다. 토요일이라 받을 필요는 없지만, 끈질기게 울리는 전화를 무시하려니 마음이 무거웠다.

"지금 시장님이 여기로 오고 계셔. 부장급 간부들도 몇 명 올 예정이야. 대응책을 협의하게 될 테니 회의실을 준비해 두자."

과장이 그렇게 말하고 집무실에서 나갔다. 히나코는 뒤따라가려고 손에 든 핸드백을 자기 책상 위에 올려놓았다. 핸드백에서 꺼낸 스마트폰을 확인해 보니 메시지가 하나 와 있었다. 죠시마의 메시지였다.

'예언대로 됐지?'

메시지에는 짧게 그렇게 적혀 있었다.

"설명해주시죠. 왜 공금으로 발리섬에 가신 겁니까?"

한 시간 후인 오전 열한 시, 시청 2층 회의실에는 열다섯 명쯤 되는 직원이 모여 있었다. 히나코를 비롯한 비서과 직원 다섯 명 외에 부시장, 부장 같은 간부 직원, 그리고 홍보부문 직원이 있었다.

"사실대로 말씀해주시지 않으면 제대로 대응할 수 없습니다."

부시장이 대표로 시시도 시장에게 질문했다. 부시장은 카부토시 공무원 출신으로 여러 부서에서 부서장 직위를 역임하고 정년퇴직한 후에 부시장으로 취임했다. 40년 넘는 실무 경험이 있어서 직원들의 신뢰가 두텁다. 카부토시의 키잡이라고도 불린다.

"아까부터 설명한 대로입니다. 저는 공무를 위해 발리섬에 갔습니다. 그 이상은 말씀드릴 수 없습니다."

"시장님, 계속 말씀드리지만, 그런 말은 시민들이 받아들이지 않을 겁니다."

시장의 스캔들이 터졌을 때를 대비한 매뉴얼은 애초에 없어서 모두 당혹스러워했다. 간부들은 침묵을 지키며 시장과 부시장이 대화하는 모습을 지켜보았다.

"발리섬에 무슨 공무가 있단 말입니까? 아무리 생각해도 관광 목적이라는 생각밖에 안 듭니다. 깨끗하게 잘못을 인정하고 사죄하는 게 최선입니다."

"관광 목적이 아니었습니다. 공무였습니다."

"그럼 그 공무 내용을 설명해주세요."

"말씀드릴 수 없습니다."

도저히 대화가 안 통한다. 그렇게 말하는 듯한 표정으로 부시장이 양팔을 치켜들었다. 부시장이 시시도 시장보다 나이가 많다. 평소에는 온화하면서 오늘은 어쩐지 신경이 곤두선 모습이다.

"아무튼 설명 책임은 다하셔야 합니다."

간부 한 명이 그렇게 발언하자, 다른 직원들도 잇따라 입을 열었다.

"모르긴 몰라도 곧 기자 회견이 열릴 겁니다."

"당연히 그렇겠죠."

"그런데 대체 누가 이런 기사를….."

"내통자가 있을지도 모릅니다."

시청 내부에서 새어 나간 정보라고 봐야 맞다. 조금 전 복도에서 부서장도 그렇게 말했는데, 히나코도 그 의견에 동의했다. 외부인은 공금이 사용된 경로를 알 수 없다.

안타깝게도 시시도 시장은 직원 중에 적이 많다. 그중 누군가가 기자에게 정보를 흘렸다고 볼 수밖에 없다. 공무원으로서 해서는 안 될 행위지만, 지금은 범인을 찾기보다 시민들에게 해명하는 것이 먼저였다.

"알겠습니다. 다음 주 월요일에 기자 회견을 열겠습니다. 진행 절차는 여러분께 맡깁니다." 시시도 시장은 일어섰다. "휴일에 나오시게 해서 죄송합니다. 저는 볼일이 있어서 오늘은 이만 가보겠습니다."

"시장님, 기다리세요. 아직 얘기가 ···."

시시도 시장은 붙잡는 부시장의 목소리를 못 들은 체하고 회의실에서 나가 버렸다. 한동안 침묵이 이어지다가 부시장이 한탄하듯 말했다.

"거참 난감하군. 뭘 어쩌란 말인가."

"그러게나 말입니다. 안 그래도 시청에 대한 비난이 거센데요."

"일단 기자 회견에서 무슨 소리를 하는지 지켜봅시다. 원고는 비서과가 쓰나?"

"무슨 말씀입니까. 시장님이 직접 해명해야죠."

"그게 낫겠군. 그럼 나도 이만 가볼까. 손주를 봐주러 가야 해서."

"손주분이 몇 살이죠?"

"두 살. 얼마나 귀여운지 몰라. 어? 부서장, 자네 아들도 결혼하지 않았나?"

"그게, 면목 없지만, 아들과 며느리가 다퉈서요. 며느리가 본가로 돌아가 버렸습니다."

"뻔하군. 아들이 바람을 피웠나 보지. 피는 못 속이는 법이야."

부서장급 간부들은 오랫동안 같은 직장에서 일해온 동료다. 시장이 사라지자마자 바로 평소의 모습이 드러난다. 간부들은 제각기 대화를 나누면서 회의실을 빠져나갔다. 히나코는 그들을 배웅한 뒤 비서과 직원들과 함께 회의실을 정리했다.

이제 기자 회견을 준비해야 한다. 창밖을 보니 굵은 빗방울이 바람에 날려 유리창을 때렸다.

⋯⋯◆⋯⋯

취업 준비가 뭘까. 타치바나 료는 최근에 그런 고민을 했다.

소위 말하는 '회사'의 정직원이 되기 위한 준비라고 료는 막연히 생각했다. 반드시 정직원이어야 한다. 파트타임이나 아르바이트라면 일자리가 얼마든지 있고, 거리를 걷다 보면 음식점 벽에 붙은 '파트타임 모집'이라는 벽보가 수도 없이 보인다. 하지만 기왕 대학교를 나왔으니 가능한 한 제대로 된 회사의 정직원이 되어야 한다.

료가 도쿄 나카노구에 있는 자기 원룸에 도착했을 때는 오후 다섯 시를 넘은 시간이었다. 지은 지 15년 된 목조 건물로, 월세는 5만 5천 엔이다. 역에서 조금 멀지만 볕이 잘 들어서 마음에 들었다.

니시신주쿠 타워빌딩에서 본 면접은 느낌이 최악이라 채용은 물 건너간 듯했다. 면접관이 "최근에 어떤 게 가장 재미있었죠?"라고 질문했을 때, 료의 뇌리에 떠오른 것은 지난 며칠간 삐에로와 보낸 시간이었다. 솔직히 이야기해도 믿어주지 않을 것 같아서 "영화입니다"라고 대답했다. 그러자 면접관은 흥미가 동했는지 "그렇군요. 저는 대학교 때 영화연구부였어요. 어떤 영화를 봤죠?"라고 이어서 질문했지만, 료는 사실 영화를 보지 않았던 터라 횡설수설하고 말았다.

바닥에 아무렇게나 누워서 천장을 올려다보았다. 역시 도쿄에서 취업 준비를 계속하는 것이 나을지도 모른다. 회사 수가 많으니 카부토시에서보다 정직원으로 뽑힐 확률이 높을 것 같다.

초인종이 울렸다. 동시에 밖에서 "택배 왔습니다"라는 목소리가 들려왔다. 물건을 시킨 기억은 없지만, 료는 일어나서 현관문을 열었다.

"안녕하십니까, 료 군. 말없이 도쿄로 돌아가시면 안 되죠."

거기에 서 있는 사람은 삐에로였다. 놀라서 목소리도 나오지 않았다. 삐에로가 어떻게 여기에 있을까. 여기는 카부토시가 아니라 도쿄다. 카부토시에서 차로 두 시간 반, 신칸센으로도 한 시간 넘게 걸린다.

"흐음, 꽤 좋은 방에서 사네요."

삐에로는 신발을 벗고 방으로 들어왔다. 료는 말문이 막혀서 그저 입을 떡 벌린 채 삐에로를 바라보았다. 삐에로는 냉장고도 열어보고 욕실도 들여다보며 집을 구경했다.

"어, 어떻게…." 드디어 목소리가 나왔다. "왜 도쿄에 있어요? 제가 여기 사는 걸 어떻게 알았어요?"

"이력서에 적혀 있었으니까요."

그러고 보니 료는 삐에로를 처음 만난 날 이력서를 줬다. 본가 주소 밑에 나카노 자취방 주소를 적어 둔 기억이 났다.

"이런 데서 시간을 허비할 때가 아닙니다. 갑시다, 료 군."

삐에로가 신발을 신고 현관을 나섰다. 뭐가 뭔지 모르겠다. 이렇게 불쑥 찾아오다니, 엉뚱한 데에도 정도가 있다. 만약 내가 가지 않겠다고 하면, 삐에로는 어떻게 나올까.

료는 그 자리에 머물기로 했다. 잠시 후 삐에로가 문 너머에서 얼굴을 내밀었다.

"무슨 문제 있나요?"

"저는 안 가요."

"아쉽지만 어쩔 수 없군요. 그럼 저 혼자 가겠습니다."

삐에로는 그렇게 말하고 모습을 감췄다. 어쩐지 못된 짓을 한 느낌이었다. 료는 한숨을 쉬고 신발을 신었다. 늘 이런 식으로 남에게 휩쓸리는 것이 문제다.

"잠깐만요."

문을 잠그고 복도를 지나 계단을 내려가 보니, 삐에로는 이미 걸어가고 있었다. 삐에로를 따라잡고서 료가 물었다.

"대체 뭐 하러 온 거예요?"

"일하러 왔습니다."

굳이 도쿄까지 와서 무엇을 하려는 것일까. 삐에로는 료의 속도 모르고 유유히 나카노 거리를 걸었다. 행인들은 신기한 눈빛으로 삐에로를 쳐다보았다.

"설마 그 차림으로 전철을 타고 왔어요?"

료가 묻자, 삐에로가 가슴을 펴며 대답했다.

"당연하죠. 하지만 솔직히 당황스러웠습니다. 승객들이 함부로 스마트폰을 들이밀더군요. 프라이버시고 뭐고 없었습니다."

자업자득이다. 이런 차림으로 전철을 탔으니 사진을 찍어달라고 광고하는 것이나 다름없었다. 지금쯤 삐에로의 모습이 누군가의 SNS에 올라갔을 것이다.

"그래서 택시로 가려고 합니다. 료 군, 택시를 잡아주세요."

료는 시키는 대로 도로로 나가서 빈 택시를 잡았다. 삐에로가 먼저 타고 료는 뒤이어 탔다. "여기로 가주세요" 하며 삐에로가 작은 쪽지를 운전사에게 내밀었다. 삐에로를 보고 운전사는 순간 당황한 표정이었지만, 택시는 금방 출발했다.

"어디 가는 거예요?"

료가 그렇게 물었지만, 삐에로는 대답하지 않았다. 택시 창문으로 밖을 바라볼 뿐이었다. 도쿄의 거리가 신기한 것일까. 삐에로가 아무 말도 하지 않아서 료도 조용히 창밖 풍경을 바라보았다.

15분 정도 달린 뒤에 택시에서 내렸다. 전봇대에 붙은 지역 표시를 보고 이곳이 메지로라는 것을 알았다. 삐에로는 주위를 둘러보다가 어떤 아파트로 걸어갔다.

"여기군요."

삐에로는 입구에 적힌 아파트 이름을 확인하고 고개를 끄덕였다. 공동현관은 자동 잠금식이었다. 삐에로는 인터폰에 '701'을 눌렀다. 잠시 후 어떤 남자 목소리가 스피커에서 나오자, 삐에로는 료의 등 뒤에 숨었다. 카메라에 비치고 싶지 않은 모양이었다.

"누구시죠?"

삐에로가 료의 등 뒤에서 말했다.

"경찰입니다."

"무슨 일이시죠?"

"사건 때문에 확인할 게 있습니다."

잠시 기다리자, 앞에 있는 문이 열렸다. 삐에로는 유유히 안으로 들어갔다. 경찰이라고 하니 들여 보내주는 이유가 무엇일까. 애초에 삐에로는 누구를 만나려고 하는 것일까. 의아한 것투성이였지만, 삐에로와 있으면 항상 이런 식이라 이제 익숙했다. 료는 조용히 뒤를 따랐다.

엘리베이터를 타고 7층에 올라갔다. 복도에서 제일 안쪽이 701호실이었다. 삐에로가 초인종을 누르자, 곧바로 문이 열렸다.

문 너머에 선 사람은 20대 후반인 남자였다. 위아래로 남색 운동복을 입었고 턱에는 수염이 덥수룩했다. 남자는 휘둥그런 눈으로 삐에로의 얼굴을 보았다.

"나카지 사토시 씨죠?"

삐에로가 그렇게 물었지만 남자는 대답하지 않았다. 뜬금없이 눈앞에 나타난 삐에로에 당황해서 사고가 마비된 모양이다.

"저는 삐에로입니다. 당신의 소원을 들어주러 왔습니다."

삐에로는 멋대로 신발을 벗고 집 안으로 들어갔다. 문패를 보니 거기에 정말로 '나카지'라고 적혀 있었다. "료 군, 눈치 보지 않아도 됩니다"라고 삐에로가 말하자, 료는 그가 눈치를 좀 봤으면 하면서도 마지못해 신발을 벗었다.

"나이깨나 먹은 사내가 대낮부터 영화 감상입니까? 우아한 삶이군요."

삐에로는 그렇게 말하며 소파에 앉았다. 삐에로의 시선 끝에 데스크톱 컴퓨터가 있었고, 거기서는 영화가 흘러나왔다.

"뭐 하는 겁니까? 당신들 누구예요?"

"삐에로입니다. 이쪽은 제 조수인 타치바나 료 군이고요. 시즈오카현 카부토시에서 왔습니다."

"겨, 경찰 부를 겁니다."

나카지라는 남자가 테이블 위에 놓인 스마트폰을 들었다. 하지만 삐에로는 여유로운 표정으로 말했다.

"나카지 씨, 저는 의사인 당신에게 용건이 있습니다."

"나는 용건 없고 당신들이 누군지도 모릅니다. 나가세요."

"재판은 시작됐나요?"

나카지는 대답하지 않았다. 삐에로가 료에게 설명했다.

"들어보세요, 료 군. 여기 있는 나카지 사토시 씨는 얼마 전 야마노테선 열차 안에서 성추행 혐의로 붙잡혔습니다. 정말 한심하기 짝이 없죠. 여자 엉덩이 한번 만지겠다고 장밋빛 미래를 날려버렸으니까요."

"나는 만지지 않았어요."

"상습적인 성추행범들은 대부분 그렇게 말합니다."

"당신들, 뭐 하는 사람들이야? 됐으니까 나가!"

료는 생각났다. 얼마 전 인터넷 뉴스 사이트에 야마노테선 열차 안에서 성추행을 한 의사가 체포됐다는 뉴스가 떴다. 그 의사가 여기 있는 나카지라는 말인가.

"너무 그렇게 열 내지 마세요. 저희는 당신에게 드릴 제안이 있어서 왔습니다."

"됐습니다."

그렇게 말하며 나카지는 스마트폰을 두드렸다. 경찰을 부를 생각일까. 하지만 삐에로는 당황하지 않고 나카지에게 말했다.

"나카지 씨, 카부토시 병원에서 일해볼 생각은 없나요?"

료는 삐에로의 저의를 깨달았다. 의사를 데려와 달라는 후지이 레이나의 소원을 들어주려는 것이다.

나카지는 스마트폰에서 눈을 떼고 삐에로에게 물었다.

"갑자기 무슨 소립니까?"

"카부토시는 좋은 곳입니다. 공기도 맑고 물도 맛있어요. 합의는 시작됐습니까? 누명을 벗기 위해서 재판에서 끝까지 싸울 생각인가요?"

"질문에 답할 의무 없습니다."

삐에로는 나카지의 말을 못 들은 체하며 계속 말했다.

"성추행 누명을 벗기는 어렵습니다. 변호사도 합의하는 걸 추천할 겁니다. 어차피 합의금은 많아야 백만 엔 정도겠죠. 변호사 선임비가 따로 든다 해도 의사인 당신에게는 못 낼 금액이 아닐 겁니다. 하지만 나카지 씨, 합의에 응하면 성추행을 저질렀다고 인정하는 셈입니다. 아닙니까?"

"그러니까 나는 안 했다고요!"

"사람들은 그렇게 봐주지 않을 겁니다. 당신에게는 성추행한 의사라는 낙인이 찍힐 겁니다. 소문이 퍼지는 건 한순간이죠. 당신은 어느 병원에 가든 성추행 의사라는 별명을 얻게 될 겁니다."

"어쩔 수 없잖아요." 나카지는 얼굴이 시뻘게져서 반박했다. "변호사 선생님이 합의하는 게 좋다고 했어요. 나도 할 수만 있으면 내 무죄를 입증하고 싶어요."

"합의에 응하는 것도 괜찮죠. 변호사 선생님이 그렇게 말했다면, 당신의 무죄를 입증하기는 어려울 겁니다. 그런데 그 끝에는 어떻게 되는 거죠? 사람들의 관심이 사그라들기를 기다렸다가 적당한 병원에 취직할 겁니까? 당신에 대한 소문을 사람들이 완전히 잊어버리는 때가 과연 언제쯤 올까요?"

나카지는 입을 꾹 다물었다. 삐에로의 말이 정곡을 찔렀다는 증거였다. 본인이 아무리 누명이라고 우겨도 합의에 응하면 결국 성추행으로 붙잡혔다는 사실만 남는다. 몇 년이 지나야 그 소문이 완전히 사라질지 료는 짐작도 되지 않았다.

"당신 의사잖아요. 닥터잖아요. 어릴 때부터 열심히 공부해서 힘들게 의사가 됐잖습니까. 의사는 환자를 봐야 비로소 의사입니다. 이런 데 처박혀서 혼자 영화나 보는 건 의사가 아닙니다. 그저 낙오자일 뿐입니다. 자, 밖을 보세요."

료도 분위기에 휩쓸려 창밖을 보았다. 태풍이 토카이 지방에 접근한다는 소식은 뉴스로 들었지만, 도쿄는 맑았다. 구름 한 점 없는 저녁 하늘이었다.

"날씨가 좋죠. 머리 싸매고 고민할 시간에 한 걸음 앞으로 나아가세요. 한 걸음이 어려우면 반걸음도 괜찮습니다. 당신의 마음에는 구름이 잔뜩 끼었을지 모르지만, 밖은 맑습니다."

삐에로는 걸옷 주머니에서 봉투 하나를 꺼내 테이블 위에 놓았다.

"카부토시에는 의사가 필요합니다. 도쿄와 달리 시골이라 불편한 점이 있을 겁니다. 하지만 환자가 기다리고 있습니다. 우선은 체험 기간 삼아 카부토시에 들러보면 어떨까요? 그 봉투에는 오늘 밤에 출발하는 신칸센 표가 들어 있습니다. 마음이 내키면 와 주세요."

나카지는 아무 말 없이 벽에 걸린 액자를 바라보았다. 액자 안에는 졸업증서 같은 것이 들어 있었다. 의대 졸업증서일까.

"월급은 걱정하지 마세요. 카부토시가 제대로 챙겨줄 겁니다."

삐에로가 일어나서 방에서 나갔다. 료는 나카지에게 고개 숙여 인사하고 삐에로의 뒤를 쫓았다. 엘리베이터 앞에서 삐에로를 따라잡고 말했다.

"저 사람 올까요?"

"싸움에 능한 자는 쉽게 이길 자리에서 이기는 자다."

"손자의 말인가요?"

"그렇습니다. 저는 승산 있는 싸움밖에 안 합니다."

초인종 소리에 이마니시 히나코는 눈을 떴다. 시계를 보니 오후 일곱 시를 지난 시간이었다. 귀가했을 때가 저녁 네 시쯤이었는데, 샤워하고 소파에서 책을 읽다가 잠들어 버렸나 보다. 읽다 만 책이 배 위에 얹혀 있었다.

또다시 초인종이 울리자, 히나코는 일어나서 현관으로 향했다. 문 너머로 말을 걸었다.

"누구세요?"

"카부토 경찰서에서 나왔습니다. 잠시 말씀 좀 나누고 싶습니다."

히나코는 도어체인을 풀고 문을 열었다. 밖에는 정장을 입은 두 남자가 서 있었다. 며칠 전 시장을 찾아온 형사들이었다. 중년 형사의 이름이 시모야마였고, 젊은 형사는 하라다라고 했다.

"이마니시 히나코 씨죠? 며칠 전에도 뵀는데."

왜 집으로 찾아왔을까. 물어볼 것이 있었다면 시청으로 와도 됐을 것이다. 시모야마라는 중년 형사가 변명하듯 말했다.

"휴일에 죄송합니다. 시청에서는 얘기하기 어려운 내용도 있을 것 같아서 댁으로 왔습니다."

"무슨 일이시죠?"

히나코가 묻자, 시모야마가 대답했다. 하라다라는 형사는 수첩을 펼치고 오른손에 펜을 쥐었다.

"일전에 일어난 타누마 살인사건 때문에요. 일단 비서과 직원분들의 이야기를 들어보려고 찾아뵀습니다."

"뭔가 진전이 있었나요?"

"딱히 없습니다. 목격 증언도 적고 시시도 시장님 말고 다른 용의자는 없습니다. 그런데 무라오카 하루유키라는 분을 아십니까? 작년에 카부토시청에서 징계 면직 된 전직 공무원입니다."

죠시마도 어제 무라오카를 아냐고 물었다. 경찰까지 무라오카를 조사하다니, 무슨 일일까.

"이름만 아는 정도예요. 무라오카 씨한테 무슨 일이 있나요?"

"무라오카 씨는 시시도 시장님의 후원회 사무원이었습니다."

처음 듣는다. 동시에 의아했다. 시시도 시장은 무라오카를 징계 면직 한 장본인이었다.

"무라오카 씨는 시신이 발견된 날부터 행방이 묘연해졌습니다. 저희는 그분을 찾고 있습니다. 뭔가 생각나는 게 있으시면 카부토 경찰서에 알려주십시오."

"알겠습니다."

"그런데 시시도 시장님은 비서인 히나코 씨가 보기에 어떤 분이죠? 항상 그렇게…, 엄격하다고 할까, 거리감이 느껴지는 분인가요?"

히나코는 그다지 거리감이 느껴진다고 생각하지 않았지만, 매일같이 시시도 시장과 함께 있어서 그럴지도 모른다. 시청 직원들은 대부분 시장에게 좋은 인상을 느끼지 못하니, 외부인은 아마 더욱 그럴 것이다.

"글쎄요. 그분은 다른 사람에게도 자기 자신에게도 엄격한 분이라고 생각합니다."

"그렇군요. 저희에게 시장은 다가가기 힘든 존재입니다. 직접 만나 뵌 것도 며칠 전 수사 때가 처음이었습니다. 그런 시장님이 용의자라니 저희도 당혹스럽습니다. 뭐, 그렇다고 해도…." 시모야마는 헛기침한 뒤 말을 이었다. "아무리 시장님이어도 적당히 넘어가드릴 수는 없습니다. 사람이 죽었어요. 남겨진 유족을 위해서라도 반드시 범인을 체포할 겁니다."

살해된 타누마 사다요시는 히나코에게 그다지 좋은 이미지가 아니었다. 하지만 그런 사람에게도 죽으면 슬퍼할 처자식이 있었다. 당연하다면 당연하다.

"도움이 못 돼서 죄송합니다."

"아닙니다. 그럼 이만 실례하겠습니다."

히나코는 샌들을 신고 현관 밖으로 나가서 두 형사를 배웅했다. 계단을 내려가는 두 사람의 모습을 끝까지 지켜보고는 집 안으로 돌아갔다.

…◆…

료는 발차한다는 안내방송을 듣고 삐에로와 함께 신칸센에 올랐다. 토요일 밤, 그것도 하행선인 탓인지 신칸센의 지정석 차량은 비어 있었다.

삐에로는 창가 자리에 앉았다. 삐에로가 나란히 붙은 3인석을 예약해 두었다. 통로 쪽에 앉은 료는 들고 있던 종이가방을 가운데 자리에 놓았다. 도쿄역 매점에서 산 도시락이다. 하나에 2천 엔이나 하는 특제 불고기 도시락으로, 삐에로가 큰맘 먹고 샀다. 총

3개가 들어 있었다.

"안 왔네요."

료가 그렇게 말하자, 삐에로가 창밖을 보면서 말했다.

"아직 모릅니다. 시나가와역에서 탈 수도 있어요."

나카지라는 그 의사에게 이 기차 편을 탈 수 있는 표를 줬다고 들었다. 조금 전까지는 승산이 있다고 말하던 삐에로도 지금은 조금 기가 죽어 보였다. 신칸센은 이미 달리기 시작했다.

"맥주 좀 주세요."

료는 종이가방에서 캔맥주 하나를 꺼내서 삐에로에게 건넸다. 삐에로는 캔을 따서 맥주를 마셨다. 홧김에 마구 들이켜는 통에 캔이 금방 비어 버렸다.

"하지만 뭐, 그렇습니다." 삐에로가 앞 좌석 등받이에 달린 테이블을 펼치며 말했다. "나카지 씨를 비난할 수는 없습니다. 계속 도쿄에서 살던 의사가 갑자기 잘 알지도 못하는 지역으로 오라는 말을 들은 거니까요. 마음의 준비가 필요하겠죠."

카부토시는 주요 도시가 절대 아니다. 특산물도 없고 관광지도 없다. 한 10년 전부터 카바디라는 스포츠로 지역 활성화를 꾀했다는데, 효과가 없었던 것은 관계자가 아닌 료도 안다.

"왜 저였어요?"

료는 무심결에 삐에로에게 물었다. 왜 자신이 삐에로의 조수로 선택되었을까. 전에도 물어봤지만, 진짜 이유가 따로 있을 것 같다는 느낌이 강하게 들었다. 삐에로가 의아한 표정을 지었다.

"무슨 말입니까?"

"저를 조수로 삼으려고 한 이유요."

"얼마 전에 말한 대로입니다. 그 자리에서 만난 게 인연이었던 거예요."

역시 그것뿐인가. 료는 조금 실망했다. 아르바이트비 3만 엔으로 정체 모를 자선 사업 같은 것에 엮였을 뿐이라니.

"료 군, 료 군은 아무것도 아닙니다."

"네에?"

"예를 들자면, 저는 삐에로입니다. 죠시마 군은 신문 기자, 나카지라는 그 사람은 의사, 레이나 씨는 간호사입니다. 료 군은 뭐죠? 아직 아무것도 아닙니다. 자신이 뭐가 되고 싶은지도 모르고 그저 취업하려고 할 뿐입니다. 아닙니까?"

맞는 말이다. 주위의 대학교 4학년들처럼 취업 준비를 할 뿐, 어떤 일을 하고 싶은지 구체적인 고민은 전혀 하지 않았다.

"제 조수를 하다 보면 다양한 사람을 만나게 될 겁니다. 실제로 예전의 료 군이었다면 성추행 누명으로 고민하는 의사를 만날 일은 없었을 테고, 어묵 포장마차에서 간호사와 대화할 일도 없었을 겁니다. 인생은 만남입니다."

이해가 됐다. 삐에로와 함께 다니지 않았다면 죠시마나 후지이 레이나, 방금 만나고 온 나카지라는 의사를 만날 일은 평생 없었을 것이다.

"료 군은 취직해서 뭘 하고 싶습니까? 돈을 벌고 싶나요? 아니면 기술을 배우고 싶나요?"

"모르겠어요. 삐에로 씨는 왜 일하세요?"

"저는 사람들을 행복하게 하려고 일합니다. 전 세계의 인구는 76억 명이라고 하는데, 지금도 계속 늘고 있습니다. 제가 그 모든 사람을 행복하게 할 수는 없습니다. 어차피 그렇다면 제가 만난 사람들, 제 손이 닿는 범위에 있는 사람들만이라도 좋으니 최대한 많은 사람을 행복하게 해주고 싶습니다. 그게 제가 일하는 이유입니다."

차내 방송으로 시나가와역에 도착한다는 내용이 흘러나왔다. 삐에로가 "일단 비워둡시다"라고 해서, 료는 가운데 좌석에 둔 종이가방을 짐칸에 올렸다.

열차가 시나가와역 승강장에 들어서더니 이윽고 정차했다. 료와 삐에로가 있는 12호 차에 탄 사람은 다섯 명 정도였다. 자신의 표와 좌석 번호를 비교해 보면서 하나둘 자리에 앉았다. 나카지는 없었다.

발차 알림음이 울리고 신칸센이 출발했다. 삐에로가 망연자실한 표정으로 말했다.

"맥주 주세요. 그리고 도시락도."

료는 짐칸에서 종이가방을 내리고 캔맥주와 도시락을 꺼내서 삐에로에게 건넸다. 삐에로는 캔맥주를 한 모금 마신 뒤 도시락에 묶인 끈을 풀었다.

"맛있겠습니다. 2천 엔이나 하는 도시락이니 맛없을 수가 없죠. 자, 료 군, 먹읍시다."

료도 캔맥주와 도시락을 테이블 위에 놓았다. 캔맥주를 마시고 도시락을 열어 보았다. 고기가 꽉 들어차서 맛있어 보였다.

차내 방송이 정차역과 정차 시각을 알렸다. 료는 나무젓가락을 쪼개서 도시락을 먹었다. 맛있었다. 고기는 부드러웠고 매콤달콤한 양념도 맛있었다. 도시락의 영역을 뛰어넘었다. 꽤 고급스러운 고기를 사용한 것 같았다.

"죄송합니다. 잠깐만요."

머리 위에서 목소리가 들려 고개를 들어보니 나카지였다.

무거워 보이는 여행 가방을 들고 있었다. 조금 전에 본 운동복 차림이 아니라 말쑥하게 정장을 차려입고 넥타이를 맸다. 덥수룩하던 수염도 깔끔하게 밀었다. 삐에로가 새초롬하게 말했다.

"왔습니까?"

"네"라고 나카지가 대답했다. "집에 있어봤자 할 일도 없고, 제안을 받아들여 보는 것도 나쁘지 않을 것 같아서요. 오해하지 마세요. 아직 카부토시에서 의사를 하겠다고 결정한 건 아니에요."

"뭐, 그러시죠. 앉으세요."

료는 자신의 도시락과 캔맥주를 손에 들고 테이블을 접었다. 나카지가 여행 가방을 짐칸에 올리고 가운데 자리에 앉았다. "료 군, 나카지 씨에게 도시락 줘요"라고 삐에로가 말하자, 료는 종이가방에서 마지막 도시락을 꺼내 나카지에게 내밀었다.

"감사합니다."

"맛있어요, 이 도시락."

료는 음료가 없는 것을 깨달았다. 캔맥주를 세 개 사 왔지만, 삐에로가 벌써 하나를 다 마셔 버렸고 나머지 두 개는 각각 료와 삐에로의 손에 있었다. 이 열차에서는 음료를 따로 팔지도 않는다.

삐에로도 그 사실을 깨달았는지 헛기침하고 나카지에게 말했다.

"마시던 거지만, 드시겠습니까?"

"아뇨, 괜찮습니다."

"그렇군요."

열차는 서서히 속도를 높였다. 삐에로는 불고기 도시락을 열심히 먹었다. 그 표정이 밝았다.

···◆···

히나코는 카부토시청으로 향했다. 억수가 쏟아져서 와이퍼를 고속으로 작동해야 겨우 앞이 보였다. 일요일 오후 두 시가 넘었다. 원래 같았으면 도로가 혼잡할 시간이지만, 길은 한산했다.

예보에 따르면 태풍 15호가 곧 토카이 지방에 상륙한다고 했다. 시즈오카현 전역이 이미 호우 홍수 풍랑 경보를 내렸고, 태풍의 영향권에도 들었다. 최대 풍속 20미터가 예상되고 내일 아침까지 강우량도 300밀리를 넘는다고 했다. 카부토시에도 1년에 몇 번 태풍이 접근하지만, 이만큼 큰 태풍이 세력을 유지한 채 접근하는 일은 근래 들어 없었기에 방재 대책을 세우러 시장도 시청에 온다고 했다.

히나코는 주차장에 차를 세우고 서둘러 직원 전용 통로로 들어
갔다. 바람이 거세서 비가 대각선으로 떨어졌다. 손에 든 우산은
무용지물이었다. 청사 안으로 들어간 히나코는 일단 화장실에 가
서 젖은 옷을 손수건으로 닦고 계단으로 2층에 올라갔다.

비서과 집무실에는 아무도 없었다. 히나코는 자기 책상 서랍을
열고 재난방지 관련 지침서를 꺼내서 시장실로 향했다. 시시도 시
장과 직원 몇 명이 이미 소파에 앉아서 회의 중이었다. 히나코가
시장실에 들어가자, 비서과장은 작게 고개를 까닥여 인사했다. 히
나코도 고개를 숙였다.

"어느 타이밍에 피난 정보를 내보낼지 협의해야 합니다."

시시도 시장이 그렇게 말하자, 그 앞에 앉은 방재위기관리과장
이 대답했다.

"자료에 나온 것처럼, 풍수해로 인한 피난을 권고해야 하는 재
해는 세 종류로, 하천 홍수, 폭풍, 산사태입니다."

테이블 위에 남아 있는 자료가 보여서 히나코는 그 책자를 들었
다. 방재위기관리과장이 이어서 설명했다.

"담당 직원이 현재 시내에 있는 하천을 돌면서 살펴보고 있는데,
범람할 우려는 없다고 했습니다. 침수된 가옥도 없다고 하니 현시
점에 하천 홍수를 걱정할 필요는 없습니다. 다음으로 폭풍을 보면,
초당 최대 순간풍속이 50미터일 때 '피난 지시'를 발령하라고 돼
있는데, 현재 풍속으로는 가옥에 피해가 없을 것으로 예상됩니다.

문제는 산사태입니다."

히나코는 손에 든 자료를 훑어보았다. 피난에 대비하는 경계 레벨은 다섯 단계로 나뉘는데, 1과 2는 크게 신경 쓸 것이 없었고, 3 이상부터는 '고령자 피난', '피난 지시', '긴급 안전 확보' 순으로 강제력이 높았다.

"산사태에 대해 말씀드리면, 기상청에서 '산사태 경계 정보'를 발표했을 때 '피난 지시' 같은 경보를 발령해야 합니다. 다만 '피난 지시'의 전 단계인 '고령자 피난'에 관해서는 '우리 시에 호우 경보가 발표되어 산사태 위험이 커졌을 때'라는 규정이 있는 게 전부입니다."

히나코는 자료를 확인했다. '피난 지시'는 모든 시민에게 대피를 권고하는 경보다. 그 전 단계인 '고령자 피난'은 고령자나 환자 같은 취약 계층에 대피를 권고하고, 일반인들은 금방 대피할 수 있게 준비하라고 지시하는 경보다.

"카부토시에 '산사태 경계 정보'가 발표될 확률은요?"

시시도 시장이 묻자, 방재위기관리과장이 대답했다.

"알 수 없습니다. 하지만 지난 10년 동안은 산사태 경계 정보가 발표되지 않았습니다."

"만약 '고령자 피난'을 발령한다면 우리 시에서는 어떤 태세가 갖춰집니까?"

"우리 시에는 400개가 조금 안 되는 산사태 위험 지역이 있어서 그 위험 지역을 포함한 구역에 고령자 피난이 발령됩니다. 카부토시 총 가구 수의 약 3분의 2, 주민 수로는 약 10만 명입니다. '고령자 피난'이 발령되면, 우리는 초중학교, 평생교육관 등 열두 곳에 대피소를 열고 대피자를 받아들일 태세를 갖출 겁니다. 시 직원들에게 단체 메시지를 보내 대피소 개설 담당 직원 100명 정도를 즉시 각 대피소로 파견할 겁니다. 그리고 피신하러 온 시민들을 지체 없이 수용할 겁니다."

"그렇군요."

시시도 시장은 그렇게 말하고 자기 앞에 있는 자료로 시선을 떨어뜨렸다. '고령자 피난'을 발령할지는 시장이 판단해야 한다.

어려운 순간이었다. 피난 정보를 발령하면 시내 전역에 속보가 나갈 것이다. 시민들은 불안해질 테고 문의 전화가 밀려들 것이다. 나아가 피해가 크지 않으면 과잉 대응이었다고 비판받을 가능성도 있다.

그렇다고 피난 정보를 내보내지 않는 것이 낫냐 하면, 꼭 그렇지도 않다. 강우량이 계속 늘어서 피난 지시를 내려야 하는 사태가 오면, 취약 계층은 대피가 늦어질 수밖에 없다.

히나코는 이럴 때 시장이라는 직위가 얼마나 무거운 책임을 진 자리인지 통감한다.

시시도 시장은 눈을 감았다. 다른 직원들은 조용히 시장의 말을 기다렸다. 시장실은 침묵에 싸였고, 밖에서 빗소리가 희미하게 들려왔다.

"알겠습니다." 시장은 눈을 뜨고 말했다. "어제부터 계속 비가 와서 지반이 약해졌을 수도 있습니다. 15시에 카부토시내 산사태 위험 지역을 포함한 구역에 '고령자 피난'을 발령하겠습니다. 각자 준비해주십시오."

그 말을 듣고 소파에 앉아 있던 직원들이 일어나서 서둘러 시장실을 빠져나갔다. 방재위기관리과장이 휴대전화로 어딘가에 전화를 걸면서 비서과장에게 말했다.

"1층 회의실에 재해대책본부를 설치할 겁니다. 비서과장님, 그쪽 직원들한테도 도움을 받을 수 있을까요?"

"알겠습니다. 방재복으로 갈아입고 바로 가죠."

히나코는 그 말을 듣고 탈의실로 갔다. 오늘은 밤을 새워야 할지도 모르겠다.

오후 여섯 시. 히나코는 1층 회의실에 있었다. 재해대책본부가 설치된 회의실 테이블 위에 무선전화와 컴퓨터 같은 기기들이 놓여 있었다. TV도 있었고, 지금은 NHK 저녁 뉴스가 흘러나왔다. 현재 태풍 15호는 토카이 지방을 뒤덮은 채 시속 40킬로미터로 북동쪽을 향해 전진하는 모양이다.

TV에는 JR 나고야역의 모습이 비쳤고, 토카이도 신칸센을 포함한 JR 노선 대부분이 운행을 잠시 중단한다고 했다. 시시도 시장이 TV 앞에 팔짱을 끼고 앉아서 중계방송을 뚫어져라 보고 있었다.

시내에 대피소 열두 곳이 이미 마련되어 현재 서른 명에 가까운 시민이 대피소로 대피했다고 조금 전 보고가 올라왔다. 서른 명이 많은 숫자인지 적은 숫자인지 전문가가 아닌 히나코로서는 알 수 없었다. 다만 '고령자 피난'은 어디까지나 고령자에게 대피를 권고하는 것이라 실제로 대피할지 여부는 시민들이 각자 자율적으로 판단한다. 문의 전화도 몇 번 걸려 왔지만, 시민들이 그렇게까지 패닉에 빠진 것 같지는 않았다.

"히나코, 교대로 저녁 먹을까?"

비서과장이 그렇게 말하며 다가왔다. 일요일, 그것도 이 날씨에 음식을 배달시킬 수는 없어서 히나코는 조금 전에 직원 몇 명과 함께 가까운 편의점에 장을 보러 가서 삼각김밥과 빵, 컵라면, 음료수를 사 왔다.

"우선은 시장님부터. 히나코, 시장님께…."

비서과장이 그렇게 말을 꺼냈을 때, 한 남자 직원이 방에 들어왔다. 방재위기관리과의 젊은 직원이었다. 그는 조금 초조한 기색으로 말했다.

"방금 소방서에서 연락이 왔습니다. 카니사와 지구에 있는 도로에서 쓰러진 나무가 확인됐대요. 일부 시민이 그 안쪽에 있어서 고립됐다고 합니다."

카니사와 지구는 카부토시 최북단에 있는 지역이다. 여름에는 낚시나 캠핑을 즐길 수 있고 캠핑장 같은 여가 시설도 있다.

"고립된 시민은 몇 명이죠?"

시시도 시장이 묻자, 젊은 직원이 대답했다.

"열다섯 명입니다. 카니사와 지구 캠핑장에 있다고 합니다. 인도에서 온 소년파견단원이 다섯 명, 카부토시에 거주하는 초등학생이 일곱 명, 인솔 교사가 세 명입니다."

자매결연 도시인 인도의 카푸르와르시에서 파견된 소년들이다. 두 시의 교류를 위해 소년파견단 일행은 시내 초등학교에서 선발된 아동들과 연례행사로 캠핑을 한다. 시장이 이어서 물었다.

"그들의 상황을 자세히 알려주세요. 어디로 대피했는지, 식량은 있는지, 상세히요."

"죄송합니다. 거기까지는 아직….'"

"당장 정보를 수집하세요. 소년파견단을 위험에 노출시킬 수는 없습니다."

"알, 알겠습니다."

젊은 직원은 허겁지겁 회의실에서 나갔다. 시시도 시장이 휴대전화를 꺼내서 어딘가에 전화를 걸었다. 잠시 후 시장의 숨죽인 목소리가 들려왔다.

"네, 여보세요. 시시도입니다. 지금 저한테 보고가 들어왔는데, 아이들이 카니사와 캠핑장에 남겨졌다고 들었습니다. …네, 그렇습니다. 낮에 통화했을 때는 캠핑을 중지하고 돌아간다고 들었는데, 어떻게 된 겁니까?"

말투는 정중했지만, 한마디 한마디에서 시장이 흔치 않게 애태우고 있음이 느껴졌다.

"모른다고요? 모르면 알아보세요. 일일이 지시해줘야 움직입니까? 아무튼 당장 교장 선생님께 확인을 받으세요. 신속히 처리해

주십시오."

다른 직원들은 저마다 정보 수집 같은 업무에 시달리고 있어서 히나코 외에 시장의 상태를 눈치챈 사람은 없었다. 히나코는 시장에게 다가가 무심코 물었다.

"시장님, 방금 그 전화, 혹시⋯."

"제 아들도 카니사와 지구에 남겨진 것 같습니다."

시시도 시장에게는 초등학교 6학년인 아들이 있다. 시장은 육아와 일을 병행할 수 있는 마을을 만들겠다는 공약을 내건 덕분에 육아에 시달리는 세대의 지지를 얻어서 시장으로 당선되었다.

"낮에 아들이 다니는 초등학교 교감 선생님한테 연락이 와서 캠핑을 중지하고 집으로 돌려보내겠다는 보고를 받았습니다. 그런데 캠핑을 계속했을 줄은 몰랐습니다."

인도의 소년파견단과 같이 시장의 아들도 카니사와 지구 캠핑장에 남겨졌다는 말이다. 시장에게는 이중으로 충격일 것이다. 지자체의 수장으로서 자매결연 도시의 파견단이 무사히 돌아오게 해야 하고, 아들도 몹시 걱정될 것이다.

시장의 표정은 평소와 크게 다르지 않았다. 하지만 히나코의 눈에는 조금 창백해 보였다.

⋯◆⋯

"그나저나 많이도 오네."

엄마가 창밖을 보며 말했다. 비는 전혀 그칠 기미가 없었다. 료는 TV 뉴스를 보고 있었다. 옆에는 나카지가 있다.

어젯밤 늦게 카부토시로 돌아왔을 때, 역 앞에 있는 호텔은 만실이었다. 태풍으로 발이 묶인 사람들이 급하게 방을 잡은 모양이라 료는 하는 수 없이 자기 집에 나카지를 재웠다. 마침 올해 대학교에 들어가 상경한 남동생의 방이 비어서 나카지에게 거기를 내주었다. 고지식해 보여도 의외로 붙임성이 있는지 나카지는 금방 료의 집에 적응했다.

"다 됐다. 나카지 씨도 오세요."

료는 엄마의 목소리에 일어나 부엌으로 향했다. 나카지도 같이 가서 료 앞자리에 앉았다. 저녁 메뉴는 카레라이스였다.

"입에 맞을지 모르겠지만 드세요."

"잘 먹겠습니다."

손님이 와서 그런지 카레에 돼지고기가 아니라 소고기가 들어 있었다. 소고기가 든 카레를 집에서 먹어보기는 처음이었다.

"그런데 나카지 씨, 이 마을에서 의사 하시는 거예요?"

엄마가 흥미진진한 표정으로 물었다. 아무 말도 하지 않자니 이상해서, 엄마에게는 어느 정도 사정을 이야기해 놓았다. 물론 성추행 누명을 쓰는 바람에 실직했다는 이야기는 덮어두었다.

"글쎄요. 그건 저도 모르겠습니다."

"그런데 의사 선생님이라니 대단하네요. 아마 어릴 때부터 공부를 잘하셨겠죠? 우리 료랑은 완전히 딴판이에요."

어젯밤 자기 전에 두 시간 정도 나카지와 이야기를 나눴다. 대부분의 내용은 의사라는 직업을 바라보는 나카지의 생각과 성추행했다는 누명을 맞닥뜨려 넘어지고 만 것에 대한 불만이었다.

나카지는 현재 스물아홉 살로, 대학 병원에서 외과의로 일했다고 들었다. 업무와 의학 공부로 잠잘 틈도 없을 정도였지만 보람찼다고 한다. 그런데 출근길 야마노테선 열차 안에서 '성추행범'이라며 누군가가 갑자기 오른손을 붙잡더니 다음 역에서 내리게 했다. 정신을 차리고 보니 역사에 있는 어느 방에 끌려가서 성추행범 취급을 받고 있었다.

곧바로 신문에 실렸고 인터넷에도 올라갔다. 병원에서는 해고되고, 변호사는 재판으로 싸우기보다 합의하라고 해서 집에서 속앓이하며 지냈다고 한다.

나카지는 말했다.

"삐에로 씨의 말을 듣다 보니 낯선 지역에서 의사를 해 보는 것도 괜찮겠다는 생각이 들었어. 아직 결심이 서지는 않았지만. 도쿄에 미련이 있는 것도 사실인데, 역시 의사는 환자를 만나야 해."

료는 나카지의 이야기를 들으니 부러웠다. 어제 신칸센에서 삐에로가 한 말이 떠올랐다.

나카지는 의사다. 비록 성추행 누명을 쓰기는 했지만, 의사라는 사실에는 변함이 없다. 반면에 료는 아무것도 아니다. 그냥 대학생이다.

자신이 어떤 사람이 되려는 것인지, 어떤 사람이 되고 싶은지,

지금껏 살면서 생각해 본 적도 없었다. 이대로 막연히 취업 준비를 이어가도 되나 하는 의문이 들었지만, 막상 자신이 어떤 사람이 되고 싶은지 생각해 봐도 답은 떠오르지 않았다.

"모처럼 카부토시에 왔는데 날씨가 이래서 아무 데도 못 가겠어요."

엄마가 그렇게 말하자, 나카지가 물었다.

"관광 명소 같은 데가 있나요?"

"없어요, 그런 거. 아, 이제 카부토시에서 살려고 하는 사람한테 이런 소리 하면 안 되지. 음, 북쪽에 카니사와라는 곳이 있는데, 엄청 좋아요. 강에서 산천어가 잡히고 공기도 맑아요. 여름철에는 젊은 사람들이 캠핑을 해요. 사실 내가 남편을 처음 만난 장소도 카니사와였어요."

몰랐다. 그런 이야기는 생전 처음 듣는다. 그러고 보니 지금껏 친구를 이 집에 데려와서 재워본 적이 없었다. 아들이 친구를 데려와서 엄마도 조금 들떴나 보다.

"그런데 나카지 씨는 스포츠 해요?"

"스포츠요…? 특별히 하는 건 없어요."

"몸을 움직이는 건 좋은 습관이에요. 카바디를 해보면 어때요?"

"카바디요?"

"네, 카바디요. 인도 스포츠예요. 카부토시에서는 카바디가 인기예요. 시에서 운영하는 스포츠 교실에도 카바디 수업이 있어요."

"잠깐만, 엄마." 료는 참다못해 끼어들었다. "보통 사람은 카바디가 뭔지도 모르고 요즘에는 카바디를 하는 사람이 아무도 없잖아."

"그래? 그래도 카부토시 스포츠인걸."

"그런 문제가 아니야."

현관 쪽에서 소리가 나더니 잠시 후 아버지가 거실에 들어왔다. 마치 샤워를 한 듯 온몸이 쫄딱 젖었다. 도로 옆 배수구가 넘치지 않도록 주민회 유지끼리 모여서 흙 부대를 배수구 옆에 쌓고 돌아온 모양이다.

"이야, 비가 엄청 와. 이런 호우는 오랜만이네."

아버지는 그렇게 말하고 욕실로 갔다. 카부토시에 '고령자 피난'이라는 경보가 발령됐다고 하는데, 다행히도 료의 집은 구역 밖이었다.

카레라이스를 다 먹었다. 더 먹을지 고민하는데 테이블 위에 놓인 스마트폰이 가늘게 떨렸다. 확인해 보니 삐에로가 보낸 문자 메시지가 와 있었고, 거기에 '대기해주세요'라고 짧게 적혀 있었다.

····◆····

오후 아홉 시를 넘었다. 히나코는 재해대책본부가 된 카부토시청 청사 1층 회의실에 있었다. 카니사와 지구 캠핑장에는 소년들과 교사들 총 열다섯 명이 여전히 고립되어 있다.

한 시간쯤 전에 소방관과 카부토시 토목과 직원이 쓰러진 나무가 있는 도로에 가 봤지만, 이 빗속에서는 나무를 치우기 어렵다고 했다. 비와 더불어 강풍의 영향도 있어서 헬리콥터를 띄우기 힘든 모양이었다.

시시도 시장은 회의실 가운데 좌석에 앉아서 꿈쩍도 하지 않았다. 고립된 아이들 중에 시장의 아들이 있다는 이야기는 직원들에게도 퍼졌다. 인솔 교사와 휴대전화로 연락이 닿아서 상황을 들어 보니, 지금 방갈로에서 비바람을 피하고 있고 열다섯 명 중에 몸이 안 좋은 사람도 없다고 해서 다행이었다.

열다섯 명이 거기에 남겨지게 된 과정도 밝혀졌다. 선발된 카부토시 아이들과 소년파견단, 인솔 교사를 태운 소형 버스는 일정대로 오늘 오전 열한 시에 카니사와 지구 캠핑장에 도착했다고 한다. 그런데 오후가 되자, 교육위원회가 파견단 캠핑을 중지하기로 하고 인솔 교사에게 그 뜻을 전했다. 같은 시각, 캠핑장을 운영하는 회사가 자율적으로 피난 유도를 시작해서 캠핑장 이용자들이 하나둘 대피했다. 파견단 일행이 탄 소형 버스가 주차장 맨 안쪽에 있어서 다른 캠핑장 이용자들이 먼저 대피했고, 파견단 일행은 마지막으로 캠핑장을 나섰다. 그런데 운 나쁘게도 나무가 쓰러져 도로가 막히는 바람에 캠핑장으로 되돌아왔다고 한다.

전화가 울리자, 남자 직원이 수화기를 들었다. 두세 마디 이야기를 하다가 시장에게 말했다.

"시장님, 아이들을 인솔하는 선생님의 전화입니다."

시시도 시장은 일어나 남자 직원에게서 수화기를 받아들고 이야기를 시작했다. "시시도입니다. 상황은 어떻습니까?"

시시도 시장은 잠시 이야기하다가 수화기를 내려놓았다. 그리고 주위 사람들에게 들리도록 말했다.

"부상자나 아픈 사람은 없지만, 식량이 없다고 합니다. 캠핑하려고 준비한 식재료는 있는데 야외에서 불을 피우기 어려워서 채소만 깨작거리고 있다고 합니다."

그 이야기를 들은 한 남자 직원이 농담처럼 말했다.

"사람은 하룻밤 정도 굶어도 안 죽어요."

시시도 시장은 그 말을 완전히 무시했다. 맞는 말이기는 하다. 하지만 태풍으로 고립된 상황에서 먹을 것이 채소밖에 없다면 힘들 것이다. 심지어 대부분 초등학생이고 인도에서 파견된 소년들도 있다. 그들은 이국땅에서 태풍을 만나리라고는 상상도 못 했을 것이다. 패닉에 빠지지 않으면 좋으련만.

방재위기관리과장이 앞으로 나왔다.

"시장님, 여기는 저희한테 맡기고 조금 쉬시는 게 어떻습니까?"

다른 간부도 동조했다.

"상황이 변하면 바로 연락드리겠습니다. 그때까지 잠깐 쉬세요."

"재해대책본부장이 쉴 수는 없죠."

"직원들은 교대로 쉽니다. 시장님이 쉬셔야 저희도 마음 편히 쉴 수 있어요."

"그렇군요."

시장은 잠시 고민하듯 아래를 내려다보다가 고개를 들고 말했다.

"알겠습니다. 그럼 쉬겠습니다. 무슨 일이 있으면 연락 주십시오."

시시도 시장이 회의실에서 나가자, 히나코도 뒤따라 회의실을 나섰다. 따라오는 히나코를 발견하고 시시도 시장이 말했다.

"히나코 씨도 쉬세요. 몸이 못 버팁니다."

"감사합니다. 혹시 필요하시면 드실 걸 가져다드릴까요?"

"괜찮습니다."

고립된 아동의 보호자들은 캠핑장과 가장 가까운 카니사와 지구의 평생교육관에서 아이들이 돌아오기를 기다린다고 했다. 예측할 수 없는 사태에 대비해 소방차와 구급차도 거기에서 대기한다고 들었다. 당연히 시시도 시장의 가족도 카니사와 지구 평생교육관에 갔을 텐데, 시장 역시 부모로서 현장에 달려가고 싶은 심정일 것이다.

2층 시장실 앞에 도착했다. 히나코는 시시도 시장에게 말했다.

"수면실도 있는데, 쓰시겠어요?"

"저는 여기면 충분합니다. 소파에서 눈을 붙이겠습니다."

수면실은 직원들도 이용한다. 직원들을 배려하는 것이리라. 시장은 시장실 문을 열고 안으로 들어갔다. 히나코가 자리를 뜨려고 하자, 시장이 문틈으로 얼굴을 내밀고 말했다.

"히나코 씨, 저를 불러야 할 때는 꼭 문을 두드려주세요. 소파에서 자는 모습을 보이고 싶지는 않아서요."

"알겠습니다. 그렇게 하겠습니다."

히나코는 시시도 시장이 문 닫는 것을 확인하고 복도를 걸어갔다. 과장에게 말해서 나도 잠깐 쉴까. 시장이 쉬고 있으니 비서인 히나코가 나설 일은 당분간 없을 것이다.

…◆…

"앞이 안 보이네요."

료는 승합차 조수석에 있었다. 옆자리 운전석에는 삐에로가 앉아 있었다. 비는 약해질 기미를 보이지 않았고 굵은 빗방울은 앞유리를 두드렸다. 바람도 강해서 이따금 차체가 흔들리는 느낌이었다. 도로를 달리는 다른 차는 없었다.

"그나저나 나카지 군은 지지리도 운이 없군요." 삐에로는 핸들을 조종하며 말했다. "모처럼 카부토시에 왔는데 비가 이렇게 오다니요. 혹시 원래 비를 몰고 다니는 편인가요?"

뒷좌석에 앉은 나카지 사토시가 부정했다. "아니에요. 그보다 아직이에요? 정말 이쪽으로 가면 고립된 사람들이 있어요?"

지금으로부터 한 시간 전인 오후 열 시, 삐에로가 불쑥 연락해서는 료의 집 앞에 승합차를 세웠다. 설명을 들어보니 아이들이 카니사와 지구에 갇혀서 구하러 간다고 했다. 그런 것은 소방관이나 경찰의 일이 아닌가 싶었지만, 료는 자신의 의지와 상관없이 승합차에 태워졌다.

차가 갑자기 크게 흔들렸다. 타이어를 통해 진동이 전해졌다. 대로에서 갈라져 나온 샛길에 들어섰는지 땅에 아스팔트 포장이 안 되어 있는 것 같았다.

"돌아가는 길을 곧은 길로 삼는다. 손자의 말입니다."

핸들을 쥔 삐에로가 말했다. 주위는 삼림이었다. 완전히 나무로 뒤덮인 곳이라 빗발이 그리 세지 않았다.

"이쯤일 텐데."

차가 속도를 줄이다가 이윽고 완전히 정차했다. 길은 두 갈래로 나뉘었고 한쪽에는 통행을 금지하는 바리케이드가 놓여 있었다. '위험. 곰 조심'이라는 간판도 보였다. 삐에로가 차에서 내려 통행 금지 바리케이드를 치우고 다시 차로 돌아왔다.

"한 5년 전에 곰이 자주 목격돼서 이 길은 통행이 금지됐습니다. 이제는 동네 사람들도 잘 모르는 샛길이에요."

삐에로가 그렇게 말하고 차를 출발시켰다. 오랫동안 통행이 금지돼서 그런지 길이 더 험했다. 자잘한 나뭇가지가 이따금 앞 유리에 부딪혔다.

"예전부터 카니사와 지구는 계류낚시에 그만인 장소였습니다." 삐에로가 말했다. "저도 젊은 시절에 낚시를 했습니다. 그래서 이 주변 임산 도로를 잘 압니다. 젊었을 때 자주 캠핑하러 왔거든요."

임산 도로에 들어서서 구불구불한 길을 15분 정도 달렸을 즈음, 드디어 시야가 탁 트였다. 앞에 계단 형태로 된 경사지가 있었다. 맨 앞쪽에 방갈로 같은 가옥의 그림자가 몇몇 보였고, 그중 한 채에 어렴풋한 빛이 들어와 있었다.

"도착했습니다."

삐에로가 그렇게 말하며 승합차를 세웠다. 료는 조수석에서 내려 나카지와 함께 뒷좌석에 쌓아둔 짐을 들고 방갈로로 향했다. 겨우 5미터쯤 달렸을 뿐인데 온몸이 비에 젖었다. 자동차 엔진 소리를 들었는지 입구에서 아이들의 모습이 보였다.

"오래 기다리셨습니다."

삐에로가 그렇게 말하며 아이들의 머리를 쓰다듬었다. 갑작스레 나타난 삐에로에 아이들은 놀라움 반 무서움 반인 표정이었다. 인솔 교사 세 명 중 가장 나이 많은 교사가 놀란 목소리로 말했다.

"다, 당신들 누구…."

"구해 드리러 왔습니다. 배고프지 않으십니까? 식량을 가져왔습니다."

료는 손에 든 비닐봉지를 근처에 있던 남자에게 내밀었다. 나카지도 똑같이 했다. 여기로 오는 길에 편의점에 들러서 삼각김밥과 과자, 음료수를 잔뜩 사 왔다.

아이들은 모두 열두 명이었고, 그중 다섯 명이 인도인이었다. 인도에서 파견된 소년들이 고립됐다는 이야기는 차 안에서 삐에로에게 들었다.

소년들은 교사에게서 삼각김밥과 과자를 받아 그 자리에서 먹기 시작했다. 일본인과 인도인으로 나뉘어서 따로따로 빙 둘러앉았다. 인도인들은 삼각김밥을 어떻게 먹는지 모르는지 초콜릿을 비롯한 과자만 먹었다.

그러자 일본인 소년 중 한 명이 일어나서 인도 소년들에게 다가갔다. 그 소년은 한 인도인 소년의 어깨를 두드리고 삼각김밥 포장지 벗기는 방법을 가르쳐주었다.

"저 아이는 시시도 코우키예요."

옆에 선 젊은 남자 교사가 설명했다.

"영특한 아이예요. 이번 캠핑에서도 리더를 맡았어요. 시시도 시장님의 아드님이에요."

인도인 소년은 시시도 코우키의 이야기를 진지한 표정으로 들었다. 바로 이해했는지 삼각김밥 포장지를 벗겨 보이더니, 이번에는 친구들에게 그 방법을 설명했다. 시시도 코우키가 삐에로의 얼굴을 힐끔거렸다. 그러자 삐에로가 료에게 말했다.

"저는 잠깐 소형 버스의 상태를 보고 오겠습니다."

삐에로가 방갈로에서 나갔다. 시시도 코우키는 인도인 소년들과 함께 삼각김밥을 먹었다. 시시도 코우키 옆에는 키가 비슷한 소년이 있었다. 교사가 설명했다.

"저 애는 아잔다라고 하는데, 인도인 소년파견단의 리더예요. 쟤도 아주 영특해서 저렇게 어린데 내년부터 고등학교에 다닌대요. 소위 말하는 월반이죠."

그사이에 전원 삼각김밥 먹는 법을 배운 인도인 소년들은 웃으며 삼각김밥을 먹었다. 잠시 그 모습을 지켜보는데 삐에로가 문 사이로 얼굴을 내밀고 말했다.

"소형 버스 말고 움직일 수 있는 차가 있나요?"

대답한 사람은 젊은 남자 교사였다.

"있습니다. 제가 선발대로 자가용을 타고 왔거든요."

"몇 인승이죠?"

"7인승이요. 아이들은 조금 더 탈 수 있을 거예요."

"아주 좋습니다." 삐에로는 짝 하고 손뼉을 쳤다. "허기가 가시면 출발하죠. 다소 흔들리겠지만, 문제없을 겁니다. 여기서 밤을 지새 우는 것보다는 나을 거예요."

"쓰러진 나무 때문에 도로가 막혔어요."

"조금 돌아가겠지만, 빠져나갈 수는 있습니다. 실제로 저희가 여 기에 왔잖습니까. 선생님들은 아이들의 짐을 챙겨서 차에 태워주 세요. 짐은 최대한 가볍게 해주십시오."

"알, 알겠습니다."

교사 셋은 방갈로 안쪽으로 들어갔다. 난데없이 나타난 삐에로 가 내린 갑작스러운 지시였지만 그의 말투는 자신만만했고 묘하게 도 리더십이 있었다. 상황이 상황인지라 교사들은 지푸라기라도 잡는 심정으로 그 말을 따르는 듯했다.

아이들은 해맑게 삼각김밥과 과자를 먹었다. 일본인과 인도인이 서로 마주 보며 웃었다.

료 일행이 타고 온 승합차와 인솔 교사의 자가용을 나눠 타고 캠핑장을 뒤로했다. 교사의 미니밴에는 운전하는 교사 외에 다른 교사 한 명과 일본인 아이들 일곱 명이 탔고, 삐에로가 운전하는 승합차에는 초로의 교사 한 명과 인도인 소년 다섯 명이 탔다. 두 대가 모두 비좁았지만 배부른 소리를 할 때가 아니었다.

차가 출발하고 얼마 후, 성기게 내리던 비가 갑자기 다시 거세지 더니 빗방울이 앞 유리를 강하게 때렸다. 시야 확보가 어려웠고 앞을 달리는 미니밴의 미등도 희미하게 보였다. 미니밴을 모는 교사에게는 미리 길을 가르쳐주었다.

"다들 걱정하지 마세요. 반드시 구해내겠습니다."

삐에로가 핸들을 쥐며 뒷좌석에 앉은 다섯 인도 소년에게 말했지만, 반응이 전혀 없었다. 모두 입을 꾹 다물고 있었다.

"우리 말을 못 알아듣지 않을까요?"

료가 그렇게 말하자, 삐에로가 웃으며 대답했다. 삐에로는 립스틱 때문에 항상 웃는 것처럼 보였지만, 료는 이제 조금 그 표정을 구별할 수 있게 되었다.

"이런 건 뉘앙스로 전달되는 법입니다, 료 군."

차가 산길에 들어섰다. 비포장도로라서 길이 얼마나 울퉁불퉁한지 좌석을 통해 느껴졌다. 입을 굳게 다물지 않으면 실수로 혀를 깨물 것 같았다.

차가 갑자기 멈췄다. 삐에로가 액셀을 밟았지만, 차는 앞으로 나아가지 않았다. 후진하려고 해봐도 차는 움직이지 않았다.

"료 군, 보고 와주세요."

"알, 알겠어요."

료는 삐에로에게 지시를 받고 조수석 문을 열었다. 그 순간 빗방울이 얼굴을 때리고 강풍이 차 안으로 들이쳤다. 료는 마음을 단단히 먹고 조수석에서 내렸다.

곧바로 온몸이 젖었다. 굴하지 않고 승합차 뒤로 돌아간 료는 쪼그려 앉아서 바퀴를 살펴보았다. 왼쪽 뒷바퀴가 진창에 빠져 있었다. 타이어 3분의 1 정도가 진흙에 파묻혔다.

료는 운전석으로 향했다. 삐에로가 창문을 열자, 료는 소리치듯 말했다.

"왼쪽 뒷바퀴예요. 진흙탕에 완전히 빠졌어요."

"그래요?" 삐에로가 바람에 지지 않으려는 듯 큰 소리로 말했다. "료 군, 차 운전할 수 있습니까?"

"죄송해요. 장롱 면허예요."

"앞에서 끌어 달라고 하려고 했는데, 벌써 가 버린 것 같습니다."

앞을 보니 조금 전까지 전방에서 달리던 미니밴의 미등이 사라지고 없었다. 삐에로는 뒷좌석에 앉은 사람들과 무어라 이야기했다. 잠시 후 삐에로와 나카지가 차에서 내렸다. 삐에로가 말했다.

"선생님이 액셀을 밟아주실 테니 우리는 뒤에서 밉시다."

초로의 인솔 교사가 운전하려나 보다. 셋이 승합차 뒤로 가서 양손으로 차를 밀었다. 차바퀴는 돌았지만, 차는 전혀 움직이지 않았다. 배기가스가 바로 얼굴에 닿아 불쾌할 정도였다.

"자, 한 번 더."

삐에로의 구령에 맞춰 다시 차를 밀었다. 실패였다. 삐에로가 균형을 잃고 한쪽 무릎을 꿇었다. 일어선 삐에로는 다시 한번 양손으로 차를 밀었다. 이미 온몸이 쫄딱 젖어서 뽀글뽀글한 가발도 물을 흠뻑 머금었고, 얼굴에는 진흙이 묻었다. 차를 미는 삐에로의 모습을 보며 료는 생각했다. 이 사람은 왜 이렇게까지 열심일까.
가족도 아닌 생판 남을 구하기 위해서 어떻게 이토록 과감해질 수
있을까.

"료 군, 조금 더 힘을 쓰세요."

"네."

료가 차체에 손을 올렸을 때, 승합차 뒷좌석에서 내리는 그림자
가 보였다. 몸집으로 보아 인도인 소년 같았다. 그 그림자는 민첩하
게 나무숲 속으로 사라졌다. 옆에서 차를 밀던 나카지도 그 모습
을 봤는지 목소리를 높였다.

"너, 어디 가는 거야?"

하지만 나카지의 목소리는 비바람에 쓸려 날아갔다. 잠시 차에
서 손을 뗀 삐에로가 물었다.

"누가 내렸나요?"

"네. 아이가 숲 쪽으로 달려가는 걸 봤어요."

대답한 사람은 나카지였다. 소년의 모습은 이미 보이지 않았다.
이 빗속에서 한번 길을 잃으면 차까지 돌아오기 힘들 듯했다. 소년
을 찾아야 할까, 아니면 여기서 기다려야 할까. 삐에로가 고민하는
것이 느껴졌다.

"료 군, 아이를 찾아와 주세요. 이 차의 전조등을 시야에서 놓치
지 말고요."

"알겠어요."

료는 외치듯 말하고 차에서 떨어졌다. 주위는 울창한 삼림이었

다. 기온은 낮지 않았지만 온몸이 젖어서 한기가 느껴졌다. 나뭇가지를 헤치며 나무숲 속으로 걸음을 옮겼다. 튀어나온 나무뿌리에 발이 걸리지 않도록 조심하면서 앞으로 나아갔다.

10미터 정도 갔을 즈음, 갑자기 맞은편에서 걸어오는 작은 그림자가 보였다. 인도인 소년이었다. 이름이 아잔다였던가. 인도인 소년파견단의 리더 격인 아이였다.

아잔다는 커다란 널빤지를 품에 안고 있었다. 누가 봐도 인공적으로 가공된 널빤지로, 벤치 등받이 같기도 했고 건물 벽에 쓰는 자재 같기도 했다. 아무튼 불법 투기 된 널빤지인 듯했다.

아잔다는 료를 보고 고개를 끄덕였다. 료도 그의 의도를 알아차리고 고개를 끄덕이며 널빤지 한쪽을 잡았다. 전조등을 향해 둘이서 신중하게 널빤지를 옮겼다.

나무숲을 빠져나와서 다시 차로 돌아갔다. 차는 여전히 오도 가도 못 하는 상황이었다. 가져온 널빤지를 왼쪽 뒷바퀴 앞에 꽂아 넣으려고 하는데, 그 모습을 본 삐에로가 말했다.

"이 소년의 아이디어군요. 나이스입니다."

다들 쫄딱 젖었다. 옷 섬유가 비를 흡수해서 몸이 무거웠다. 삐에로의 화장만 비교적 멀쩡한 것이 신기했다.

료는 일어나서 삐에로 옆에서 차체에 손을 올렸다. 삐에로가 "으라차!"라고 외치자, 자동차 엔진 소리가 높아졌다. 작은 팔이 보여서 옆을 보니, 아잔다도 진지한 얼굴로 차를 밀고 있었다.

차가 서서히 앞으로 움직였다. 더 세게 밀자, 갑자기 팔이 가벼

위지는 느낌이었다. 차가 자기 힘으로 달리며 앞으로 훅 나갔다.

"좋습니다. 탈출합시다."

삐에로가 그렇게 말하며 근처에 있던 나카지와 하이파이브를 했다. 료는 옆을 보았다. 아잔다는 만족스러운 미소를 지었다. 이마를 흐르는 물방울이 비인지 땀인지 구분되지 않았다. 료가 오른손을 내밀자, 아잔다는 쑥스러워하며 그 작은 오른손을 내밀었다.

…◆…

밤 열두 시경. 히나코는 수면실을 나와 시장실이 있는 2층으로 향했다. 조금 전 카니사와 지구 평생교육관에서 연락이 왔는데, 고립된 아이들이 인솔 교사와 함께 자력으로 탈출해 평생교육관을 찾아왔다고 했다.

모두 무사하고, 탈진한 사람도 없는 듯했다. 이미 보호자와 합류해서 각자 귀갓길에 올랐다고 들었다. 히나코는 그 소식을 시장에게 알리려고 아무도 없는 복도를 걸었다. 2층에 있는 모든 집무실의 전기가 꺼진 상태라 복도가 어두웠다.

시장실 앞에서 멈춰 섰다. "실례합니다" 하며 문을 두드려 보았지만, 안에서는 반응이 없었다.

밤 열두 시가 지난 시간이다. 시장은 깊이 잠든 것일까. 다시 한번 문을 두드려 보았지만, 역시 반응이 없었다. 혹시나 하고 문손잡이를 돌려봐도 안에서 문이 잠겼는지 꿈쩍도 하지 않았다.

이미 보고를 받고 내용을 제대로 확인하려고 1층 회의실에 간 것일까. 아니, 문이 잠긴 것으로 보아 시장은 아마 시장실 안에 있을 것이다.

히나코는 걸음을 돌려 1층으로 내려가 보았다. 1층 회의실에서는 전등이 형형히 빛났고 직원 몇 명이 무선전화로 통화하고 있었다. 히나코는 그중 한 명에게 물었다.

"시장님 못 보셨어요?"

"시장님? 음, 못 봤는데."

"그렇군요. 감사합니다."

히나코는 회의실을 나와서 다시 2층으로 올라갔다. "실례합니다" 하며 다시 한번 시장실 문을 두드려 보자, 안에서 인기척이 들리더니 잠시 후 문이 열렸다. 방재복을 입은 시시도 시장이 거기에 서 있었다. 조금 전에는 깊이 잠들어서 노크 소리를 못 들었나 보다.

"쉬시는 데 죄송합니다. 시장님, 아드님과 사람들이 구출됐다고 합니다."

"그렇군요. 다행입니다."

그 말과 달리 시장의 표정에서는 안도의 빛이 엿보이지 않았다. 부모로서 기쁜 티를 내도 될 텐데, 시시도 시장은 어떤 순간에나 냉정한 사람이었다.

"재해대책본부로 갑시다."

시장과 함께 1층으로 내려갔다. 시장이 행차한다는 이야기를 들었는지 조금 전보다 직원 수가 많았다.

"카니사와 지구의 상황을 설명해주십시오."

시장의 목소리에 반응해 방재위기관리과장이 설명을 시작했다.

"조금 전 카니사와 지구에 있는 평생교육관에서 연락이 왔습니다. 캠핑장에 고립된 교사와 아이 총 열다섯 명이 평생교육관에 도착했다고 합니다. 쓰러진 나무로 통행이 불가능해진 도로를 크게 우회해서 오랫동안 통행 금지였던 임산 도로를 이용했다고 합니다."

"알겠습니다. 다른 사항은요?"

"으음, 이건 아직 확인되지 않은 정보입니다만" 하며 젊은 남자 직원이 손을 들었다. "아이들을 구출해서 평생교육관에 데려다준 건 어떤 남자 세 명이었다고 합니다. 그중 한 명은 삐에로 분장을 했다고 합니다."

회의실 안이 조금 술렁였다. 히나코도 다른 사람들처럼 고개를 갸웃했다. 왜 삐에로 분장을 했을까. 애초에 아이들 구출 작전에 임하는 삐에로의 모습을 상상하는 것 자체가 힘들었다. 시장이 뒷말을 재촉했다.

"그래서 그분들은 어디에 있습니까?"

"평생교육관에 아이들을 내려주고 곧장 차를 타고 사라진 모양입니다. 이름도 말하지 않았다고 합니다."

"그렇군요. 그런데 지금 태풍 상황은 어떻습니까?"

대답한 사람은 방재위기관리과장이었다.

"현재 태풍 15호는 카나가와현에서 북동쪽으로 이동하고 있습니다. 세력이 점점 약해져서 카부토시도 곧 영향권에서 벗어날 것으로 예상됩니다. 카니사와 지구에 쓰러진 나무 외에는 별다른 피해가 확인되지 않았습니다. 아마 몇 시간 내로 호우 홍수 풍랑 경보도 해제될 것 같습니다."

"각 대피소의 상황은요?"

"30분 전 들어온 보고에 따르면 대피한 시민은 모두 귀가했다고 합니다."

"알겠습니다. 호우 홍수 풍랑 경보가 해제되면 즉시 재해대책본부를 해산하겠습니다. 교대로 쉬면서 각자 몸 상태에 유의하며 업무에 힘써 주십시오."

시시도 시장은 회의실에서 나갔다. 히나코는 그 뒤를 쫓아가며 말했다.

"시장님, 아드님이 기다릴 거예요. 일단 댁으로 돌아가시는 게 어떨까요?"

"아직 재해대책본부가 해산하지 않았습니다. 해산할 때까지 여기에서 대기하겠습니다. 아들은 우리 가족과 담임 선생님에게 맡겼으니 괜찮을 겁니다."

그 자리에 서서 시장의 뒷모습을 배웅하는데, 누가 히나코의 어깨를 두드렸다. 뒤돌아보니 비서과장이 서 있었다.

"히나코, 이만 가봐. 남은 일은 우리가 알아서 할게."

"하지만⋯."

"괜찮아. 비도 잦아든 것 같아. 내일 시장님 기자 회견이 있어서 너는 평소처럼 출근해야 하잖아. 오늘은 이만 들어가."

"알겠습니다. 신경 써주셔서 감사합니다."

히나코는 그렇게 말하며 고개를 숙였다. 과장이 떠난 뒤에 손목시계를 확인해 보니, 밤 한 시가 되어 가는 시각이었다.

⋯◆⋯

"날이 갰네요."

나카지의 말에 하늘을 올려다보니, 구름 사이로 별이 언뜻언뜻 보였다. 조금 전 신호를 기다리다가 삐에로가 "제가 급한 일이 있어서, 이쯤에서 내리셔야겠습니다"라고 해서 료와 나카지는 함께 승합차에서 내려 집을 향해 걸었다.

비가 그쳐서 이제 우산도 필요 없었다. 조금 전까지 카부토시 최북단 카니사와 지구에 있었다는 것이 꿈같았다.

"그런데 삐에로 씨는 어떤 사람일까?"

나카지가 물어서 료가 대답했다.

"보이는 그대로예요. 제멋대로에 어디로 튈지 모르고 무슨 생각을 하는지 알 수 없는 사람이에요."

"그런 뜻이 아니라." 나카지가 쓴웃음을 지으며 말했다. "그 사람의 정체 말이야. 평소에는 뭘 하는 사람일까?"

"모르겠어요. 저도 정체가 궁금해서 한번 미행해봤는데 실패했어요. 그런데 평일 낮에는 삐에로로 활동하지 않는 것 같아요. 저랑 만나는 시간대는 보통 밤이거든요."

"그럼 평일 낮에는 평범하게 일하는 건가? 체력이 대단하네."

확실히 그렇다. 삐에로의 나이는 아마 50대쯤일 것이다. 낮에 무슨 일을 하는지는 모르지만, 밤에 그렇게까지 기운 넘치게 활동하다니―포장마차에서 맥주만 마실 때도 있지만―어떻게 그럴 수 있는지 도무지 이해하기 힘들었다.

"낮에는 어떤 일을 하는 사람일까?"

나카지가 그런 화두를 던지자, 료는 생각했다.

"서비스업이라고 했어요."

"엄청 모호하네. 나는 의외로 딱딱한 직업일 것 같아. 은행원 같은 거."

"그래요?"

그러고 보니 삐에로는 말투가 정중하고 태도가 부드럽다. 하지만 의외로 자기중심적인 면이 있어서 사람을 거칠게 부린다. 그런 특성을 종합해 보면 어느 회사의 사장이 아닐까 하고 료는 생각했다.

"맥주나 마실까?"

나카지가 그렇게 말하며 앞쪽을 가리켰다. 거기에는 편의점 간판이 빛나고 있었다. 료는 "좋죠" 하며 나카지와 가게 안에 들어갔다. 늦은 밤이라 그런지 손님이 한 명도 없었다. 아르바이트생으로 보이는 청년이 하품을 삼키고 있었다. 각자 맥주와 과자를 사서 밖으로 나갔다.

나카지는 가게 앞에 있는 주차 방지 턱에 걸터앉았다. 료도 그 옆에 앉았다. 길이 아직 축축했지만, 속옷까지 홀딱 젖은 상태라 개의치 않았다. 낮이었으면 창피해서 편의점 앞에 쪼그려 앉지 못했을 텐데, 지금은 한밤중이라 지나다니는 사람이 거의 없다.

캔을 부딪치고 맥주를 마셨다. 깊이 스며드는 맛이었다. 나카지도 비슷하게 느꼈는지 진지한 어조로 말했다.

"와, 맛있다. 이렇게 맛있는 맥주는 오랜만이야."

"역시 남을 도와주고 마시는 맥주는 특별한 맛이네요."

"좋은 말이다. 그래, 우리 아까까지 산속에 있었지. 도쿄에 있었으면 이런 경험은 못 했을 거야, 절대."

날씨로 보아 태풍은 이미 지나간 것 같다. 바람이 약간 세지만 비는 이제 내리지 않는다.

"도쿄 병원에서 일할 때는 술 같은 거 안 마셨어요?"

료가 묻자, 나카지가 대답했다.

"거의 안 마셨어. 간혹가다 의국 회식이 있었지만, 나는 막내라 그럴 때 보통 당직이었거든. 야근 끝나고 가끔 혼자 마실 때는 있었어."

"나카지 씨는 어떻게 의사가 되셨어요?"

"글쎄. 재수 없게 들린다면 미안하지만, 나는 그냥 머리가 좋아서 된 것 같아. 공부를 열심히 하지 않아도 항상 성적이 좋았어. 가능하면 국공립 대학교에 가고 싶었는데 내 성적에 맞는 대학교를 찾아보니까 의대밖에 없었어."

그런 사람도 있구나, 하고 료는 순수하게 감탄했다.

"하지만 후회는 없어." 나카지가 캔맥주를 한 모금 마시고 이어서 말했다. "의대에 들어간 건 우연이었지만, 지금은 의사가 돼서 다행이라고 생각해. 수술에 성공했을 때 얻는 성취감이 엄청나. 건강해지는 환자를 지켜보는 것도 아주 기쁜 일이고."

이렇게 편의점 앞에 앉아서 맥주를 마시고 있지만, 역시 이 사람은 의사라고 료는 생각했다. 자신의 직업에 자부심을 품는 것이 부러웠다.

"나카지 씨, 내일 같이 카부토시 중앙병원에 가봐요."

"일손이 부족하다는 그 병원?"

"네. 내일부터 일해달라는 건 아니고, 그냥 견학하려고요."

"어제 처음 만난 내가 이런 말 하기는 좀 그렇지만, 료, 뭔가 정말 삐에로 씨의 조수답다."

"아니, 전 그냥…. 집에 있어봤자 딱히 할 일도 없어서요."

"그래, 알았어. 그럼 슬슬 일어날까."

나카지가 그렇게 말하며 일어나자, 료는 캔맥주를 다 마시고 일어섰다. 조금 전에 구해준 아이들의 모습이 뇌리를 스쳤다. 즐거운 얼굴로 다 같이 삼각김밥을 먹었다. 그런 생각을 하자, 자연스레 입꼬리가 올라갔다.

…◆…

월요일 오전 아홉 시, 카부토시청 2층에 있는 회의실에서 시시도 시장의 긴급 기자 회견이 열렸다. 히나코는 기자 회견 상황을 회의실 뒤쪽에서 지켜보았다.

회의실에 모인 기자들은 스무 명 정도였다. 매달 있는 정례 기자 회견에 모이는 기자는 열 명 정도이니 상당한 인원이었다.

시곗바늘이 아홉 시를 지난 것을 확인하고 시시도 시장이 자리에서 일어났다. 카부토시와 시즈오카현의 마스코트 캐릭터가 그려진 병풍 앞에 서서 시시도 시장이 스탠드 마이크에 대고 이야기했다.

"여러분, 오늘 이렇게 모여주셔서 진심으로 감사합니다. 시장 시시도입니다. 지난주 토요일, 일부 매체에 제가 공금으로 여행한 것 아니냐는 의혹이 보도되었습니다. 시민 여러분께 심려 끼쳐서 죄송하다는 말씀을 드리려고 오늘 이 자리를 마련했습니다."

시시도 시장은 거기까지 말하고 깊이 고개를 숙였다. 어제—정확히 말하면 오늘이지만—시시도 시장이 귀가한 시간은 재해대책본부가 해산한 오전 다섯 시경이었다고 한다. 아마 거의 자지 못했을 것이다. 하지만 그 표정에서 피로는 느껴지지 않았다.

"반년 전 3월 중순, 제가 인도네시아 발리섬에 간 건 사실입니다. 언론사에서 지적한 대로 여행 비용이 공금, 다시 말해 시민 여러분의 세금에서 빠져나간 것도 사실입니다. 하지만 발리섬에 간건 어디까지나 공무 때문이었습니다. 어떤 공무였는지는 아직 자세히 말씀드릴 수 없습니다."

"질문이 있습니다."

기자 한 명이 손을 들었다. '카부토시 뉴스'라는 지방 신문 기자인데, 괴팍한 것으로 악명이 높았다. 오늘도 기자 회견장에 도무지 어울리지 않는 청바지와 티셔츠 차림으로 철제 의자에 앉아서 다리를 꼬고 있었다.

"질의응답은 나중에 한꺼번에…."

그렇게 말하는 사회자를 제지하며 시시도 시장이 말했다.

"괜찮습니다. 질문하시죠."

"어디 보자." '카부토시 뉴스'의 기자가 앉은 채로 말했다. "발리섬이잖아요. 휴양지인 발리섬. 시장이 공무를 처리하러 발리섬에 갔다니, 대체 뭡니까? 아직 자세히 말할 수 없다고요? 말이 되는 소리를 하세요. 이런 해명을 시민들이 수긍하겠습니까?"

시장은 그 질문에 대답했다.

"시민 여러분께서 수긍하시기까지 시간이 필요할 거라고 생각합니다. 언젠가 제가 말씀드릴 수 있는 타이밍이 올 겁니다. 그때까지는 저를 믿어주시면…."

"왜죠? 공무로 갔으면 그게 어떤 공무였는지 설명할 수 있지 않나요?"

"간단히 말씀드리면 정치적인 판단 때문입니다."

"정치적인 판단이라니 무슨 말입니까? 발리섬과 카부토시가 엮인 정치적 무언가가 있다는 뜻입니까? 발리섬과 카부토시 사이에 연결고리가 있다니, 적어도 저는 처음 듣는 얘긴데요."

확실히 시시도 시장의 해명은 석연치 않았고 평소의 시장답지 않았다. 지난 2년 동안 시장의 말과 행동을 봐왔지만, 이렇게 미적

지근한 설명은 처음이었다. 다른 기자들도 일제히 입을 열었다.

"맞습니다. 공무 때문에 발리섬에 갔다는 말을 누가 믿습니까?"

"그렇게 주장할 거면 하다못해 공무 내용을 밝히셔야죠. 저희도 기사를 써야 한단 말입니다."

"설명하지 않는다고 하지는 않았습니다." 시시도 시장이 기자들에게 말했다. "시간을 달라고 말씀드리는 겁니다. 아주 민감한 문제라서 아직은 발설할 수 없습니다."

평소에 열리는 정례 기자 회견에는 관련 부서에 소속된 직원만 오는데, 오늘은 수많은 직원이 회의실 뒤쪽에서 시장의 기자 회견을 지켜보았다. 그만큼 시청 안에서도 관심을 끄는 사안이라는 뜻이었다.

"그러니까 어떻게 민감한데요? 그걸 분명히 말씀해주세요."

"동감입니다. 시장님, 이제 그만 사적인 여행이었다고 인정하시죠."

기자들은 멈추지 않고 추궁했다. 여기저기서 말이 쏟아져 회의실이 혼란스러워졌다. 사회를 맡은 홍보 담당 직원이 마이크에 대고 말했다.

"오늘은 이것으로 기자 회견을 마칩니다. 시장님의 일정을 조정해서 다시 이런 자리를 마련하겠습니다."

시시도 시장은 기자들을 향해 깊이 고개를 숙이고 회의실을 떠나 버렸다. 기자들이 반발하듯 일어나서 시장의 등에 대고 말했다.

"이런 기자 회견은 시민들이 받아들이지 않을 겁니다."

"어디 가십니까? 도망가시는 겁니까?"

이렇게 거친 기자 회견은 처음 본다. 히나코도 과장과 함께 회의실을 뒤로했다. 복도를 걷는데, 근처에서 걷던 동료 남자 직원이 말했다.

"하아, 큰일이네요. 회견이 이렇게 끝났으니 기자들이 가만히 있지 않을 거예요."

"그러게. 변명치고는 억지스러웠어. 내일부터 9월 의회가 시작되는데, 의원들이 난리 피우지 않았으면 좋겠다."

과장이 그렇게 말하자, 남자 직원이 이어서 말했다.

"그러게 말이에요. 게다가 타누마 후원회장을 살해한 범인도 아직 안 잡혔잖아요. 과장님 댁에도 경찰이 찾아갔나요?"

"왔어. 너희 집에도?"

"네. 토요일에 왔어요. 시장님에 대해서 이것저것 묻더라고요. 경찰은 진심으로 시장님을 의심하는 걸까요?"

내일 오전 아홉 시 반부터 9월 의회 본회의가 시작된다. 첫날에는 몇 가지 의안을 심의하고 둘째 날부터는 시정 질의가 이루어질 예정이다. 현재로서는 의원들의 시정 질의 내용에 시장의 공금 여행 문제는 포함되지 않았다. 하지만 문제가 이렇게 커졌으니 의원들은 어떤 식으로든 질문을 던질 것이다.

히나코는 비서과 집무실로 돌아갔다. 마침 전화가 울려서 수화기를 들었다. 시장실에서 온 전화였다.

"네, 이마니시 히나코입니다."

벽에 걸린 화이트보드에 적힌 일정으로 눈을 돌렸다. 예정된 방문객은 없었다. 수화기 너머에서 시장이 말했다.

"차를 준비해주시겠습니까? 두 잔이요. 곧 니혼마츠 의원님이 오신다고 합니다."

····◆····

역 근처 편의점 앞에 타치바나 료가 서 있었다. 원래는 오늘 나카지를 데리고 병원을 견학하려고 했는데, 외출 직전에 스마트폰으로 연락을 받고 기자 죠시마를 만나러 왔다. 사건이 어떻게 되어 가는지도 궁금했고, 죠시마와 함께 다니면 신문 기자라는 직업을 바로 옆에서 구경할 수 있으니 좋은 기회라는 생각이 들었다. 나카지는 혼자 시내를 견학하겠다고 했다. 어제까지 험하던 날씨가 거짓말처럼 개서 하늘이 쾌청했다.

눈앞에 흰 경차가 멈춰 섰다. 운전석에 앉은 죠시마가 보여서 료는 경차로 다가가 조수석 문을 열었다. 죠시마가 "타"라고 짧게 말하자, 료는 조수석에 앉았다. 경차는 곧바로 출발했다.

"무슨 일이에요?"

료가 그렇게 묻자, 죠시마가 앞을 본 채 대답했다.

"무라오카 때문에. 나는 계속 무라오카를 찾아다녔어. 주말에는 태풍이 와서 못 움직였지만."

무라오카는 시청에서 징계 면직 된 전직 공무원이다. 살해된 타누마의 후원회에서 사무원으로 일했다고 한다.

"경찰도 무라오카의 행방을 쫓는 것 같아. 무라오카가 갈 만한 곳을 경찰도 주시하고 있어."

"그래서, 어떻게 할 거예요?"

"무라오카는 결혼하지 않았어. 본가로 돌아갈 것 같지는 않고, 어릴 때부터 계속 카부토시에서 살았으니까 다른 지역으로 도망치지도 못할 거야. 나는 무라오카랑 사귀던 여자를 눈여겨보고 있어."

죠시마는 무라오카가 아마추어 야구팀에 소속된 것을 알아내서 팀 동료에게 정보를 얻은 모양이다. 가깝게 지내던 친구, 예전에 사귀던 여자 등 그의 인간관계를 철저히 조사했다고 한다.

"여자랑은 별로 연이 없었대. 그런데 조금 마음에 걸리는 여자가 한 명 있어. 테시마 유코라는 여자야."

5년 전까지 테시마 유코는 무라오카가 소속된 팬서스라는 아마추어 야구팀의 매니저였다. 무라오카와 테시마 유코는 비교적 사이가 좋아서 팀원들은 두 사람이 사귀는 것 아니냐고 수군거렸다. 그런데 그런 소문이 돌자마자 테시마 유코는 매니저를 관뒀다.

"두 사람이 곧 결혼하겠다고 생각한 팀원도 있었나 봐."

죠시마는 그렇게 말하면서 차를 갓길에 세웠다. 지극히 평범한 상점가 한쪽이었다. 카부토시 상점가는 대형 쇼핑몰에 손님을 빼앗겨서 가게 중 절반 정도가 셔터를 내렸다.

"올 때가 됐는데."

죠시마가 그렇게 말했을 때, 그 시선 끝에 버스 한 대가 섰다. 대형 버스가 아니라 소형 버스였다. 버스에서 몇 명이 내렸다.

"저건 교외에 있는 반찬 제조 공장 버스야. 3교대인 것 같고, 저렇게 공장에서 일하는 파트타임 근로자들을 태워다줘. 보여? 흰 셔츠에 청바지를 입은 저 여자가 테시마 유코야."

죠시마의 시선 끝에 한 여자가 서 있었다. 양산을 쓴 채 버스에서 멀어져 갔다. 죠시마가 경차를 출발시켰다.

"경찰도 아직 저 여자에 대해서는 모르는 것 같아. 조금 지켜보려고. 혼자보다는 둘이 나을 것 같아서 너를 부른 거야."

죠시마가 신호등 앞에서 좌회전해 상점가 뒤편으로 차를 움직였다. 잠시 후 다시 갓길에 정차했다. 때마침 조금 전에 본 그 여자가 맞은편에서 걸어오다가 연립주택 한 곳에 들어갔다.

"저기가 저 여자 집이야. 2층 한가운데에 있는 방에 살아. 저 여자의 움직임을 여기서 지켜보자."

"죠시마 씨는 저 여자가 요즘도 무라오카랑 연락한다고 보는 거죠?"

"그건 몰라. 하지만 감시해볼 가치는 있을 것 같아. 경찰도 무라오카의 위치를 알아내지 못했으니까. 료, 잠깐 혼자 보고 있어 봐."

죠시마는 그렇게 말하며 뒷좌석에서 얇은 노트북을 꺼내 무릎 위에 펼쳤다. 기사를 쓰려나 보다. 료는 연립주택으로 눈을 돌렸다.

벽에 모르타르를 바른 지극히 평범한 목조 주택이었다. 도쿄에 있는 료의 집과 비슷하다. 보고 있어 봤자 풍경에 변화가 없어서 무척 따분하다. 쇠퇴한 상점가 뒤편에 있어서 인적도 거의 없었다.

"맞다. 곧 점심시간이네."

한참 망을 보는데, 죠시마가 노트북 키보드를 두드리면서 말했다. 오전 열한 시가 되어 가는 시간이었다.

"조금 이르지만 지금 먹어둘까? 저 여자가 언제 외출할지 모르니까." 죠시마가 정장 주머니에서 지갑을 꺼내 만 엔짜리 지폐를 료에게 건네며 말했다. "이걸로 도시락 좀 사다 줘. 저 모퉁이를 돌아서 조금 가면 도시락집이 있을 거야."

"알았어요."

지폐를 들고 경차에서 내렸다. 테시마 유코가 사는 연립주택 앞을 지나서 모퉁이를 돌았다. 50미터쯤 걷자 도시락집 간판이 보였다. 체인점이 아니라 개인이 운영하는 아담한 가게였다. 인기 있는 가게인 듯 주부나 회사원으로 보이는 여자들이 줄을 서 있었다.

가게 벽에 붙은 메뉴를 보며 줄 맨 끝에 섰다. 튀김 도시락으로 할지 아니면 햄버그스테이크 도시락으로 할지 고민됐다. 뒤에서 자전거 종소리가 울려서 료는 조금 안쪽으로 들어가 자전거를 피했다. 그 자전거에 탄 여자를 보고 료는 눈이 휘둥그레졌다.

조금 전 그 여자였다. 원피스로 갈아입은 상태였다. 료는 겉옷 주머니에서 스마트폰을 꺼내 통화 내역 맨 위에 있는 번호로 전화를 걸었다. 금방 연결됐다.

"죠시마 씨, 큰일 났어요."

"무슨 일인데?"

료는 도시락집 줄에서 빠져나와 달렸다. 그녀의 자전거는 아직 도로를 달리고 있었다.

"그 여자예요. 테시마 씨가 자전거를 타고 있어요. 도시락집 앞이에요."

"뭐라고? 연립주택에 뒷문이 있었나? 료, 놓치면 안 돼. 나도 바로 갈게."

"알, 알겠어요."

그녀의 자전거가 모퉁이를 도는 모습이 보여서 료는 달리는 속도를 높였다. 숨이 차올랐다. 달리기는 정말 오랜만이었다.

···◆···

"실례합니다."

히나코는 문을 두드리고 시장실 문을 열었다. 손님맞이용 소파에 시시도 시장과 백발노인이 앉아 있었다. 히나코는 앞으로 가서 노인에게 먼저 차를 냈다.

"고맙네."

노인은 그렇게 말하며 고개를 숙였다. 이 노인은 니혼마츠 신스케라는 시의회 의원으로, 장로라고 불린다. 히나코가 태어났을 즈음부터 시의회 의원 자리에 있어서 재직 기간이 이미 30년을 넘은 베테랑 의원이다.

"아무튼 시시도 시장." 니혼마츠 의원이 찻잔을 들면서 이야기했다. "아까 기자에게 연락을 받았는데, 끔찍한 회견이었다고 하더군. 대체 무슨 이유로 발리섬에 갔는지 나한테 말해보게."

"죄송합니다. 아무리 의원님이어도 이번 일은 말씀드릴 수 없습니다."

시시도 시장이 그 자리에서 고개를 숙였다. 니혼마츠 의원은 올해로 일흔다섯 살이라 시시도 시장의 아버지뻘이지만, 매우 젊어 보였다. 60대라고 해도 믿을 것 같은 외모로, 혈색도 좋고 목소리에도 힘이 넘쳤다.

"우리 당의 젊은 친구들은 자네를 철저하게 몰아붙일 생각이야. 나한테 털어놓으면 내가 잘 조정해볼 수 있을지도 모르잖나. 자네도 임기가 아직 2년이나 남았네. 지금 의회를 적으로 돌리면 앞으로가 힘들어질 걸세."

니혼마츠 의원은 온화한 표정이었지만, 눈빛만은 날카로웠다.

30년 넘게 시의회 의원이었던 만큼 그의 영향력은 막대하다. 역대 시장들도 니혼마츠 의원에게는 대항하지 못했다고 한다.

"머지않아 자세히 설명 드리겠습니다. 니혼마츠 의원님, 그때까지 기다려주십시오."

"고집이 세군, 시시도 시장."

"정치적 신중함이 필요해서 그렇습니다. 그런데 의원님, 연세가 어떻게 되시죠?"

"나 말인가? 나는 올해로 일흔다섯이네."

"정정하시군요. 존경스럽습니다. 전부터 생각했는데, 의원에게도 정년 제도가 있으면 좋을 것 같습니다. 오랫동안 의원으로 일하는 건 대단한 일이지만, 그에 따른 폐해도 있지 않을까 싶습니다. 예를 들면 유착 관계가 생길 수도 있고, 젊은 정치인의 발목을 잡게 될 수도 있죠."

이 나라에는 국회의원부터 시의회 의원에 이르기까지 의원의 정년이라는 개념이 없다. 의원은 선거로 유권자의 표를 얻어서 직위에 오르기 때문에 정년이라는 이유로 관두게 하는 것은 민주주의에 반하는 행위라는 말도 있다. 나이가 많든 적든 선거에서 이긴 사람이 의원이 되어야 하고, 고령에 정치인의 직무를 수행할 수 있느냐는 판단은 유권자가 해야 한다.

"무슨 소리인가? 내가 유착 관계를 만든다는 말을 하고 싶은 건가?"

"그렇지는 않습니다. 제 사견을 말씀드렸을 뿐입니다."

"말장난하지 말게. 나는 시민들의 믿음을 얻었어. 선거는 그런 거야."

어쩐지 심상치 않은 공기가 흐르자, 히나코는 시장실에서 나가려고 했다. 하지만 그보다 먼저 니혼마츠 의원이 일어섰다.

"불쾌하군. 나를 거스른 걸 후회하게 될 거야."

니혼마츠 의원은 언짢은 표정으로 시장을 내려다보았다. 눈빛이 날카로웠다. 한편 시시도 시장은 입가에 온화한 미소를 띤 채 말했다.

"그 말씀, 협박으로 간주해도 되겠습니까? 의원님."

니혼마츠 의원은 대답하지 않고 시장실에서 나갔다. 시시도 시장은 소파에서 일어나 자기 책상으로 돌아갔다.

"시장님, 니혼마츠 의원님이 엄청 노하신 것 같은데, 괜찮으세요?"

"니혼마츠 의원님은 본인을 거스를 자가 없다고 생각합니다. 가끔은 대적하는 모습을 보여드리는 것도 나쁘지 않을 겁니다."

시시도 시장이 태연한 표정으로 말했다.

…◆…

료가 탄 경차는 교외에 있는 연립주택 주차장에 서 있었다. 테시마 유코는 마트에서 장을 보고 이 연립주택 3층에 있는 어느 방에 들어갔다. 지금으로부터 한 시간 전이었다. 지금은 오후 한 시가 되어 간다.

"뭐 하는 걸까요?"

료가 그렇게 묻자, 운전석에 앉은 죠시마가 담배를 피우며 말했다.

"뻔하지. 남자랑 여자잖아."

죠시마는 무라오카 하루유키가 이 연립주택에 숨어 있다고 확신하는 듯했다. 문제는 어떻게 무라오카에게 접근할지였다. 갑자기 초인종을 누른다고 집 안에 들여보내 주지는 않을 것이다.

"삐에로 씨가 있었으면 어떻게든 했을 텐데."

죠시마가 중얼거렸다. 맞다. 삐에로가 있었으면 상식을 벗어난 그 행동력으로 상황을 타개했을 것이다. 하지만 지금 여기에 삐에로는 없다.

"료, 한창 취업 준비 중이지? 어떤 회사에 들어가고 싶어?"

죠시마가 가볍게 잡담하듯이 물었다. 가만히 망만 보기 지루해서 대화하며 시간을 때우려고 하나 보다.

"원래는 게임 업계에 들어가려고 했어요. 그런데 금방 현실의 벽에 부딪혀서…. 지금은 고향에 있는 기업을 중심으로 준비하고 있어요."

"흐음, 그래. 나 때랑 달리 취업도 힘든가 보구나. 아버지는 무슨 일을 하셔?"

"작은 제작소를 운영하세요. 요즘은 불황인 것 같지만."

"그래? 대대로 운영하던 거야?"

"네. 원래는 외가 쪽에서 하던 걸 아버지가 데릴사위로 물려받았어요. 친할아버지는 경찰이셨대요."

"그렇구나. 경찰이라."

"이미 돌아가셨지만요."

할아버지는 내내 카부토시 파출소에서만 근무했다고 들었다. 약 10년 전, 료가 초등학생일 때 암으로 돌아가시자, 무섭게 생긴 사람들이 장례식에 모여든 기억이 난다.

"그런데 료, 삐에로 씨 진짜 용감하지 않아?"

죠시마가 갑자기 그렇게 말해서 료는 되물었다. "무슨 말이에요?"

"생각해 봐, 료. 그런 차림으로 길거리를 돌아다니다니, 난 못 해. 창피해서 죽고 싶을걸."

죠시마는 운전석 시트에 깊숙이 기댔다. 료는 가볍게 물었다. 어제 나카지에게도 한 질문이었다.

"죠시마 씨는 왜 신문 기자가 됐어요?"

"뭐야? 료, 기자가 되고 싶어?"

"그런 건 아닌데, 취업 준비하면서 참고가 될까 해서요."

"우리 집은 어릴 때부터 가난했어." 죠시마는 담담하게 이야기를 시작했다. "세 살 때 아버지가 집을 나갔거든. 나는 어머니 손에 자랐어. 하지만 어머니는 몸이 약해서 일을 오래 하지 못했어. 기초 생활 보장 제도에 기댔다 말았다를 반복하는 삶이었지."

외풍이 들어오는 목조 건물에 살았다고 한다. 죠시마의 어머니는 슈퍼마켓 계산원 같은 일을 하며 살림을 꾸려나갔다고 한다.

"초등학교 때 국어 수업에서 붓글씨 쓰기를 하잖아? 먹이나 붓 같은 도구는 선생님이 빌려줬는데, 붓글씨를 쓰려면 밑에 신문지 같은 걸 깔아야 하더라. 우리 집은 신문을 보지 않아서 난감했어."

초등학생이던 죠시마는 재활용 쓰레기 더미에서 신문지를 골라내 학교에 가져갔다.

"신문이 동경의 대상이었어, 나한테는. 언제부턴가 신문을 쓰는 사람도 동경하게 됐어. 그게 계기였던 것 같아."

료는 상상도 못 할 이야기였다. 죠시마는 신문도 살 수 없는 생활에서 어떻게 벗어났을까. 료의 의문을 간파했는지 죠시마가 이어서 말했다.

"중학교에 올라갔을 때쯤 어떤 사람을 만났거든. 그 사람이 학비도 대주고 장학금 절차도 다 밟아줬어. 덕분에 나는 대학교에도 들어가고 꿈에 그리던 신문 기자가 됐지."

"어떤 사람인데요?"

"아버지 같은 사람이라고 할까?"

죠시마 어머니의 재혼 상대였을까. 아무튼 파란만장한 인생이었다. 료는 자신의 삶이 얼마나 풍요로웠는지 통감했다.

"타인과의 만남은 중요해. 어쩌면 너도 삐에로 씨를 만난 게 어떤 발단이 될지 몰라."

타인과 만나는 것의 중요성. 전에 삐에로도 비슷한 말을 했다. 생각해보니 요즘은 만남의 연속이었다. 기업 설명회에 가도 만남은 있다. 기업 담당자나 취업 준비생을 만난다. 하지만 삐에로와 어울리며 만난 사람들은 조금 다른 느낌이었다. 인연, 같은 것일까.

"어, 나왔다."

죠시마의 목소리에 료는 연립주택 쪽으로 눈을 돌렸다. 테시마 유코라는 여자가 계단을 내려오는 모습이 보였다. 그녀는 자전거를 타고 사라졌다.

"자, 가볼까."

그녀의 자전거가 시야에서 사라지기를 기다린 뒤에 죠시마가 운전석에서 내렸다. 료도 허둥지둥 내렸다.

"잠깐만요. 안에 무라오카가 있다는 보장은 없잖아요. 몇 호실인지도 모르고요."

건물 외부에 계단이 있어서 그녀가 3층까지 올라간 것은 확인됐지만, 몇 호실에 들어갔는지는 알 수 없었다. 그러자 죠시마가 어깨를 으쓱하며 말했다.

"어쩌겠어? 경찰보다 먼저 무라오카를 만나야 하는걸. 그게 삐에로 씨가 준 지령이야."

죠시마는 삐에로를 정말 열렬히 따르는 것 같다. 그렇게 막무가 내에 정체불명인데도 그 나름대로 인망이 있나 보다. 죠시마가 연립주택으로 걸어가자, 료는 허둥지둥 그를 쫓았다.

계단을 올라가 3층에 도착했다. 죠시마는 총 다섯 개인 문을 꼼꼼히 살펴본 뒤, 세 번째 위치에 있는 303호실 앞에 멈춰 섰다.

"이 방에만 문패가 없어. 아마 여기일 거야."

죠시마가 그렇게 말하더니 대뜸 초인종을 눌렀다. 하지만 안에서는 반응이 없었다. 죠시마는 문을 두드리며 목소리를 높였다.

"실례합니다. 관리인입니다. 잠깐 문 좀 열어주세요."

잠시 기다리자, 문 너머에서 잠금을 해제하는 소리가 들렸다. 문이 열리고 덥수룩하게 수염이 난 마흔 전후의 남자가 모습을 드러냈다.

"무슨 일이에요?"

"죄송합니다. 실례하겠습니다."

죠시마가 억지로 문 안쪽에 몸을 밀어 넣었다. 남자가 당황한 어조로 말했다.

"뭐야? 어딜 함부로 들어와?"

"무라오카 하루유키 씨, 잠깐 말씀 좀 나누시죠."

"다, 당신들 누구야?"

무라오카 본인이 틀림없었다. 죠시마가 태연한 표정으로 대답했다.

"저는 신문사에서 나온 사람입니다. 무라오카 씨의 증언을 기사로 쓰고 싶어서 찾아뵀습니다. 협조해주시겠습니까?"

"무슨 소리야? 나는 아무것도 몰라."

"살해된 타누마 씨의 후원회 사무소에서 일하셨죠? 다 알고 왔습니다."

"나는 아무것도 모른다니까. 경찰 부를 거야. 이거 불법 침입이야."

무라오카는 딱 잡아뗐지만, 눈동자가 흔들렸다. "어쩔 수 없네요" 하며 죠시마가 어깨를 으쓱하고는 도발하듯 한 걸음 앞으로 나갔다.

"자, 경찰을 부르세요."

무라오카는 테이블 위로 눈길을 던졌다. 거기에 스마트폰이 놓여 있었다. 하지만 무라오카는 그것을 집으려고 하지 않았다.

"경찰을 부르면 난처해지는 사람은 당신 아닙니까, 무라오카 씨? 저희는 당신을 도와주러 온 겁니다. 그걸 알아주셨으면 좋겠네요."

죠시마는 멋대로 신발을 벗고 집 안으로 들어갔다. 무라오카가 경찰에 신고하지 않으리라고 확신하는 듯했다. 료는 쭈뼛거리며 신발을 벗었다. 자칫하면 범죄였다.

"들어오지 마. 제발 가라고. 대체 뭐야, 당신들?"

무라오카는 거의 울 것 같은 얼굴이었다. 조금 불쌍했다. 이 사람은 사람을 죽일 만한 성격이 아니다. 사건에 휘말려서 곤란한 상황인 것 같았다.

죠시마가 갑자기 겉옷 주머니에서 스마트폰을 꺼내 귀에 대고 통화했다.

"네, 죠시마입니다. …지금요? 지금은 힘들어요. 한창 취재 중입니다. …다른 사람 없어요? 지금 엄청난 특종을 잡을 것 같은데. …그렇군요. 그렇게까지 말씀하시면 어쩔 수 없죠. 네, 알겠습니다."

전화를 끊은 죠시마가 료를 보며 말했다.

"미안해, 료. 지국장님이 부른다. 이쪽은 너한테 맡길게."

"마, 맡긴다니요?"

"괜찮아. 이 사람을 잠깐 상대해주고 있어. 끝나자마자 바로 돌아올게."

죠시마는 그렇게 말하더니 서둘러 신발을 신고 나가 버렸다. 무라오카가 료에게 의심 어린 시선을 던졌다.

"당신도 나가. 여기는 내 집이야."

료는 잽싸게 방을 둘러보았다. 최근에 이사했는지 벽 쪽에 상자 몇 개가 쌓여 있었다. 덩그러니 놓인 TV에는 옛날 가정용 비디오 게임기가 연결되어 있었다.

"저기, 저는 타치바나 료라고 합니다. 잘 부탁드립니다."

무라오카는 대답하지 않았다. 그저 료를 노려볼 뿐이었다. 이 사람에게서 이야기를 이끌어내라니, 내게는 무리라고 생각하며 떠나려고 하는데, 어째서인지 삐에로의 얼굴이 머릿속에 떠올랐다. 어젯밤, 카니사와 지구 산속에서 필사적으로 차를 밀던 삐에로의 얼굴이었다.

자신에게는 삐에로나 죠시마처럼 처음 보는 사람에게서 이야기

를 이끌어내는 재주도 없고 배짱도 없는 것을 잘 안다. 하지만 료
는 이대로 물러나면 안 될 것만 같았다.

바닥에 게임 소프트웨어 케이스가 떨어져 있었다. 한 10년 전에
발매된 축구 게임이었다. 료도 초등학생 때 해본 적이 있다.

"저 게임, 하실래요?"

료가 그렇게 제안하자, 무라오카는 당황한 기색으로 눈을 끔뻑
였다.

"혼자 하면 재미없을걸요. 대전하는 게 더 재미있지 않아요?"

"멋대로 남의 집에 들어와서는 게임을 하자니 제정신이야?"

"죄송합니다. 무례하다는 건 알아요. 하지만 저도 난처해요. 이
럴 때는 게임이나 하면서 긴장을 푸는 게 최선이지 않을까요?"

어디에 그런 근성이 있었나 하고 료는 스스로 놀랐다. 그런데 신
기하게도 겁나지는 않았다. 료는 허락도 없이 비디오 게임기 전원
을 켰다. 그리고 우두커니 선 무라오카에게 게임 컨트롤러를 내밀
었다.

"이 시절의 호나우지뉴는 거의 신들린 것 같았어."

무라오카가 나직이 말했다. 게임을 시작한 지 두 시간 가까이 지
났다. 축구 게임에는 당시 선수들이 실명으로 등장했다.

"내가 고등학생 때 축구부였거든. 해외 축구를 자주 봤어. 호나
우지뉴는 정말 대단했어. 마법을 보는 것 같았다니까."

게임을 하면서 딱히 대화를 나누지는 않았다. 하지만 같이 게임

을 하다 보면 연대감이 생기는 것을 료는 경험으로 알고 있었다. 삐에로나 죠시마처럼 적극적으로 남의 일에 개입하는 것은 성격에 맞지 않으니 시간을 들여 상대와 친해지는 전술밖에 떠오르지 않았다.

"아, 이번 슛 아깝다."

무라오카가 목소리를 높였다. 대전형 축구 게임을 하는 내내 무라오카는 브라질만 선택해서 싸웠다. 료도 꽤 잘하는 편이었지만, 무라오카가 이끄는 카나리아 군단에는 도무지 이길 수 없었다. 무라오카는 이어서 떠들었다.

"소문에 따르면 호나우지뉴는 연습을 거의 안 하고 나이트클럽에서 살다시피 했대. 좋은 소문은 아니지만 그래서 더 천재 같아. 음…, 너 이름이 뭐랬지?"

"타치바나 료요."

"료, 뭐 좀 마실래?"

"감사합니다. 그런데 괜찮아요."

그렇게 거절했지만, 무라오카는 일어나서 냉장고에서 캔커피를 꺼내더니 료 앞에 한 캔을 내려놓았다.

"난 1년 전까지 시청에서 일했어. 그런데 음주운전으로 잡히는 바람에 징계 면직 됐어. 아무리 그래도 잘릴 줄은 몰랐어. 공무원이니까 정년까지 일하려고 했는데 어떻게 해야 하나 막막했어. 그때 시시도 시장이 갑자기 우리 집에 찾아왔어."

게임이 재개되었다. 무라오카는 브라질을 골랐고, 료는 프랑스를 골랐다. 경기가 시작되자마자 브라질의 카카가 오른쪽 사이드를 달리는 카푸에게 패스했고, 그 공을 다시 호나우지뉴가 받아서 두 수비수를 가뿐하게 제치고 슛을 날렸다. 료가 조종하는 프랑스의 골키퍼 바르테즈가 그 공을 쳐냈다.

"오, 나이스 수비. 아무튼, 갑자기 시장이 '우리 후원회에서 일해 보지 않겠냐'고 하는 거야. 시청에 있을 때는 시장과 얘기해 본 적도 없었고, 애초에 나를 징계 면직으로 처리한 장본인이잖아. 처음에는 거절하려고 했는데, 다른 일을 찾기 힘들어서 제안을 받아들였어."

월급은 적었지만, 딱히 불만은 없었다. 후원회장인 타누마 사다요시의 집 근처에 있는 사무소로 주 5일 출근해서 명부를 정리하거나 후원회 경비를 컴퓨터로 입력하거나 후원회 파티를 준비하면 되는 일이었다.

"나는 지난주 수요일 다섯 시 반에 일을 마치고 사무소를 나와서 타누마 씨네 집에 갔어. 보여드릴 서류가 좀 있었거든. 타누마 씨는 내 서류를 보고 몇 가지 문제점을 지적했어. 다음 날까지 세무사에게 보내야 하는 서류라서 나는 그 자리에서 내용을 수정했어."

그때 마침 초인종이 울렸고, 손님이 찾아왔다. 무라오카는 다른 방에 있어서 손님과 마주치지 않았지만, 원체 우렁찬 타누마의 목소리가 응접실 밖까지 들려서 그 손님이 시시도 시장임을 짐작할 수 있었다. 타누마가 화를 내는 듯해서 무라오카는 서류에 있는 오류를 다 고치고도 집에 갈 타이밍을 잡지 못하고 방에 머물렀다.

"그나저나 이 시절의 프랑스도 강했지. 앙리에 지단에 마켈렐레. 그리고 비에라도. 아넬카는 활약이 별로 없었지만."

게임은 계속되었다. 브라질이 2점 앞선 채로 후반전에 접어들었다.

"그래서, 어떻게 됐어요?"

료가 뒷이야기를 재촉하자, 무라오카가 말했다.

"아넬카 말이야?"

"아니요. 지난주에요."

"아, 그거. 삼십 분쯤 지나서 시시도 시장님이 돌아갔어. 나는 방에서 나가 타누마 씨에게 서류를 다시 확인받았어. 그때 오케이가 떨어져서 집에 왔지. 그게 저녁 일곱 시 전이었나?"

그날은 타누마의 처자식이 여행을 떠나고 집에 없어서 타누마는 저녁을 어떻게 할지 고민했다고 한다.

그리고 무라오카가 현관에서 나갔을 때였다. 문 너머에 풀페이스 헬멧을 쓴 남자가 서 있었다.

"상대도 놀란 것 같았어. 헬멧을 써서 표정은 보이지 않았지만, 그런 기색이 느껴졌어. 그런데 그 사람이 갑자기 달려들었어. 나는 바닥에 쓰러져서 머리를 몇 번 얻어맞고 정신을 잃었어. 그때 생긴 상처가 이거야."

무라오카가 컨트롤러에서 오른손을 떼고 왼쪽 관자놀이 근처를 가리켰다. 거기에 멍이 있었고 피가 났는지 얇은 딱지도 앉아 있었다.

"정신을 차리고 보니 주변이 캄캄했어. 머리가 욱신거렸어. 겨우 겨우 몸을 일으켰는데 오른손이 축축한 느낌이었어. 머리는 아프지, 뭐가 어떻게 됐는지는 모르겠지, 그래서 일단 전등 스위치를 찾았어. 불이 켜졌을 때 소리를 지를 뻔했어."

그곳은 타누마의 집 응접실이었다. 바닥 위에 타누마가 등을 대고 누워 있었고 그 가슴에서 어마어마한 양의 피가 흘러나왔다. 타누마가 죽은 것은 확실해 보였다. 더 충격이게도 무라오카의 오른손에는 피가 묻어 있었고 바닥에는 식칼 하나가 굴러다녔다.

"시간은 밤 한 시쯤이었어. 바로 경찰에 신고하려고 했어. 그런데 생각을 바꿨어. 몸을 일으키다가 식칼을 떨어뜨린 것 같았거든. 범인이 내 손에 칼을 쥐여주고 간 거면 내가 용의자가 되겠구나 싶었어."

무라오카는 혼란에 빠진 채 한동안 이리저리 고민했다. 어떻게 해야 할까. 그가 내린 결론은 도망치는 것이었다.

"지금 생각해보면 경찰에 신고했어야 했어. 하지만 그 상황에서는 이성적인 판단을 내릴 수가 없었어."

"식칼은 어떻게 했어요?"

"망설이다가 들고 가기로 했어. 내 지문이 묻은 게 확실하니까. 식칼은 중간에 강에 던져 버렸어."

무라오카는 부모와 함께 살았다. 집에 가면 위험할 것 같아서 테시마 유코의 집으로 갔다. 거기서 하룻밤 지낸 뒤 그녀에게 부탁해 이 연립주택을 급하게 빌렸다. 경찰은 언제 올까. 나는 이제 어떻게 될까. 그런 생각을 하면서 하루하루 피가 말랐다.

"어, 경기 종료다. 료, 너도 브라질 써 볼래?"

5 대 2로 브라질이 이겼다. 호나우지뉴가 해트트릭을 기록했고, 프랑스 팀에서는 지단이 패널티 킥과 프리 킥으로 2점을 얻었다.

"아뇨, 괜찮아요"라고 료가 대답했다. 무라오카는 작년까지 공무원이었다. 왜 시청에서 일하고 싶었을까. "그런데 무라오카 씨는 왜 공무원이 됐어요?"

"나? 이미 잘렸는데 뭐."

"그래도 1년 전까지 카부토 시청에서 일했잖아요."

무라오카는 잠시 생각하나 싶더니 이윽고 입을 열었다.

"우리 부모님이 공무원이었어. 아버지 어머니 두 분 다 카부토 시청에서 일했어. 벌써 한참 전에 정년퇴직하셨지만. 어릴 때는 공무원이 되겠다는 생각은 한 번도 안 해봤어. 우리 부모님은 두 분 다 너무 성실해서 재미가 없을 지경이었거든. 비교적 조용한 집이었지."

고등학교 3학년 여름, 무라오카는 진로 때문에 아버지와 다퉈서 집을 나왔다. 다시는 카부토시에 돌아오지 않겠다고 결심하며 감행한 가출이었다. 자전거를 타고 국도를 따라 동쪽으로 계속 달렸다. 도쿄에 가면 어떻게든 될 것이라 생각했다.

"그런데 오다와라에서 고비를 만났어. 넘어져서 오른쪽 발목을 다쳤거든. 하필 돈도 바닥났고 배가 고파서 죽을 것 같았어. 오다와라 성이 보이는 공원에서 노숙하기로 했지. 잘못하다가 정말 여기서 죽겠다 싶었어. 바보 같지?"

주린 배를 부여잡고 벤치에 누워 있는데 한 남자가 말을 걸었다. 40대로 보이는 남자로, 근처에 사는 주민인 것 같았다. 무라오카가 사정을 털어놓자, 남자는 "잠깐 기다려"라는 말을 남기고 공원을 떠났다. 잠시 후 남자는 차를 타고 공원으로 돌아와서 무라오카의 자전거를 트렁크에 실었다.

"굳이 나를 집까지 태워줬어. 가는 길에 소고기 덮밥까지 사줬어. 그렇게 맛있는 소고기 덮밥은 태어나서 처음 먹어 봤어."

TV 화면에서는 또 다음 경기가 시작되었다. 료가 고른 팀은 일본, 무라오카는 여전히 브라질이었다. 독일 월드컵 때 참전한 구성으로 나카타 히데토시나 오노 신지 같은 쟁쟁한 선수들이 모두 모였지만, 브라질 선수들 앞에서는 면이 서지 않았다.

"이 시절의 일본은 강했지. 아무튼 차 안에서 이런저런 대화를 나누는데, 그 아저씨도 공무원이었던 거야. 오다와라 시청에서 일하는 사람이랬어. 난 그때 공무원을 다시 봤어."

그 남자와는 아직도 연하장을 주고받으며 연락한다고 했다. 무라오카에게는 오다와라에서 일면식도 없는 공무원에게 도움받은 일이 인생의 전환점이 되었다.

인생은 참 재미있다. 료는 그렇게 실감했다. 죠시마나 무라오카와 비교하면 자신의 인생은 아직 한참 멀었다.

"지금 이 얘기, 경찰서에 가서 털어놓는 게 좋을 것 같아요."

"오다와라 얘기?"

"아니요. 방금 한 얘기요. 범인은 풀페이스 헬멧을 쓴 남자가 확실해요. 지금 경찰은 무라오카 씨가 아니라 시시도 시장님을 의심한대요. 이대로면 시시도 시장님이 범인으로 몰릴 거예요."

게임은 7대 0으로 브라질의 압승이었다. "이제 축구도 질리네"라고 중얼거린 무라오카는 게임기를 열고 안에 든 소프트웨어를 바꿨다. TV 화면에 야구 게임 타이틀이 나왔다. 무라오카가 캔커피를 한 모금 마시고 말했다.

"경찰서라…. 역시 가야겠지."

"당연하죠. 걱정 안 해도 돼요." 료는 그렇게 말했지만, 무라오카를 혼자 경찰서로 데려가려니 어깨가 무거웠다. "든든한 아군이 한 명 있어요. 그 사람은 밤이 되면 나타날 테니까 그 사람이랑 같이 가요."

"밤이 되면? 왠지 유령 같네."

"낮에는 일을 하나 봐요. 그때까지 같이 시간을 때워요."

료는 그렇게 말하며 다시 게임 컨트롤러를 쥐었다.

…◆…

카부토 시청은 오후 다섯 시 십오 분에 일을 마감한다. 비서과는 시장이 야간 회의에 참석하지 않는 한, 다섯 시 삼십 분쯤에는 시청을 벗어날 수 있다. 부서에 따라서는 특정 요일에 근무 시간을 연장하거나 매일같이 야근하는 곳도 있다고 들었다.

그 목소리는 오후 다섯 시를 지났을 즈음 들려왔다. 퇴근 시간까지 15분도 남지 않아서 직원들이 긴장을 풀 무렵이었다. 복도에서 크게 외치는 소리가 들렸다.

"당장 시장 나오라 그래!"

무슨 일인가 하고 비서과 직원들이 일어나서 복도를 내다보았다. 한 남자가 복도에 서 있었고, 그 주위에서 직원들이 남자를 진정시키고 있었다.

"당장 안 나오면 나도 내가 어떻게 할지 몰라."

남자의 얼굴이 낯익었다. 지난주 시장실을 찾아온 노부이라는 남자였다. 가정 폭력이 의심되어 시청에서 그의 아내를 임시 보호했다고 들었다. 노부이는 화려한 무늬가 들어간 셔츠를 입고 짙은 색 선글라스를 쓴 차림이었다.

"나 원 참, 하는 수 없군."

비서과장이 한숨을 쉬며 남자에게 다가갔다. 히나코는 조금 떨어진 곳에서 그 모습을 지켜보았다.

"죄송합니다. 시장님은 지금 외출 중이십니다."

과장이 그렇게 말하자, 노부이라는 남자가 과장에게 시선을 던졌다.

"그럼 기다릴게. 시장실로 안내해."

"죄송합니다만, 오늘 시장님은 돌아오지 않으십니다."

"뭐라고? 웃기지 마."

과장의 말은 사실이었다. 지금 시장은 지역 농업조합 모임에 갔고, 오후 여섯 시에 끝날 예정이었다. 모임 장소가 시청이 아닌 농업조합 사무소라서 끝나면 바로 집으로 돌아갈 것이다.

"그러니까 오늘은 돌아가세요. 다른 날에 다시 오십시오."

"너 이 자식, 죽고 싶어?"

"진정하세요. 시장님은 안 계십니다. 안 계신 걸 어쩝니까?"

"그러니까 기다린다고 하잖아."

"오늘은 안 오십니다."

"거짓말하지 마. 내가 시장을 못 만나게 하려는 수작이잖아."

"그렇지 않습니다."

실랑이가 계속되었다. 그러는 사이에 다섯 시 십오 분이 되어 업무 마감을 알리는 벨소리가 울려 퍼졌다. 나 몰라라 하며 자리를 뜨는 직원도 있었고, 어떻게 되나 지켜보며 자기 자리에 머무르는 직원도 있었다. 가방을 들고 복도를 지나 사라지는 직원의 모습을 보고 노부이가 말했다.

"뭐야? 일 끝난 거야? 아직 다섯 시 십오 분이잖아. 이러니까 공무원들이 욕을 먹는 거야. 민간 기업이었으면 절대 이러지 못하지. 세금으로 월급 받았으면 더 열심히 일하라고."

저 남자는 그런 말을 할 자격이 없다. 그러는 본인은 어떤가? 시청에 쳐들어와서 집요하게 난리를 피운다. 상식이라는 게 없다.

"이봐, 당신. 높은 사람이지? 어? 맞지?"

노부이가 과장에게 그렇게 말했다. 그러더니 갑자기 무릎을 꿇고 바닥에 닿을 정도로 고개를 조아렸다.

"제발. 이렇게 부탁합니다. 제발 아케미를 만나게 해주세요."

"아니, 뭐 하시는 겁니까?" 과장이 당황해서 무릎을 꿇었다. "이러셔도 안 되는 건 안 됩니다. 저는 못 도와드립니다. 나중에 다시 오세요."

나중에 와도 저 남자가 아내를 만날 수는 없을 것이다. 하지만 말이라도 그렇게 해야 노부이가 물러날 것 같았다. 정말 민폐다.

노부이는 일어섰다. 이번에는 태도를 180도 바꾸고 말했다.

"내가 무릎까지 꿇었는데 아케미가 어디 있는지 안 알려줘? 그래, 알았어."

노부이는 내뱉듯 말하고 복도로 되돌아갔다. 걸어가면서 복도 가장자리에 놓인 팸플릿 진열대를 넘어뜨렸다. 날카로운 소리와 함께 진열대가 쓰러지자, 거기에 있던 홍보지와 이벤트 전단이 바닥에 흩어졌다. 노부이는 그대로 모퉁이를 돌아 사라졌다.

"정말 성질 더럽네."

"그러게요. 경찰에 신고하는 게 낫지 않을까요?"

"술 취한 것 같지 않아요?"

직원들이 저마다 한마디씩 했다. 직원 몇 명이 바닥에 흩어진 전단지를 정리했다. 히나코는 과장에게 다가갔다.

"과장님, 고생하셨습니다."

"그래. 역시 저런 놈들한테는 무슨 말을 해도 안 통하네."

"시장님께 보고하실 건가요?"

"에이, 됐어. 내일부터 의회도 시작되는데 괜히 시장님이 신경 쓰실 일만 늘어나지. 내가 아동복지과장한테 얘기해둘게."

"알겠습니다."

발밑에 전단지가 떨어져 있어서 히나코는 허리를 굽혀 그것을 주웠다.

····◆····

"역시 료 군입니다. 제가 뽑은 사람다워요. 좋은 정보를 얻어냈군요."

삐에로가 기분 좋게 말했다. 손에는 캔맥주가 있었다. 장소는 역 앞 거리에 있는 어묵 포장마차였다.

해 질 녘 삐에로에게 전화해보니 여섯 시 반에 이 포장마차로 오라고 해서, 료는 무라오카를 데리고 포장마차를 찾았다. 처음에는 집 밖으로 나가기를 꺼리던 무라오카였지만, 한동안 편의점 도시락만 먹었는지 "맛있는 어묵 먹으러 가요"라고 꼬드기자 그제야 무거운 엉덩이를 떼고 일어났다. 지금은 합류한 삐에로에게 무라오카가 고백한 내용을 막 이야기한 참이었다.

"이걸로 시시도 시장의 혐의는 벗어진 셈입니다. 범인은 헬멧을 쓴 남자가 틀림없습니다. 무라오카 씨, 경찰서에 가서 속속들이 털어놓으세요. 경찰도 바보가 아닙니다. 당신의 이야기를 진지하게 들어줄 겁니다."

"네에."

무라오카는 당혹스러운 기색으로 대답했다. 자연스러운 반응이다. 료가 삐에로에 관해 미리 설명하기는 했지만, 막상 대면하니 당황스러울 만도 하다.

"배가 좀 차면 경찰서에 가시죠. 그 전에 무라오카 씨에게 묻고 싶은 게 더 있습니다."

삐에로가 카운터 위에 캔맥주를 놓고 이어서 말했다.

"무라오카 씨, 당신은 타누마 씨와 가깝게 일했습니다. 타누마 씨에게 원한을 품을 만한 사람으로 짚이는 데가 없습니까?"

"살해 동기가 궁금한 거죠?" 무라오카가 곰곰이 생각하며 말했다. "으음, 생각나는 사람은 딱히 없어요. 저는 그냥 후원회 사무원이라서 타누마 씨가 운영하는 부동산 회사가 어떤지도 잘 몰라요."

"여자관계는 어땠습니까? 여자들한테 치근덕거리지는 않았나요?"

"여자를 좋아했어요. 하지만 의외로 소심해서 가끔 모던 바에서 노는 게 다였어요. 부부 사이도 나쁘지 않았어요."

"그럼 역시 부동산과 관련이 있을 것 같군요."

삐에로는 그렇게 말하며 팔짱을 꼈다. 옆에 앉은 무라오카가 료의 옆구리를 팔꿈치로 찔렀다. 료가 돌아보자, 무라오카가 작은 소리로 물었다.

"저 사람 뭐야?"

뭐라고 설명해야 할지 료도 알 수 없었다.

"삐에로 씨예요. 저도 여러모로 신세를 지고 있어요."

"다 들립니다." 삐에로가 대화에 끼어들었다. "무라오카 씨, 저는 삐에로입니다. 누가 시킨 것도 아닌데 카부토시의 시민들을 위해 밤낮 땀을 흘리는 자선가입니다. 기억해 주십시오."

"알, 알겠습니다."

무라오카가 사뭇 진지한 표정으로 대답했다. 료는 몸을 앞으로 내밀고 자신과 무라오카가 먹을 음식을 주문했다. 아직 저녁 일곱 시도 되지 않아서 그런지 료 일행 말고는 손님이 없었다. 삐에로가 캔맥주를 한 손에 들고 무라오카에게 물었다.

"최근에 타누마 씨가 수상한 행동을 하지는 않았습니까? 아주 사소한 것도 괜찮습니다."

"딱히 없었어요."

"잘 생각해 보세요. 평소와 다른 행동이요. 그런 데에 힌트가 숨어 있는 법입니다."

삐에로가 강하게 압박하자, 무라오카의 표정이 살짝 변했다. 기억을 더듬듯 시선이 허공을 맴돌았다. 이윽고 무라오카가 입을 열었다.

"그러고 보니 지난주에 타누마 씨가 부탁해서 도서관에 갔어요. 도서관에 다녀오라고 한 게 처음이라 웬일인가 했어요."

"도서관에서 뭘 하라고 했죠?"

"30년 전 신문의 복사본을 가져오라고 했어요. 30년 전 9월 9일자요. 9가 반복돼서 기억나요."

30년 전이면 료가 태어나기도 전이다. 삐에로가 즉시 료에게 말했다.

"내일 도서관에 가서 30년 전 9월 9일 자 신문을 찾아보세요. 죠시마 군과 같이 가면 좋겠네요. 료 군, 내일도 한가하죠?"

"아, 네."

요즘 취업 준비를 게을리하고 있다. 카부토시에 있는 회사에서 면접을 봐도 그다지 좋은 반응을 얻지 못해서다. 료는 삐에로의 말에 반박할 수 없어서 어묵 국물에 푹 익힌 무를 입으로 가져갔다. 삐에로는 휴대전화로 메시지를 작성했다. 죠시마에게 메시지를 보내나 보다.

"무라오카 씨도 드세요" 하며 어묵을 권하자, 무라오카가 "그 전에 화장실 좀 갔다 올게" 했다.

포장마차라서 화장실이 없다. 여기서 조금 떨어진 공원에 있는 공중화장실 위치를 가르쳐주자, 무라오카는 우롱차 잔을 내려놓고 일어났다. 곧 경찰서에 가야 해서 무라오카는 우롱차를 마셨다. 메시지를 다 보내자마자 곧바로 벨소리가 울려서 삐에로는 그대로 휴대전화를 귀에 댔다.

"나야. …응. 아직 끝날 기미가 안 보이네. …어쩔 수 없잖아, 일이니까. 먼저 자도 돼. …알았어. 꼭 여섯 장으로 자른 식빵이어야 돼? 그럼 편의점에서 사 갈게."

전화를 끊은 삐에로는 얼굴을 찌푸렸다.

"오늘은 야근하는 설정입니다. 정말이지 이 일도 정말 쉽지 않아요. 매일같이 집에서 벗어날 구실을 찾아야 하거든요. 그보다 료 군, 무라오카 씨는 어디 갔죠?"

"화장실에 갔어요."

"그렇군요. 화장실이라."

삐에로는 그렇게 말하며 캔맥주를 입으로 가져다가 갑자기 카운터 위에 거칠게 내려놓고 일어섰다.

"왜 그러세요?"

"방심했습니다. 지금 그 사람을 혼자 두면 안 됩니다."

삐에로는 만 엔짜리 지폐를 카운터 위에 놓고 그대로 달려 나갔다. 료는 어안이 벙벙했지만, 심상치 않은 낌새를 느끼고 일어섰다. 료도 삐에로를 쫓아 달렸다.

"찾았나요, 료 군?"

"이쪽에는 없어요."

공원 화장실에 무라오카가 없어서, 료는 삐에로와 흩어져 공원을 수색했다. 공원 안에 사람은 거의 없었다. 개를 데리고 산책하는 사람이 가끔 지나가는 정도였다. 료는 술을 마시고 바로 달린 탓에 얼굴이 벌게진 것을 스스로도 알 수 있었다.

삐에로가 걱정한 대로일지 모른다. 무라오카가 경찰서에서 증언하는 것을 막으려는 사람이 있는 것 같다.

"료 군!"

삐에로가 그렇게 외치자, 료는 목소리가 난 쪽으로 뛰어갔다. 공원 수풀 속, 무릎 높이쯤 되는 울타리를 뛰어넘어서 삐에로에게 갔다.

무라오카가 쓰러져 있었다. 어두워서 제대로 보이지 않았지만, 배 쪽에서 피를 흘리는 것 같았다.

료는 자신의 눈앞에 있는 광경을 믿을 수 없어 그 자리에서 거친 숨만 토했다. 삐에로의 목소리가 들려왔다. 삐에로는 휴대전화에 대고 이야기했다. "빨리 와주세요. 칼에 찔린 것 같습니다. 위치는….."

무라오카는 눈을 감고 있었다. 호흡이 있는 것을 보니 죽지는 않은 것 같다. 고통스럽게 숨을 내쉬었고 얼굴은 창백했다. 왜 이렇게 됐을까. 조금 전까지 옆에서 어묵을 먹고 있었는데….

"료 군."

료는 자기 이름을 듣고 정신을 차렸다. 현실감이 없어서 멍했다. 삐에로가 날카롭게 말했다.

"나카지 군에게 전화해요. 빨리."

"아, 네."

겉옷 주머니에서 스마트폰을 꺼냈지만, 자꾸 손이 떨렸다. 연락처에서 겨우겨우 나카지의 번호를 찾았다. 스마트폰을 귀에 대자, 통화 연결음이 세 번 울리고 나서 상대가 전화를 받았다.

"료? 무슨 일이야?"

"지금 어디인지 물어보세요."

삐에로가 시키는 대로 나카지에게 물었다. "나카지 씨, 지금 어디 있어요?"

"쇼핑몰이야. 속옷 같은 걸 사려고."

쇼핑몰에 있는 것 같다고 전하자, "바꿔 주세요" 하며 삐에로가 료의 스마트폰을 가져갔다.

"나카지 군, 접니다. 잘 들으세요. 지금 제 눈앞에 칼에 찔린 남자가 쓰러져 있습니다. …네, 농담이 아닙니다. 구급차는 이미 불렀습니다."

콜록거리는 소리가 들렸다. 무라오카였다. 눈을 감은 채 괴로운 표정을 짓고 있었다.

"응급 처치 하는 법을 알려주세요. 구급차가 도착할 때까지 시간을 허투루 쓰고 싶지 않습니다. …거즈는 없습니다. …옷으로 대체해도 되죠? 그리고 나카지 군, 당장 카부토시 중앙 병원으로 가세요. 거기서 걸어서 5분도 안 걸립니다. …잔말 말고 서둘러요!"

삐에로가 전화를 끊고 료에게 말했다.

"료 군, 겉옷을 벗어주세요."

"아, 네."

료가 겉옷을 벗자, 삐에로는 그것을 무라오카의 복부에 대고 눌렀다. 순식간에 옷 섬유가 피를 흡수했다. 무라오카가 눈을 가늘게 뜨고 앓는 소리를 냈다. 삐에로가 무라오카를 불렀다. "무라오카 씨, 괜찮습니다. 금방 병원으로 데려가겠습니다. 당신은 반드시 살 겁니다."

무라오카는 힘없이 고개를 끄덕이고 다시 눈을 감았다. 삐에로는 무라오카의 배를 누르며 료에게 말했다.

"료 군, 레이나 씨의 연락처를 압니까?"

"아, 네."

"전화를 걸어주세요."

삐에로가 내민 스마트폰으로 이번에는 후지이 레이나에게 전화를 걸었다. 하지만 상대가 받지 않았다. 일하는 중일까.

"안 받아요."

"그럼 메시지를 보내세요. 확인하면 바로 전화하라고 하세요."

메시지를 작성하려고 스마트폰 화면으로 시선을 떨어뜨렸다. 그때 레이나에게 전화가 왔다. 료는 얼른 스마트폰을 귀에 댔다.

"료, 무슨 일이야? 미안하지만 나 오늘 야간 근무야."

"레이나 씨, 큰일 났어요. 제 지인이 칼에 찔려서 지금 중앙 병원으로 가려고 해요."

"뭐? 무슨 소리야?"

"정말이에요."

구급차 사이렌 소리가 들렸다. 그 소리가 서서히 가까워졌다. 전화 너머로도 들렸는지, 아니면 료의 목소리에서 무언가를 느꼈는지, 레이나가 진지하게 말했다.

"진짜야?"

"진짜라니까요."

"당직 의사가 있는지 물어보세요." 삐에로가 큰 목소리로 말했다. "아마 당장 수술이 필요할 겁니다. 외과 의사가 없으면 어떻게 되는 거죠?"

료는 들은 대로 레이나에게 물었다. 겨드랑이에 식은땀이 차는 느낌이었다. 수화기 너머에서 레이나가 대답했다.

"오늘 밤 당직 의사는 내과 전문이야. 그래도 응급 처치 정도는 할 수 있을 거야. 수술이 필요하면 시내에 있는 전문의에게 연락이 갈 거고, 그 의사가 우리 병원에 올 거야."

레이나의 말을 삐에로에게 전했다. 삐에로가 고개를 끄덕임과 동시에 공원 밖에 도착한 구급차가 보였다. 구급차는 공원 안에 들어올 수 없는지 거기서 뒤쪽 해치를 열었다. 세 남자가 내려서 들것을 들고 뛰어왔다.

그들은 부상자 옆에 달라붙은 행색이 해괴한 남자에 당황했지만, 무라오카를 보고 바로 심각성을 깨달은 듯했다. 그들의 움직임은 기민했다. 셋이 붙어서 무라오카를 들것에 싣고 들어 올리더니, 한 사람이 말했다.

"두 분 다 같이 가실 수 있나요?"

"물론입니다."

삐에로가 그렇게 말하며 일어섰다. 가로등 불빛에 비친 삐에로의 양손은 새빨갛게 물들어 있었다.

구급차가 병원에 정차하자, 곧바로 뒤쪽 해치가 열렸다. 구급 대원이 무라오카를 실은 들것을 내리고 이송용 침대로 옮겼다. 삐에로와 료도 구급차에서 내렸다.

"료."

레이나가 달려왔다. 레이나는 삐에로와 료를 번갈아 보며 입을 열었다.

"대체 어떻게 된 거야?"

"설명은 나중에요."

삐에로가 그렇게 말하며 주위를 둘러보았다. 그 시선이 멈춘 곳
에는 나카지가 있었다. 나카지가 달려왔다. 삐에로가 말했다.

"무라오카 씨가 칼에 찔렸습니다. 나카지 군, 무라오카 씨를 살
려주세요."

"그러고는 싶지만." 나카지는 난처한 듯 손가락으로 이마를 긁적
이며 말했다. "저는 이 병원 의사가 아니에요. 내 마음대로 치료할
수는 없어요."

"잠깐만요. 이 사람 의사예요?"

레이나가 끼어들어 물었다. 삐에로가 대답했다.

"그렇습니다. 약속대로 외과의를 데려왔습니다."

레이나가 미심쩍은 시선을 나카지에게 던졌다. 이송용 침대에
누운 무라오카가 응급 환자용 통로로 병원 안으로 옮겨졌다.

이송용 침대 옆에서 흰 가운을 입은 남자가 큰 소리로 무라오카
에게 말을 걸며 그의 팔을 잡고 맥을 짚었다.

"저분은 오늘 당직의고, 전공은 내과예요. 이 병원에는 정규 외
과의가 없어요. 이렇게 되면 시내 개인병원에서 의사가 파견될 텐
데, 도착하려면 한참 걸려요. 나카지 씨, 나카지 씨밖에 없어요. 나
카지 씨밖에 무라오카 씨를 못 구해요."

료는 오늘 오후 무라오카와 게임하며 이런저런 대화를 나누었

다. 겨우 몇 시간뿐인 교류였지만, 그가 살기를 진심으로 바랐다.

"부탁드려요, 나카지 씨."

료는 그 자리에 무릎을 꿇고 고개를 숙였다.

"료⋯."

"제발요. 나카지 씨 말고는 무라오카 씨를 구할 수 있는 사람이 없어요."

료는 이마를 땅에 댔다. 료의 등을 만지는 손을 느끼고 고개를 들자, 나카지가 말했다.

"어쩔 수 없네. 너한테는 내가 신세를 졌으니까."

나카지가 일어나서 이송용 침대를 따라 병원에 들어갔다. 료는 삐에로와 함께 나카지를 쫓았다.

"상황이 어떻습니까?"

나카지가 질문하자, 흰 가운을 입은 의사가 수상한 시선을 던졌다.

"당신 누굽니까?"

"의사입니다. 전공은 외과고, 나카지라고 합니다. 지난주까지 도쿄에 있는 메지로 의대에 있었습니다. 사정이 있어서 지금은 카부토시에서 지냅니다." 나카지는 주머니에서 지갑을 꺼내 종이 한 장을 의사에게 내밀었다.

"예전에 일하던 병원 사원증을 복사한 겁니다. 전화로 확인해 보셔도 됩니다."

의사는 종이에 인쇄된 사진과 나카지의 얼굴을 비교해 보았다.

나카지가 의사에게 물었다.

"상태는요?"

"맥박이 떨어집니다. 출혈이 심해요."

"당장 복부 초음파, 복부 CT로 장기가 얼마나 손상됐는지 확인하시죠. 수혈과 마취를 준비해주세요."

나카지의 표정은 평소와 딴판이었다. 눈이 생기 넘치게 빛났다. 진지하게 무언가에 몰두하는 남자의 얼굴이었다.

의사가 나카지에게 말했다. "지금 다른 선생님이 이쪽으로 오고 있습니다. 그 선생님의 지시를 기다려야….'"

"그럴 여유가 있습니까? 제가 같이 들어가겠습니다. 준비해주세요." 나카지가 말했다.

레이나가 나카지에게 달려와서 흰 가운을 건넸다. 나카지는 겉옷을 벗고 흰 가운을 걸쳤다. 무라오카를 실은 이송용 침대와 함께 복도 안쪽으로 사라졌다.

"이제 나카지 군에게 맡기는 수밖에 없습니다."

뒤에서 삐에로의 목소리가 들렸다. 료는 뒤돌아보고 삐에로에게 말했다.

"용서 못 해요. 누가 이런 짓을….'"

"눈빛이 좋군요, 료 군. 반드시 범인을 찾아냅시다. 그러려면 료 군이 협조해줘야 합니다."

"알겠어요. 뭐든 할게요."

"바로 그 기세입니다."

삐에로는 뒤돌아 걸어 나갔다.

…◆…

"…시시도 시장의 횡포를 결단코 용납할 수 없습니다. 우리의 혈세로 발리섬에 여행을 가다니요? 한 지자체의 수장으로서 말이 되는 행동입니까?"

이튿날인 화요일, 카부토 시청 청사 앞에서 시민들이 항의 시위를 했다. 출근하는 시 직원들에게 전단을 나눠주면서 확성기에 대고 호소했다. 확성기를 들고 목소리를 높이는 사람은 며칠 전 시장실을 찾아온 코마츠 에리카였다.

"…시시도 시장은 설명 책임을 다하기는커녕 억지스러운 변명으로 시민을 속이고 있습니다. 카부토시를 덮친 불황의 원흉도 시시도 시장입니다."

"히나코, 안녕."

청사 앞에서 신호가 바뀌기를 기다리는데, 뒤에서 목소리가 들렸다. 돌아보니 동기인 츠치야 마오였다.

"안녕, 마오. 아침부터 소란스럽네."

항의 시위 쪽으로 눈을 돌리며 히나코가 말하자, 마오가 작게 웃었다.

"그러게. 그나저나 큰일이다. 시장님은 괜찮으셔?"

"글쎄. 나는 아무것도 몰라."

"그런 것치고는 너 안색이 안 좋아."

"그냥 잠이 부족해서 그래."

신호가 파란불로 바뀌자, 히나코는 마오와 나란히 걸음을 뗐다. 마오와는 동기라서 20대 때 자주 같이 밥을 먹었다. 그런데 마오가 서른 살에 결혼하자마자 육아휴직에 들어갔다. 직장에 복귀한 것은 작년이었고, 지금은 아동복지과에서 일한다. 10대 때부터 축구를 해서 예전에는 활동적인 스포츠우먼이었지만, 이제는 그야말로 엄마가 다 됐다.

"안타깝게도 시시도 시장에게 스탠더드 불황을 뛰어넘을 역량은 없는 것 같습니다. 저희 〈카부토시의 미래를 생각하는 모임〉은 앞으로도 여러분의 목소리가 시정에 닿도록 노력하겠습니다."

시청 청사 앞에 차 몇 대가 서 있었고, 코마츠 에리카는 의자 위에 서서 연설했다. 그 주위에서 남녀 몇 명이 머리에 띠를 두르고 행인들에게 전단을 나눠주었다.

"왜 그래?"

마오가 묻자, 히나코가 고개를 저었다.

"아니, 아무것도 아니야. 그보다 마오, 일은 어때? 바빠?"

"뭐, 그렇지. 복지부는 처음이라서 힘들어. 최근에야 드디어 익숙해졌어."

아동복지과가 속한 복지부는 바쁜 것으로 유명하다. 어느 지자체에서든 마찬가지일 것이다. 그러지 않아도 돌봄이나 기초생활 보장 같은 현장 업무가 많아서 고된데, 거의 매년 나라의 법이 개정

되기 때문에 그에 따른 조례 개정과 시스템 수정에 이리저리 휘둘려야 한다.

"그러고 보니." 히나코가 문득 떠올리고 말했다. "노부이라는 사람 알지? 가정 폭력을 저질러서 아내가 임시 보호 됐다는 사람."

"알아. 아, 맞아. 그 남자가 시장실 쪽에도 쳐들어갔다며?"

"어제도 왔어. 그 사람 정말 성격 더러워."

시청에는 늘 불평을 늘어놓는 민원인들이 있다. 여러 부서에 얼굴을 들이밀고 억지를 부리며 직원들을 곤란하게 한다. 그런데 노부이는 특히 유별나다. 그처럼 주위에 공포와 긴장감을 퍼뜨리는 민원인은 처음이었다.

"경찰에 신고하자는 얘기도 나왔어." 마오가 설명했다. "무슨 약을 한 거 아니냐는 말도 있고. 문제를 일으키기 전에 아내를 포기했으면 좋겠는데. 우리 과장님도 그 사람 때문에 골머리를 앓으셔."

그 기세로 보아 노부이가 물러서지는 않을 듯했다. 히나코는 마오와 함께 출입문을 지나 청사에 들어갔다. 아침 인사를 하는 목소리가 여기저기서 들려왔다.

"마오, 아이가 몇 살이랬지?"

"지금 세 살. 엄청 시끄러워."

"와, 그렇구나."

남자아이라고 들었다. 세 살이면 어느 정도 사리 분별이 되는 나이일 테고, 마오는 숨 돌릴 데가 필요할 것이다. 히나코는 다음에 밥이나 먹자고 하려다가 말을 삼켰다.

결혼식 때 본 기억에 따르면, 마오의 남편은 스탠더드 제약에서 일했다. 손님 좌석표에서도 신랑 측은 대부분 스탠더드 제약 직원이었다. 지금 마오의 남편이 무슨 일을 하는지 히나코는 모른다. 해고되지 않고 다른 공장으로 이동했다면 다행이지만….

"히나코, 다음에 밥이나 먹자." 마오가 먼저 말하자, 히나코는 놀라서 물었다. "나는 좋은데, 너는 괜찮아?"

"응. 우리 남편이 회사에서 해고되고 나서 최근에 드디어 새로 일을 구했거든. 시내에 있는 식품 가공 회사야. 지난달부터 일했어."

"그렇구나. 잘됐다."

"근데 남편 친구들은 아직도 일을 못 구한 것 같아. 전에는 남편이 친구들을 불러서 홈 파티도 하고 그랬는데, 그것도 못 하게 됐어."

카부토시의 불황이 계속되어서 요즘도 많은 실업자가 공공 직업 안내소를 들락거린다고 들었다. 스탠더드 불황은 나아질 조짐을 보이지 않았고, 그런 불만이 조금 전 항의 시위에도 드러났다.

"알았어, 마오. 다시 연락할게."

"그래. 기대하고 있을게."

아동복지과는 1층 동쪽에 있어서 계단 앞에서 마오와 헤어졌다. 히나코는 계단을 올라갔다.

····◆····

"료, 이쪽이야."

카부토 경찰서를 나서자, 료를 부르는 목소리가 들렸다. 경차 옆에 죠시마가 서 있었다. 운전석에 올라타는 죠시마를 보고 료도 뒤따라 조수석에 탔다.

"무라오카 씨가 살아서 천만다행이야. 그 사람은 산증인이야. 반드시 살아야 해."

차를 출발시키면서 죠시마가 말했다.

"네. 정말 동감이에요."

어젯밤 늦게 날짜가 바뀌고 밤 두 시를 넘었을 무렵 나카지에게 연락이 왔다. 무라오카는 수술을 무사히 마쳤고 목숨에 지장이 없다고 했다. 열흘쯤 입원해야 한다고 들었다.

"그런데 나카지 씨라는 사람, 갑자기 여기 병원에서 수술했는데 문제없었대?"

죠시마가 묻자, 료는 대답했다.

"전에 일하던 병원에 바로 연락해서 나카지 씨가 의사라는 걸 증명했어요. 원장님 판단으로 집도하게 됐대요."

"그랬구나. 그래서 경찰은 너한테 뭐래?"

"그냥 어제 일을 물었어요."

어제, 병원을 뒤로한 료는 무라오카가 칼에 찔린 공원으로 삐에로와 함께 돌아갔다. 경찰이 수사하고 있었고, 형사들은 삐에로 분장을 한 남자가 사건의 최초 목격자임을 알고 놀랐다. 더구나 칼에 찔린 사람이 무라오카임을 안 형사들은 낯빛을 바꾸며 질문 공세를 퍼부었다. 경찰도 타누마 살인사건의 중요 참고인으로 무라오카를 쫓고 있었기 때문이다.

료는 병원에서 현장으로 차를 타고 가는 동안 삐에로와 입을 맞춘 대로 경찰에 이야기했다. 삐에로는 축제를 대비해 공원에서 팬터마임을 연습했고, 료는 산책하던 대학생이었다. 두 사람은 면식이 없다는 설정이었다. 형사들은 료의 이야기를 완전히 믿지는 않았고, 특히 삐에로를 수상하게 여기는 것 같았다. 삐에로가 신원을 밝히지 않은 것이 원인이었다. 삐에로는 형사들의 눈을 피해 모습을 감췄고, 료만 형사들에게 둘러싸여 어젯밤 늦게까지 공원에서 질문을 받았다. 하룻밤이 지난 오늘도 아침부터 조사를 받으러 가서 사건과 삐에로에 관해 꼬치꼬치 질문을 받았지만, 료는 삐에로에 관해 아무것도 모른다며 버텼다. 무라오카와도 입을 맞춰야 해서 그가 의식을 되찾으면 레이나를 통해 똑같은 내용을 전달할 생각이었다.

"아까 삐에로 씨한테 연락이 왔어." 핸들을 쥔 죠시마가 말했다. "무라오카 씨가 습격당했다는 건 진범이 꽤 초조해한다는 뜻이야. 삐에로 씨가 말하길, 타누마가 판도라의 상자를 열었을지도 모른대."

"판도라의 상자요?"

죠시마가 운전하는 경차가 멈춰 섰다. 시립 도서관 주차장이었다. 오전 아홉 시를 지난 시각이지만, 주차장은 이미 반쯤 차 있었다. 차에서 내려 죠시마와 함께 도서관에 들어갔다.

아이를 데리고 온 주부의 모습이 눈에 띄었다. 평일이라 고등학생 같은 젊은이들은 없었다. 죠시마는 취재차 자주 오는지 망설임 없이 도서관 안쪽으로 걸음을 옮겼다.

'참고 도서실'이라는 방에 들어갔다. 살짝 곰팡내가 났다. 백과사전 같은 서적이 보관된 방으로, 사람은 거의 없었다. 죠시마는 익숙한 손놀림으로 신문이 수납된 캐비닛을 열었다. 30년 전 9월 9일. 타누마가 무라오카에게 복사본을 가져오라고 한 신문의 날짜지만, 무라오카는 그 신문의 모든 면을 복사했기에 타누마가 정확히 어느 기사에 관심을 보였는지는 알 수 없다.

"료, 이거야. 나눠서 살펴보자."

죠시마가 축쇄판 책자를 내밀었다. 료는 허리 높이쯤 오는 열람대 위에 책자를 펼쳐 보았다. 30년 전에 발행된 '시즈오카 뉴스'였다. 평범한 신문보다 종이 질이 좋았다. 당시 광고까지 그대로 실려 있어서 재미있었다.

9월 9일 자 기사를 찾아보았다. 1면은 정치 관련 소식이었다. 그 당시 총리의 이름이 실려 있었지만, 모르는 이름이었다. 30년 전이면 료는 아직 세상에 없었고, 부모님도 결혼하기 전이었다.

사회면에서 어떤 기사가 눈에 띄었다. 그때 옆에서 전국지를 살펴보던 죠시마도 목소리를 높였다.

"이거 아닐까? 카부토시에서 일어난 사건이야."

"유아가 사망한 사건이죠? 여기에도 실렸어요."

30년 전 9월 9일의 전날인 9월 8일, 카부토시에 있는 시민 체육 공원에서 한 유아가 사망했다. 사망자는 코마츠 오사무. 당시 세 살이던 어린아이로, 공원에 있는 놀이기구에서 실수로 떨어져 곧장 시내 병원으로 이송되었지만, 사망이 확인되었다. 사인은 뇌타박상이었다.

"사고가 일어난 공원, 죠시마 씨는 알아요? 저는 이런 공원 모르는데."

"시민 체육 공원이지? 지금은 없어졌어. 어릴 때 거기서 논 기억이 있어. 그 당시에는 아이가 많았으니까 꽤 인기 있는 공원이었을 거야. 하지만 아무래도 30년 전 일이라 기억하는 사람은 적을걸. 료, 기사 복사본을 가져와 줘. 나는 선배 기자한테 연락해볼게."

죠시마는 그렇게 말하더니 휴대전화를 한 손에 들고 참고 도서실에서 나갔다. 료는 책자를 들고 복사기로 향했다.

30년 전, 카부토시 공원에서 세 살배기 어린아이가 사망했다. 그 사고가 타누마 살인사건과 어떤 식으로 얽혀 있는지, 지금 단계에서는 전혀 알 수 없다.

····◆····

"지금부터 9월 정례회를 시작합니다."

오전 아홉 시 반, 시청 청사 3층에 있는 회의장에서 카부토시 의회 정례회가 시작되었다. 히나코는 대기실이 된 회의실에서 모니터에 비친 의회 상황을 지켜보았다.

"우선은 의안 심의부터 하겠습니다. 의안 제1호, 카부토시 토지 개발 공사의 금년도 사업 중간보고부터 시작합니다."

카메라가 의장석을 잡았다. 오늘은 의안 심의만 하고 수요일부터는 시정 질의가 시작될 예정이었다. 공금 여행 문제는 내일 시정 질의 때 거론될 것이라고 예상하는 사람이 많았다.

"배부된 자료에서 62페이지를 봐주십시오. 카부토시 토지 개발 공사의 금년도 사업은…."

"잠시만요."

한 의원이 목소리를 높이자, 카메라가 그 의원을 잡았다. 3선째인 중견 의원이었다. 그는 일어나서 마이크에 대고 말했다.

"현재 시시도 시장님의 공금 여행 문제로 세간이 시끄럽습니다. 부디 시장님이 이 자리에서 본인에게 제기된 의혹을 해명해 주셨으면 좋겠습니다. 여러분, 어떻습니까?"

"이의 없습니다."

"이의 없습니다."

의장을 제외한 의원 스물네 명이 자기 자리에서 목소리를 높였다. 카메라가 다시 의장석을 비추자, 의장이 곤혹스러운 목소리로 말했다.

"정숙해 주십시오. 제1호 의안 심의를 계속하겠습니다."

의장이 그렇게 말했지만, 의원들은 발언을 멈추지 않았다.

"시시도 시장님, 해명하십시오."

"맞습니다. 한가하게 의안이나 심의할 때가 아닙니다."

"시장님, 앞으로 나오세요."

히나코가 있는 회의실도 소란스러워졌다. 의회는 사전에 정해진 심의 예정에 따라 진행되어야 한다. 갑작스러운 발언이 허용되는 자리가 아니다.

의장에게 두 직원이 다가갔다. 의회 운영 사무국 직원이었다. 의장과 셋이서 무어라 논의했지만, 그 목소리는 마이크에 잡히지 않았다. 이윽고 두 직원이 떠나자, 의장이 마이크에 대고 말했다.

"10분간 휴식하겠습니다."

의회를 진행하다가 예측하지 못한 사태가 발생하면 항상 잠시 휴식하며 궤도를 수정한다. 의장은 일단 의원 대기실로 돌아간 의원들을 찾아가 심의 예정에 따른 발언을 하라고 타이를 것이다.

"파란의 시작이네."

"그러게. 이런 의회는 처음이야."

히나코 주위에서 직원들이 솔직한 생각을 뱉었다. 오늘부터 시작되는 9월 정례회는 시민들도 주목하고 있어서 평소에는 텅 비던 방청석이 꽉 찼다.

10분 휴식이 끝나자, 의원들이 다시 회의장에 모습을 드러냈다. 모니터에 비친 의장이 말했다.

"그럼 다시 시작하겠습니다. 휴식 중에 시시도 시장님도 자신의 발언을 허가해 달라고 요청했습니다. 의회 운영 사무국과 논의한 결과, 지극히 이례적이지만, 시시도 시장님의 발언을 허가하기로 했습니다."

시시도 시장이 일어섰다. 시장 주위에는 부시장과 부장 같은 간부들이 앉아 있었다.

"지난 며칠간 제 출장 문제로 시민 여러분께 큰 불안을 안겨드렸으니 이 자리를 빌려 해명하겠습니다. 올해 3월, 제가 발리섬에 간 건 의심의 여지가 없는 사실이며, 여비에 공금을 사용한 것도 사실입니다. 하지만 어제 기자 회견에서도 말씀드렸다시피 저는 관광 목적이 아니라 공무를 위해 발리섬에 갔습니다."

급작스럽게 결정된 연설이라 시장에게는 원고가 없는 것 같았다. 회의장 곳곳에 시선을 던지면서 진짜 자기 목소리로 이야기했다.

"그러니까 그 공무가 뭡니까?"

"그걸 시장님의 입으로 제대로 설명해주셔야죠."

의원들이 한마디씩 했지만, 시장은 기죽지 않고 말했다.

"제가 왜 발리섬에 갔는지, 현시점에는 말씀드릴 수 없습니다. 하지만 때가 되면 반드시 제 입으로 직접 시민 여러분께 설명하겠습니다. 그때까지 잠시만 저를 믿어주십시오."

어제 기자 회견과 별 차이가 없는 발언이었다. 예상대로 의원들 사이에서 불만이 터져 나왔다.

"시장님, 이게 무슨 해명입니까?"

"이걸 시민들이 이해할 거라고 생각하십니까?"

의원들 중에는 일어나서 발언하는 사람도 있었다. 시시도 시장이 손을 들어 진정시키고는 다시 마이크에 입을 가져갔다.

"빠른 시일 내에 여러분께 해명하겠습니다."

"빠른 시일 내요? 그게 언젭니까?"

"시장님, 기한을 정하십시오."

"알겠습니다." 시시도 시장은 헛기침한 뒤 말했다. "…그럼 내일모레 오전 아홉 시, 시민 홀에서 해명하겠습니다. 의장님, 괜찮을까요?"

시민 홀은 시청 1층에 있는 집회장으로, 표창식 같은 것을 진행하는 장소다. 의회 운영 사무국 직원이 또다시 의장석으로 가는 모습이 보였다. 잠시 논의하나 싶더니, 이윽고 의장이 고개를 끄덕이며 말했다.

"내일모레 오전 아홉 시, 시민 홀에서 이야기하겠습니다. 의원들은 참석하기 바랍니다."

시끄럽던 의원들이 드디어 조용해졌다. 의장의 진행 하에 평소처럼 의안 심의가 시작되었다.

…◆…

"무라오카 씨는 면회 사절입니다."

병원 사무원의 말에 료는 어깨를 늘어뜨렸다. 무라오카의 상태가 궁금해서 카부토시 중앙 병원에 온 참이었다. 죠시마는 30년 전 유아 사망 사건을 조사하고 있을 것이다.

아직 오전인 병원은 혼잡했다. 복도를 걷다가 외과 외래 대기실을 들여다보니, 대기자는 그리 많지 않았다. 아마 나카지가 외래 진료를 보고 있을 것이다.

나카지는 해 뜰 무렵 귀가해서 두 시간 정도 선잠을 잔 뒤 아침밥을 먹고 분주하게 집을 나섰다. 아무래도 정식으로 일하게 됐나 보다. 병원 측은 의사를 확보한 것만으로도 행운이라고 생각하는 듯, 사무국에서 이런저런 서류 절차를 밟는 것 같았다고 나카지가 아침밥을 먹으며 이야기해줬다. 무척 지친 것 같으면서도 기운이 넘쳐 보였다.

무라오카를 보지 못했으니 헛걸음이었지만, 그래도 외과 의사인 나카지가 이 병원에 있으니 걱정할 필요는 없었다. 료가 떠나려고 하는데, 누가 뒤에서 말을 걸었다.

"료잖아? 뭐 해?"

뒤돌아보니 후지이 레이나가 서 있었다. 일하는 중인가 보다.

"무라오카 씨가 어떤지 궁금해서 와봤어요."

"어제 그 사람 말하는 거지? 이르면 내일쯤 면회할 수 있을 것 같아. 그때가 되면 네가 한 말을 바로 전할 테니까 걱정하지 마. 경찰도 물어볼 게 많은지 아침부터 몇 번이나 전화하더라."

당연하다. 무라오카는 상해 사건의 피해자이자 타누마 살인사건의 중요 참고인이다. 경찰 측에서도 무라오카에게 이것저것 묻고 싶을 것이다.

"료, 잠깐만 나랑 놀자. 음료수 사줄게. 나 쉬는 시간이야."

"그, 그래요."

레이나의 뒤를 쫓아서 복도를 걸었다. 정면 로비를 가로질러 현관 밖으로 나갔다. 병원 앞은 자그마한 공원처럼 되어 있었고 일광욕하는 환자도 있었다. 자판기에서 음료수를 사서 레이나와 벤치에 나란히 앉았다.

"나카지 씨는 어때요?"

료가 묻자, 레이나가 대답했다.

"느낌이 좋아. 젊지만 야무져. 어제 무라오카 씨 CT를 찍는 사이에 원장 선생님이 병원에 오셨어. 나카지 씨 수술에 입회하셨는데, 바로 마음에 들었나 봐. 오늘부터 정식으로 채용하겠다고 하신 걸 보면 지금쯤 시장님을 만나서 협의하지 않을까 싶어."

지난주 토요일까지 나카지는 도쿄에 있었다. 그런 나카지를 삐에로가 억지로 이 카부토시로 끌고 왔다. 뭔가 이상한 느낌이었다.

"작년까지는 여기서 담배 피울 수 있었는데, 올해부터는 금연이야."

"어? 레이나 씨 담배 피워요?"

"끊었어. 덕분에 몸무게가 2킬로나 늘었지."

그렇게 말하며 웃는 레이나에게 눈을 돌렸다. 육감적인 체형이라 딱 좋아 보이는데 어디가 쪘다는 것인지 모르겠다. 료는 가볍게 물었다.

"레이나 씨는 왜 간호사가 됐어요?"

"나한테 관심 있어? 미리 말하는데 난 연하한테 관심 없어. 그리고 료, 너 대학생이잖아. 네 힘으로 돈을 벌기 시작하면 그때 다시 와."

"그런 거 아니에요. 제가 취업 준비 중이라 다른 사람이 왜 그 직업에 종사하는지 궁금할 뿐이에요."

"흐음, 그래?" 레이나는 다리를 꼬고 하늘을 올려다보며 대답했다. "원래는 의사가 되고 싶었어. 그런데 학교 성적이 나빠서 바로 마음을 접었어. 의사가 안 되면 간호사지, 라는 단순한 생각이었어."

"왜 의사가 되고 싶었어요?"

"내가 이래 봬도 좀 놀았거든. 중학교 때부터 무면허로 오토바이를 탔어. 고등학교 1학년 때 남자친구 오토바이 뒤에 탔는데, 신호를 무시하고 달리는 걸 경찰이 발견하고 쫓아왔어."

레이나가 탄 오토바이는 5킬로미터에 걸쳐 순찰차에 추격을 당하다가 국도에서 커브를 제대로 돌지 못하는 바람에 가드레일을 들이받았다. 운전한 남자친구는 즉사했고, 레이나는 가드레일 건너편으로 날아가 가슴에 중상을 입었다.

"그때 생긴 흉터가 이거야."

레이나가 그렇게 말하며 간호복에 달린 맨 위 단추를 풀었다. "뭐, 뭐 하는 거예요? 이런 데서" 하며 료는 허둥댔지만, 시선은 그쪽으로 쏠렸다. 분홍색 브래지어 끈이 보였고, 그 근처에 큰 흉터가 있었다.

"사흘 동안 의식이 없었는데, 어찌어찌 살았어. 그때 나를 살려

준 분이 이 병원 선생님이었어. 지금은 다른 병원으로 가셨지만, 나도 의사가 돼서 사람을 살려주고 싶었어. 머리가 나빠서 의사는 무리라는 걸 금방 깨닫고는 그럼 간호사도 괜찮겠다 싶어서 고등학교를 졸업하고 간호대학에 입학했어."

사람에게는 누구나 역사가 있다고 하던데, 정말 맞는 말이다. 레이나가 그런 힘든 경험을 했으리라고는 상상도 못 했다.

"근데 나 의외로 간호사가 적성에 맞아. 일도 빠릿빠릿하게 잘해. 내년에는 부간호사장이 돼. 어릴 때 학급 임원도 안 해본 내가."

레이나는 싱긋 웃으며 한쪽 눈을 찡긋했다. 그녀는 술에 취해 포장마차에 널브러져 있는 이미지가 강했는데, 역시 사람을 겉모습으로 판단하면 안 된다는 것을 료는 통감했다.

"어! 벌써 쉬는 시간 끝이야. 대화 상대 해줘서 고마워. 그럼 또 보자. 삐에로한테 안부 전해줘."

레이나는 일어나서 다 마신 음료수 캔을 쓰레기통에 버리고 병원 정문으로 걸어갔다. 그녀와 나카지가 있으니 무라오카는 괜찮을 것이다.

료는 레이나의 뒷모습을 배웅하고 음료수를 마셨다. 오전부터 이렇게 햇볕을 쬐니 기분이 좋다. 하지만 자신은 이렇게 한가하게 있을 처지가 아니라고 고쳐 생각했다.

레이나도 나카지도 죠시마도, 그리고 삐에로도 저마다 자기 자리에서 나날이 땀을 흘린다. 내가 되고 싶은 것, 하고 싶은 일은 무엇일까. 그렇게 생각한 순간 문득 어젯밤에 본 광경이 떠올랐다.

그 사람들은 진지한 표정으로 일했다. 그런 직업은 어떻게 가지는 것일까. 당연히 자격을 취득해야 할 수 있는 일이겠지만, 한번 알아볼 가치는 있을 것 같았다.

료는 스마트폰을 꺼냈다.

메밀국수집 포럼을 젖혀 보니, 가게 맨 안쪽 칸막이가 있는 좌석에 죠시마가 앉아 있었다.

"무라오카 씨 상태는 어땠어?"

료는 죠시마 앞에 앉으면서 대답했다.

"아직 면회는 금지래요. 간호사님이 내일쯤이면 면회할 수 있을 거라고 했어요. 죠시마 씨는 뭐 좀 알아냈어요?"

벽에 붙은 메뉴를 보고 료는 냉 메밀국수 곱빼기를 주문했다. 죠시마는 가방에서 커다란 봉투를 꺼내며 대답했다.

"우리 지국에서 일하는 베테랑 기자한테 얘기를 들었어. 당시 사진도 구했고. 이거야."

죠시마는 봉투에서 사진 몇 장을 꺼내 내밀었다. 통나무로 만들어진 놀이기구가 찍혀 있었다.

"길이는 25미터 정도야. 아이들이 높은 쪽 단에 올라가서 밧줄에 걸린 도르래를 잡으면, 아래로 늘어져 있는 밧줄을 타고 낮은 쪽으로 미끄러지는 구조야. 나도 아마 타고 논 적이 있을 거야. 기억에는 없지만."

아이들의 키를 고려해서인지 그다지 높지는 않았다. 성인이 타면 중간쯤 가다가 발이 땅에 닿을 것 같았다.

"사망한 남자아이는 높은 쪽 단에서 발을 떼자마자 손이 미끄러져서 떨어졌대. 아래는 잔디였지만 부딪힌 위치가 좋지 않았나 봐."

죠시마가 노트를 펼치고 설명을 이어갔다.

"사고가 일어난 지 3개월 후에 놀이기구는 철거됐고 모래밭이 됐대. 사진을 봐도 알 수 있듯이 안전그물이 없어서 추락하면 바로 잔디밭에 떨어지게 돼 있었어. 공원을 만든 시와 시공사는 책임을 지지 않았어. 요즘 시대 같으면 안전을 고려하지 않았다고 논란이 됐을 텐데, 그때는 비교적 너그러웠나 봐. 아무튼 불행한 사고였어."

"정말 사고였을까요?"

"무슨 뜻이야?"

"이게 평범한 사고였으면 타누마 씨가 왜 군이 복사본을 가져오라고 했겠어요?"

"흐음, 경찰도 그 부분은 조사했을 것 같은데."

메밀국수가 나와서 일단 사진을 정리했다. 료는 메밀국수를 후루룩거리며 말했다.

"최초 발견자는 누구였어요?"

"같이 있던 아이 엄마였어. 죽은 아이의 누나도 그 자리에 있었대. 그리고 소란을 듣고 온 관리인이 경찰에 신고했대."

"아, 관리인이 있었군요."

"그랬나 봐. 이름은 카와카미 타다오. 당시 나이가 마흔여덟이었으니까 지금은 벌써 여든이 다 됐겠어."

30년 전에 일어난 유아 사망사고가 사실 사고가 아니었다면, 그것은 무엇을 의미하는 것일까. 누군가가 무언가를 은폐했고, 타누마는 그 무언가를 알아 버려서 살해된 것일까.

메밀국수를 다 먹었을 즈음, 료의 스마트폰에 삐에로의 전화가 걸려 왔다. 료는 전화를 받고 오늘 오전에 알아낸 사실을 알렸다. 이야기를 끝까지 들은 삐에로는 만족스럽게 말했다.

"좋습니다, 료 군. 30년 전 사고를 눈여겨보고 파고든 것, 나이스였습니다."

"가, 감사합니다."

남에게 칭찬을 많이 들어보지 못한 료는 허리를 곧게 펴고 감사를 표했다. 죠시마가 메밀국수 국물을 홀짝이며 신기한 눈으로 료를 보았다. 수화기 너머에서 삐에로가 이어서 말했다.

"관건은 타누마 씨가 30년 전 사고에 관심을 보인 계기입니다. 아마 타누마 씨는 자신이 판도라의 상자를 열려고 한 줄 몰랐을 겁니다. 료 군, 이제 료 군이 뭘 조사하면 좋을지 알겠습니까?"

삐에로가 묻자, 료는 필사적으로 생각했다.

"직업과 관련된 정보일까요? 타누마 씨는 부동산 회사를 운영했잖아요. 그쪽에 연결고리가 있어서 우연히 30년 전 사고를 알게 됐을지도 몰라요."

"좋습니다, 료 군. 타누마 씨가 최근에 공을 들이던 일을 파헤쳐봅시다. 뭔가 나올지도 모릅니다."

"알겠어요."

전화를 끊고 나서 통화 내용을 죠시마에게 전했다. 죠시마가 담배에 불을 붙이면서 말했다.

"그럼 타누마가 운영하던 부동산 회사에 가볼까?"

"그게 좋겠어요. 30년 전에 일어난 유아 사망사고는 단순한 사고가 아닌 것 같아요."

"료, 뭔가 기운이 넘치네. 형사 같다."

"형사요? 제가요?"

추리는 엉킨 실타래를 풀어 나가는 느낌이라 재미있다. 하지만 재미만 느끼고 있을 수는 없었다. 료는 무라오카와 게임하던 때를 떠올렸다. 같이 게임만 했는데도 그가 천성적으로 좋은 사람임을 알 수 있었다. 무라오카를 그렇게 만든 범인을 용서할 수 없었다.

죠시마가 모는 경차가 갓길에 정차했다. 앞에는 일본산 왜건이 서 있었다. 왜건 문이 열리고 남자가 운전석에서 내리자, 료도 조수석에서 내렸다. 뒤이어 죠시마도 운전석에서 나왔다.

"여기예요."

왜건에서 내린 남자가 그렇게 말하며 도로변에 있는 주택을 가리켰다. 다세대 주택 두 채가 나란히 섰다. 둘 다 오래되고 낡았다. 외벽이 벗겨져서 한눈에 봐도 사람이 살지 않는 건물 같았다. 고장 난 자전거와 세탁기 따위가 그대로 방치돼 있었다.

료와 죠시마는 메밀국수집을 나와서 곧장 타누마가 운영하는 부동산 회사로 이동했다. 그 부동산 회사는 역 앞 거리에 있는 상가 건물을 빌려 쓰고 있어서 사장이 사망했는데도 계속 운영되는 듯했다. 두 남자 사원이 일하고 있었는데, 죠시마가 기자라고 밝히자, 응접실로 안내해 주었다.

타누마가 운영하는 부동산 회사는 벌이가 썩 좋지 않은 듯했다. 시내에 있는 연립주택이나 아파트를 관리하는 것이 회사의 몇 안 되는 수입원이었다. 타누마 소유의 주택들과 관리만 위탁받은 주택들이 있는 모양이었다. 최근에 타누마는 어떤 낡은 다세대 주택의 땅을 사려고 눈독을 들였고, 그 땅에 새로운 빌라를 세울 예정이었다고 한다. 거주자 한 명이 아직 퇴거하지 않고 남아 있어서 타누마는 명도를 위해 뻔질나게 그 다세대 주택을 드나들었다고 한다.

"그 거주자가 치매라 제대로 대화가 통하지 않을 때도 있었대요." 부동산 회사에서 일하는 남자가 다세대 주택을 향해 걸으며 설명했다. "그래도 어떻게든 방을 빼야 하니까 사장님이 끈질기게 왔다 갔다 하는 것 같았어요. 이 안건은 사장님이 혼자 담당하셔서 저도 자세한 건 몰라요. 아, 저 건물이에요."

부동산 회사 직원이 앞에 있는 다세대 주택을 가리켰다. 료와 죠시마는 그 건물로 향했다. 방 하나에서만 사람 사는 기척이 느껴졌지만, 문패는 없었다. 안에서 TV 소리가 희미하게 들려왔다.

"실례합니다. 잠깐 말씀 좀 여쭙고 싶은데, 괜찮으십니까?"

죠시마가 문을 두드리면서 그렇게 말했지만, 안에서는 반응이 없었다. 미닫이문을 잡아 보니, 문이 잠기지 않아서 삐걱거리며 열렸다. 죠시마가 안으로 들어가자, 료는 뒤를 따랐다.

실내는 생각보다 깔끔했다. 도우미가 정기적으로 청소해주는 것 같다. 네 평짜리 원룸이었고, 가운데에 놓인 낮은 밥상 옆에 한 노인이 앉아 있었다. 료 일행이 들어왔는데도 알아차리지 못하고 TV를 보고 있었다. TV에서 흘러나오는 것은 오래된 옛날 드라마였다.

"안녕하세요."

죠시마가 큰 소리로 그렇게 말하자, 노인이 천천히 이쪽으로 눈을 돌렸다. 표정에 감정이 없었다. 노인은 금방 다시 TV로 시선을 옮겼다.

"실례하겠습니다."

죠시마가 그렇게 말하며 신발을 벗었다. 료도 신발을 벗고 집 안으로 들어갔다. 죠시마가 무릎을 꿇고 앉아서 노인에게 물었다.

"안녕하세요. 저는 죠시마라고 합니다."

노인은 꿈쩍도 하지 않고 TV만 뚫어져라 보았다.

"'마이아사 신문'에서 나온 기자입니다. 타누마 씨라는 분을 아시죠?"

문득 바닥으로 눈을 돌리니, 떨어진 봉투가 보였다. 료는 그것을 줍고 죠시마의 옆구리를 팔꿈치로 찔렀다.

죠시마는 봉투를 보고 살짝 눈썹을 치켜올렸다. 전력 회사에서 나온 청구서 같았고, 받는 이에 '카와카미 타다오'라고 적혀 있었다. 30년 전 사고가 일어난 공원에서 일하던 관리인의 이름이었다.

죠시마가 가방에서 봉투를 꺼냈다. 봉투 안에서 사고가 일어난 놀이기구 사진을 꺼내 밥상 위에 놓았다. 하지만 노인은 사진을 보려고 하지 않았다. 하는 수 없이 죠시마는 사진을 들고 노인의 얼굴 앞에 들이밀었다.

한동안 노인은 아무 반응도 보이지 않았다. 역시 소용없나. 료가 그렇게 생각했을 때, 갑자기 노인이 비명을 지르듯 소리를 높이며 겁먹은 기색으로 벽 쪽에 붙었다. 그 모습을 본 죠시마가 말했다.

"카와카미 씨, 놀라게 해드려 죄송합니다. 잠깐 대화를 나누고 싶습니다."

카와카미라는 노인은 죠시마의 목소리가 귀에 들어오지 않는지 그저 겁에 질린 상태였다. "카와카미 씨"라고 죠시마가 재차 이름을 부르자, 카와카미는 이마를 바닥에 대고 "잘못했습니다. 잘못했습니다" 하며 사과했다. 그 모습을 보니 마음이 짠했다.

"죠시마 씨."

료가 그렇게 말을 걸자, 죠시마는 료의 의도를 알아차린 듯 어깨를 으쓱했다. 카와카미에게 "소란 피워서 죄송합니다. 가보겠습니다" 하며 신발을 신고 미닫이문을 지나 밖으로 나갔다.

"놀라시게 해서 죄송합니다."

료는 고개를 숙였다. 잠시 지켜보니 노인이 서서히 안정을 찾는 듯해서 료는 안심하고 밖으로 나갔다.

밖에 부동산 회사 직원은 없었다. 거리를 내다보니, 자기가 타고 온 왜건 옆에서 담배를 피우고 있었다.

"살해된 타누마는 여기서 카와카미 타다오를 만났어." 죠시마가 사진을 봉투에 넣으면서 말했다. "상태가 좋을 때는 잡담 정도는 나눌 수 있었겠지. 그러다 카와카미가 30년 전 유아 사망사고가 일어난 공원의 관리인이었다는 걸 안 거야."

"그런데 언제 저분의 상태가 좋아질지 모르니까 우리는 다른 관계자를 만나보는 게 낫겠어요."

"그래. 좀 찾아보자."

죠시마가 부동산 회사 직원에게 인사하러 간 사이에 료는 뒤돌아서 카와카미가 사는 낡은 다세대 주택을 보았다.

사고가 일어난 놀이기구 사진을 보고 그는 "잘못했습니다" 하며 벌벌 떨었다. 그는 왜 사과했을까. 그 이유에 30년 전 유아 사망사고의 진실이 숨어 있을지도 모른다.

⋯◆⋯

내선 전화가 울린 것은 오후 여섯 시 반이 지났을 즈음이었다. 히나코는 서류 작성을 마친 참이었다. 내일까지 제출해야 하는 보고서가 생각보다 시간을 많이 잡아먹었다. 히나코를 제외한 비서과 직원들은 이미 모두 퇴근했다.

원래 근무 시간 외에 걸려온 외선 전화는 받지 않는다. 그런데 전화기 액정화면에 비친 내선 번호를 보자, 히나코는 수화기를 들었다.

"네, 비서과입니다."

"히나코 씨, 아직 있었군요."

"네. 그보다 시장님은 왜…."

시장실에서 걸려온 전화였다. 히나코는 시장이 이미 귀가한 줄 알았다.

"막 집에 가려는데 손님이 오셔서요. 히나코 씨, 차를 세 잔만 준비해주시겠어요? 근무 시간이 아니라서 미안하지만…."

"알겠습니다. 바로 갖다 드리겠습니다."

히나코는 자리에서 일어나 탕비실에서 차를 준비했다. 쟁반을 들고 시장실로 향했다. 문을 두드리고 안에 들어갔다.

"실례합니다."

시시도 시장이 안쪽 소파에 앉아 있었고, 바깥쪽 소파에는 남자와 여자가 한 명씩 앉아 있었다. 남자는 시의회 장로로 불리는 니혼마츠 의원이었다. 여자의 옆얼굴을 보고 히나코는 속으로 깜짝 놀랐다. 오늘 아침에도 본 '카부토시의 미래를 생각하는 모임'의 대표 코마츠 에리카였다.

니혼마츠 의원, 코마츠 에리카, 그리고 시시도 시장 순으로 차를 냈다. 니혼마츠 의원이 찻잔을 들면서 말했다.

"어떤가, 시시도 시장? 진지하게 고려해 보지 않겠나? 자네만 물러나면 만사가 해결돼."

히나코는 귀를 의심했다. 니혼마츠 의원이 이어서 말했다.

"공금으로 발리섬에 간 건 시민들의 믿음을 완전히 저버린 것이나 마찬가지야. 지금 카부토시는 사상 최악의 불황에 빠져서 키잡이 역할인 시장이 짊어져야 할 책임이 막중해. 일단 자네가 물러난 뒤에 불황을 타개할 리더를 세워야 하네."

"그래서 내일모레 제대로 설명하겠다고 말씀드렸습니다. 그때까지 기다려주시면…."

"시시도 시장, 지금 자네가 어떤 상황인지 잘 모르는 것 같군. 자네의 신용은 땅에 떨어졌어. 이건 나 개인의 의견이 아니라 시의회 전체의 의견일세."

장로라고 불리는 니혼마츠 의원의 권력은 막대하다. 지금 시의회는 비공식적으로 시장에게 사퇴를 요구한 것이나 다름없다.

"시시도 시장, 섭섭하게 듣지 말게. 자네가 추진하던 정책은 차기 시장이 이어갈 걸세. 소개가 늦었는데, 이 친구는 코마츠 에리카야. 유능한 재원이지."

코마츠 에리카가 작게 고개를 숙였다. "코마츠 에리카입니다. 요전에는 감사했습니다."

니혼마츠 의원이 눈웃음을 지으며 코마츠 에리카를 보다가 시시도 시장에게 말했다.

"나는 차기 시장으로 이 친구를 밀 생각이네."

코마츠 에리카는 마흔 살쯤 되었다. 정치인치고 젊지만 미모로 표를 꽤 모을 듯했다. 무엇보다 니혼마츠 의원이 지지하니 그야말로 당선은 확실해 보였다.

"이 친구는 내가 운영하는 정치 아카데미 출신이야. 이 카부토시의 리더에 걸맞은 인재지."

니혼마츠 의원은 '니혼마츠 스쿨'이라는 개인 아카데미를 운영한다. 엘리트만 다닐 수 있는 아카데미로, 니혼마츠 의원은 그곳의 문하생들을 시의회에 들여서 현재 자신의 지위를 굳혔다.

"내 제안을 받아들이면 자네에게 그에 합당한 자리를 마련해 주겠네. 2년 후 시의회 의원 선거에 나가는 것도 괜찮겠군. 나도 협조를 아끼지 않음세. 자네가 당선되면 나 대신 의회를 통솔하는 지도자가 돼주면 좋겠어. 나도 나이에는 못 당하거든."

시시도 시장은 말없이 니혼마츠 의원의 이야기를 들었다. 그 표정에서는 감정을 읽을 수 없었다.

"어떤가, 시시도 시장. 내 체면을 세워주기 위해서라도, 아니, 카부토시의 미래를 생각해서 일단 물러나지 않겠나?"

시시도 시장은 대답하지 않았다. 계속 시장실에 머무르기도 뭐해서 히나코는 나가기로 했다. 히나코가 문을 향해 걸음을 떼자, 시시도 시장이 입을 열었다.

"니혼마츠 의원님, 저는 사퇴하지 않습니다. 임기를 채울 겁니다."

"자네, 이제 와서 무슨 소리인가? 지금 자기 상황을 모르겠어? 시민들이 얼마나 배신감을 느끼는지…."

"상황을 모르는 건 의원님입니다, 니혼마츠 의원님. 저는 시장입니다. 카부토시의 수장은 저지, 의원님이 아니에요. 혹시 카부토시를 마음대로 좌지우지하고 싶은 거면, 직접 시장이 되지 그러십니까?"

니혼마츠 의원의 얼굴이 벌겋게 물들었다. 니혼마츠 의원은 손에 든 찻잔을 거칠게 테이블 위에 놓고 일어섰다. 험악한 눈빛으로 시시도 시장을 내려다보았지만, 시장은 눈을 피하지 않았다. 이윽고 니혼마츠 의원은 코마츠 에리카에게 말했다.

"이만 가자, 에리카. 이 시장한테는 무슨 말을 하든 소 귀에 경 읽기구나."

니혼마츠 의원이 시장실에서 나갔다.

코마츠 에리카도 일어나서 시시도 시장에게 고개를 숙이며 말했다.

"시장님, 니혼마츠 의원님을 적으로 돌리는 건 좋은 전략이 아닙니다. 이용할 수 있는 건 이용하시는 게 좋지 않겠어요?"

"당신은 니혼마츠 의원을 이용한다는 말로 들리는군요."

"어떻게 해석하시든 상관없습니다. 저는 진심으로 시장님의 뒤를 잇는 차기 시장 자리를 노리고 있습니다. 시장님의 공약은 훌륭하지만, 아직 아무것도 실현되지 못한 게 현실입니다. 길어지는 스탠더드 불황에 대한 대책도 별다른 열매를 맺지 못했고요."

"당신이 시장이 되면 이 불황을 극복할 수 있다는 말입니까?"

"구체적인 건 말씀드릴 수 없습니다. 하지만 저는 니혼마츠 의원님을 적으로 돌리는 짓은 안 할 겁니다. 그분의 인맥은 매력적이니까요. 그럼 실례하겠습니다."

코마츠 에리카가 시장실에서 나가자, 히나코는 문가에서 고개를 숙이며 배웅했다. 시장이 소파에서 일어나며 말했다.

"흉한 꼴을 보였군요. 히나코 씨, 찻잔을 정리해주시겠습니까?"

"네."

히나코는 테이블 위에 놓인 찻잔을 쟁반에 올리고 그대로 시장실을 나가려고 했다. 그때 뒤에서 시시도 시장이 말을 걸었다.

"히나코 씨, 이제 일은 끝났나요?"

"네. 이제 퇴근하려고요."

"한 가지 부탁이 있습니다. 이건 제 개인적인, 아니, 엄밀히 말하면 공무의 일환입니다만, 아무튼 부탁하고 싶은 일이 있습니다."

"네. 어떤 일이죠?"

시장이 이런 식으로 무언가를 부탁한 적은 처음이었다. 히나코는 약간 긴장하면서 물었다.

한 시간 뒤, 히나코는 카부토역 개표구 앞에 있었다. 마침 전철이 도착한 직후라 퇴근하는 회사원으로 보이는 남자들이 개표구에서 여럿 나왔다.

여기서 손님을 맞아 숙소까지 안내해달라고 시장이 부탁했다. 키 큰 외국인이라고 들었다. 히나코가 마중하러 나온다는 이야기는 시장이 상대에게 전달했다고 했다.

퇴근하는 사람들 틈에 섞여 개표구에서 나오는 한 외국인이 보였다. 키가 훌쩍 크고 멋들어진 콧수염을 길렀다. 인도인 같았다.

어? 설마 저 사람이….

개표구에서 나온 인도인은 히나코를 향해 똑바로 걸어왔다. 눈이 둥그러니 크고 친근하게 생겼다. 청바지에 셔츠를 걸친 가벼운 차림이었다. 나이는 잘 모르겠지만, 30대나 40대쯤일까.

"히나코 이마니시?"

"예, 예스."

히나코가 대답하자, 인도인은 양손을 마주 대며 고개를 숙였다. "나마스테."

부끄러웠지만, 시장의 손님에게 실례를 범할 수는 없었다. 히나코도 양손을 마주 대고 말했다. "나, 나마스테."

인도인은 목에 걸린 일안 반사식 카메라를 두 손으로 들고 역사 곳곳을 찍었다. 그 모습을 당혹스럽게 지켜보는데, 인도인이 카메라에서 눈을 떼고 말했다.

"갑시다."

"일본어를 아세요?"

"조금요."

인도인과 어깨를 나란히 하고 걸었다. 목적지인 숙소는 역에서 도보로 5분 정도 가면 나오는 유서 깊은 료칸이었다. 하지만 인도인이 자꾸 멈춰 서서 사진을 찍는 통에 좀처럼 거리가 좁혀지지 않았다.

"편의점!"

인도인이 그렇게 외치며 편의점 안으로 뛰어 들어갔다. 히나코는 하는 수 없이 가게 밖에서 기다렸다. 그나저나 저 인도인은 누구일까. 카푸르와르시에서 온 소년파견단의 관계자일 가능성이 제일 크다. 하지만 정말 그랬다면 손님맞이는 교육 위원회의 어느 과가 담당했을 것이다.

잠시 후 편의점에서 나온 인도인은 삼각김밥을 들고 있었다. 신나게 "삼각김밥, 삼각김밥" 하며 목에 걸린 카메라를 히나코에게 내밀었다. 그리고 가게 앞에서 삼각김밥을 들고 포즈를 취했다. 사진을 찍어 달라는 의미로 해석한 히나코는 파인더를 들여다보며 셔터를 눌렀다.

다시 걸음을 떼고는 어찌어찌 료칸 앞에 도착했다. 오래되고 유서 깊은 료칸을 보고 인도인은 환성을 지르며 또다시 사진을 찍었다. 료칸 안에서 기모노를 입은 나이 든 여성이 나와서 히나코에게 다가왔다.

"어서 오세요."

"안녕하세요. 시청 비서과에서 온 이마니시 히나코라고 합니다."

"오느라 수고하셨습니다. 시시도 님께 말씀 전해 들었습니다."

"그럼 저는 이만."

떠나려고 하는데, 인도인이 뛰어왔다. 히나코의 손을 잡고 미소 지으며 "감사했습니다" 하기에, 히나코는 "천만에요"라고 대답했다.

인도인은 료칸 주인이 안내하는 대로 숙소에 들어갔다. 이미 주변은 캄캄했고 밤 여덟 시를 지난 시간이었다.

배가 고팠다. 핸드백에서 스마트폰을 꺼내 보니, 부재중 전화가 와 있었다. '마이아사 신문'의 기자 죠시마였다. 통화 버튼을 누르고 스마트폰을 귀에 댔다.

"여보세요."

"어어, 히나코. 지금 뭐 해?"

"집에 가고 있어."

"가끔은 같이 밥이나 먹을까 해서 연락했어. 나 지금 역 앞 거리에 있는 어묵 포장마차야. 괜찮으면 합류할래?"

바로 이 근처다. 어묵 포장마차가 있다는 것을 알면서도 가본 적은 없다. 비서과 동료에게 맛있다는 이야기를 들어서 한번은 가보고 싶었다.

"알았어. 근처에 있으니까 금방 갈게."

히나코는 스마트폰을 가방에 넣고 밤길을 걸어 나갔다.

"얘는 타치바나 료야. 일이 좀 있어서 최근에 같이 다니고 있어. 료, 이 친구는 이마니시 히나코야. 시시도 시장님의 비서로 일해. 예쁘지?"

히나코가 어묵 포장마차에 도착했을 때, 죠시마는 한 청년과 맥주를 마시고 있었다. 손님은 죠시마 일행뿐이었다. 히나코는 죠시마 옆에 앉으면서 료라는 청년에게 인사했다.

"안녕하세요, 이마니시 히나코예요."

"타치바나 료입니다."

맥주를 주문하자, 캔맥주가 나왔다. 네모난 냄비 안에서는 어묵이 익어가며 하얀 김을 피웠다. 어묵 국물에 익힌 무와 곤약을 포함해 이것저것 주문했다. 플라스틱 그릇에 담긴 어묵을 고령의 사장님에게 받아서 나무젓가락으로 먹었다. 국물이 잘 배어서 맛있었다. 야외에서 어묵을 먹어보기는 처음이었다.

"료, 삐에로 씨는?"

"오늘은 아직 연락이 없어요."

"그래? 뭐 하는 거지?"

두 사람의 대화가 귀에 들어왔다.

"삐에로가 누구야?"

"아, 히나코는 못 만나봤구나. 여기 있는 료는 삐에로의 조수야."

료라는 청년이 고개를 숙였다. 죠시마가 캔맥주를 한 손에 들고 설명했다.

"우리도 정체는 몰라. 매일 밤 삐에로 분장을 하고 거리에 나타나서 이런저런 일을 하는, 뭐, 아무것도 안 하고 맥주만 마실 때도 있지만, 기본적으로는 카부토시 사람들의 소원을 들어주는, 그런 사람이야."

"뭐야, 그게? 구체적으로 어떤 일을 하는데?"

"흠, 최근 일을 꼽아보자면, 지난 주말에 태풍이 카부토시를 관통했잖아? 그때 카니사와 지구에 고립된 아이들을 구출한 사람이 삐에로야. 그리고 오늘 중앙 병원에 새로운 외과의가 들어왔는데, 그 사람을 데려온 것도 삐에로야."

"그래? 나는 태풍이 지나간 날 일 때문에 계속 시청에 있었어. 아이들을 구해준 사람이 그 삐에로라고?"

"응. 대단하지?"

자원봉사 같은 것일까. 그런데 태풍 속에서 아이들을 구출하는 것은 자원봉사치고 과한 느낌이었다. 소방관과 경찰도 손을 쓰지 못한 구출 작업을 민간인이 해냈다니 놀라웠다.

"그런데 요즘은 시민의 소원을 들어줄 여유가 없어. 시시도 시장의 후원회장이 살해된 사건을 쫓고 있거든."

"뭐? 그런 일도 해? 그건 경찰이 할 일이잖아."

"그 사람의 행동력은 보통이 아니거든."

"그러고 보니 네가 무라오카 씨에 관해서 물어봤잖아? 그 이후에 형사님들도 똑같은 걸 묻더라."

"무라오카 씨는 입원했어. …어떻게 할까. 뭐, 히나코는 입이 무거우니까 괜찮겠지."

그렇게 운을 뗀 죠시마는 지금까지 알아낸 것들을 가르쳐 주었다. 살해된 타누마는 30년 전 카부토시에 있던 시민 체육 공원에서 발생한 유아 사망사고에 관심을 보였다는데, 죠시마 일행은 그 사고가 핵심이라고 생각하는 것 같았다.

"카와카미는 이미 만나봤는데 대화가 어려워 보였고, 카와카미의 전처가 시내 양로원에 산대서 내일 아침 일찍 찾아가 보려고."

히나코는 죠시마의 이야기를 듣다가 신경 쓰이는 점이 하나 있었다. 30년 전에 죽은 남자아이. 혹시….

"죠시마, 죽은 아이 이름이 코마츠 오사무가 확실해?"

"응, 맞아. 아는 이름이야?"

"공원에 엄마랑 누나가 같이 있었다고? 누나 이름은 알아?"

"잠깐 기다려 봐."

죠시마가 그렇게 말하며 발치에 놓인 가방을 무릎 위에 올리고 안에서 대학 노트를 꺼냈다. 죠시마가 노트를 펼치는 사이에 히나코는 남은 어묵을 먹어치우고 바로 소 힘줄과 튀긴 두부를 주문했다. 이윽고 죠시마가 노트에서 눈을 들었다.

"찾았어. 코마츠 에리카야. 응? 어디서 들어본 이름인데."

역시 그랬다. 30년 전에 놀이기구 사고로 죽은 남자아이는 코마츠 에리카의 동생이었다. 대체 어떻게 된 것일까. 히나코는 죠시마에게 말했다.

"'카부토시의 미래를 생각하는 모임'의 대표야."

"맞다. 그 코마츠 에리카구나. 최근에 여기저기서 이름을 들었어. 니혼마츠 의원님의 애제자로 다음번 시의회 의원을 노린다는 소문이 있어. 생긴 건 예쁘지만 나는 도무지 호감이 안 가더라. 히나코가 백 배는 나아."

타누마 후원회장이 살해된 사건에 코마츠 에리카가 관여했다는 뜻일까. 하지만 죠시마의 이야기를 들어보니, 살해된 타누마가 30년 전 사고에 관심을 가졌다는 것만 확실한 듯했고, 코마츠 에리카가 거기에 관여했다는 증거는 없었다.

"잠깐만요." 계속 잠자코 이야기를 듣던 료라는 청년이 입을 열었다. "저도 알아듣게 설명해주세요."

"그래. 너는 도쿄에 살아서 카부토시 이야기를 잘 모르겠구나. 우선 니혼마츠 의원님은 장로라고 불리는……"

죠시마는 신문기자답게 시의회의 정세를 꿰고 있는 듯했다. 그러나 역시 니혼마츠 의원이 차기 시장으로 코마츠 에리카를 밀려고 하는 것까지는 모르는 것 같았다.

"…그렇군요. 정치계도 힘들겠네요."

료라는 청년이 감탄하며 말했다. 그 말을 들은 죠시마가 작게 웃었다.

"뭐, 그렇지. 시가 좁아서 이런저런 일이 많아."

"30년 전에 사고가 일어난 공원은 누가 만든 거예요?"

"시야, 시. 카부토시가 만들었어."

"그게 아니라, 실제로 공사를 맡은 회사요."

"음, 그러게."

죠시마가 눈을 빛내며 다시 노트를 펼쳤다. 잠시 후 죠시마가 고개를 들었다. 그 얼굴이 벌겋게 달아올랐다. 취기가 올라서만은 아닌 것 같았다.

"니혼마츠 건설이야. 한 건 했구나, 료. 니혼마츠 의원님의 친동생이 운영하는 건설회사야. 니혼마츠 의원님도 임원으로 이름을 올렸을 거야. 그게 판도라의 상자일지도 몰라."

"판도라의 상자라니 무슨 말이야?"

"한마디로 코마츠 오사무 사망사고에 니혼마츠 의원님이 관여했을지도 모른다는 거야. 살해된 타누마는 그 비밀을 알아 버린 거고."

마치 니혼마츠 의원이 타누마를 죽인 범인이라는 듯한 말투였다. 아무튼 살해된 타누마와 니혼마츠 의원이 하나의 선으로 연결된 것은 분명했다.

"좋아. 점점 진실에 가까워지는 느낌이 들어. 삐에로 씨에게 보고해야지."

죠시마가 흥분해서 말하는데, 뒤에서 발소리가 들려오다가 포장마차 앞에서 멈췄다. 포럼 아래로 내다보니, 거기에 한 쌍의 남녀가 서 있었다. 료라는 청년이 일어나서 죠시마에게 말했다.

"죠시마 씨, 이 사람이 나카지 씨예요. 서로 초면이죠? 그리고 이쪽에 있는 여자분이 간호사인 후지이 레이나 씨예요."

두 사람은 팔짱을 끼고 있었다. 더 정확히 말하면 여자가 억지로 남자에게 팔짱을 낀 상태였고, 나카지라는 남자는 곤혹스러운 표정이었다. 여자는 화장이 조금 짙지만 귀여웠다. 죠시마가 자리를 당겨 앉으면서 말했다.

"말로만 듣던 그 의사 선생님이시군요. 저는 죠시마라고 합니다. 이 친구는 이마니시 히나코예요. 자, 선생님, 앉으세요."

"선생님은 무슨 선생님입니까. 나카지라고 불러주세요, 나카지."

"료, 오늘은 삐에로 없어?"

후지이 레이나라는 여자가 묻자, 료가 대답했다.

"오늘은 뭔가 볼일이 있나 봐요."

"그렇구나. 고맙다고 하고 싶었는데. 이렇게 젊고 유능한 선생님을 데려와줘서 정말 고마워."

방금 들은 죠시마의 이야기를 떠올렸다. 삐에로가 중앙 병원에 외과의를 데려왔다고 했다. 저 사람이 그 외과의인가. 의사 부족에 시달리는 병원에 외과의를 데려오다니, 삐에로라는 사람의 행동력이 마냥 놀라웠다.

두 사람이 포장마차 카운터 앞에 앉자, 자리가 조금 비좁아졌다. 갑자기 시끌벅적해져서 히나코는 자기도 모르게 두 번째 캔맥주를 주문했다.

료라는 청년이 가슴 주머니에서 스마트폰을 꺼내 무어라 이야기했다. 잠시 후 스마트폰을 주머니에 넣으면서 료가 일어섰다.

"죄송해요. 저는 일이 생긴 것 같아요."

"일이라니, 삐에로 씨 일?"

죠시마가 그렇게 묻자, 료는 머리를 긁적이며 대답했다.

"네. 그런 것 같아요."

"삐에로의 조수도 쉽지가 않구나. 아무튼 열심히 하고 와."

"네, 열심히 할게요."

료는 고개를 꾸벅하고 역 쪽으로 잽싸게 사라졌다. 그 뒷모습을 눈으로 좇으며 히나코는 손에 든 맥주 캔을 땄다.

"만나서 반가워요, 히나코 씨. 어디서 일하세요?"

후지이 레이나가 묻자, 히나코는 작게 고개를 숙였다. "저야말로 반갑습니다. 저는 시청에서 일해요. 죠시마랑은 동창이에요."

"그래요? 시청에도 이렇게 예쁜 사람이 있구나. 나카지 선생님, 저랑 히나코 씨 중에 어느 쪽이 더 취향이에요?"

"놀리지 마세요, 후지이 레이나 씨."

"성 붙이지 말고 이름으로 부르라고 몇 번이나 말해요? 레이나라고 불러요."

"레, 레이나 씨."

"후후. 느낌 좋은데요? 그쪽에 있는 기자님도 괜찮은 남자 같지만, 역시 나는 나카지 선생님이 더 좋아요."

"아무것도 안 했는데 차였네. 하긴 내 연봉은 의사 선생님 발끝에도 못 미치니까 이해합니다. 항복이에요, 항복."

죠시마가 그렇게 말하며 어깨를 으쓱했다. 방금 만난 네 남녀가 포장마차에 나란히 앉아 있지만 그다지 긴장감이 느껴지지 않았다. 오히려 편안했다.

자리를 뜬 료를 포함해 모두가 한 사람을 매개로 연결되었다. 그는 이 마을 어딘가에 있는, 사람들의 소원을 들어주는 수수께끼의 삐에로다.

…◆…

가게 안에서 '석별의 정'이라는 노래가 흘러나오자, 료는 스마트폰으로 시간을 확인했다. 이제 5분만 있으면 오후 열 시가 된다. 마감 시간을 알리는 안내 방송이 흘러나왔다.

료는 카부토시에 위치한 대형 파친코 가게에 있었다. 문 닫을 시간이 되어 손님이 적었다. 료는 줄 맨 끝에 앉은 남자의 모습을 무심한 척 관찰했다. 남자가 앉은 의자 뒤에는 파친코 구슬이 들어찬 상자가 열 개 넘게 쌓여 있었다. 남자 근처에 유니폼을 입은 가게 직원이 서 있었고, 두 사람의 대화는 료가 있는 곳까지 들려왔다.

"가만있어. 이 기계에서 분명히 또 나와."

"마음은 알지만, 이제 문 닫을 시간입니다."

"적어도 다섯 상자는 더 나와, 내 예상으로는."

"죄송합니다, 손님. 다음에 다시 와 주세요."

"쳇, 끈질기네."

남자는 혀를 차고 일어섰다.

료도 접시에 든 구슬을 전부 소진하고 자리에서 일어났다. 한 시간 동안 5천 엔이나 썼다. 이 정도면 다른 데에 돈을 쓰는 것이 훨씬 유익했을 것이다.

가게를 빠져나와 경품 교환소 근처에 서서 남자가 나오기를 기다렸다. 남자가 가게를 나와서 경품 교환소에 줄을 섰다. 주머니 속에서 스마트폰이 진동해 귀에 대니, 삐에로의 목소리가 들려왔다.

"어떻습니까?"

"지금 가게에서 막 나왔어요." 료는 작은 소리로 말했다. "경품 교환소에 있어요. 아, 움직여요. 주차장 쪽으로 가네요."

"알겠습니다. 료 군, 거기 가만히 계세요."

남자가 주차장에서 자전거 자물쇠를 푸는 모습이 보였다. 남자가 자전거에 올라탔을 때, 료 앞에 승합차가 정차했다. 료는 재빨리 조수석에 탔다. 안전벨트를 매자, 차가 출발했다. 운전석에 앉은 삐에로가 말했다.

"땄나요?"

"잃었어요. 5천 엔이나."

"료 군이 아니라 노부이 말입니다."

저 남자의 이름은 노부이 마사시. 아내에게 가정 폭력을 휘두른 패륜아라고 들었다. 노부이에게서 도망친 아내는 시청에서 임시 보호를 받으며 지인 집에서 숨어 지낸다는데, 노부이는 이를 용납할 수 없는지 종종 시청에 들이닥쳐서 집요하게 항의하며 행패를 부린다고 했다. 삐에로가 어떻게 그런 것을 아는지 모르겠다. 시청에 연줄이 있는 것일까. 삐에로는 시간이 날 때마다 노부이의 동향을 파악한 모양이었고, 오늘도 해 질 녘부터 미행한 것 같았다.

"꽤 땄나 봐요. 상자가 열 개 넘게 뒤에 쌓여 있었어요."

료가 대답하자, 삐에로는 웃으며 말했다.

"다행이군요. 제가 망을 볼 때는 항상 잃었거든요. 땄으니까 뭔가 움직임이 있을지도 모릅니다. 역시 생각한 대로입니다."

앞에서 달리는 노부이의 자전거가 모퉁이를 돌았다. 삐에로는 자동차 속도를 늦추며 말했다.

"저 사람 집은 원래 직진인데, 어디로 가는 걸까요?"

얼마간 미행을 이어갔을 때, 노부이의 자전거가 작은 공원에 들어갔다. 삐에로는 공원 앞에 차를 세우고 시동을 껐다. 나무에 가려서 노부이가 공원 안에서 무엇을 하는지 알 수 없었다.

한 남자가 공원을 나와서 떠나는 모습이 보였다. 그리고 30초후, 노부이가 공원에서 나와 자전거를 타고 방금 지나온 길을 되돌아갔다. 삐에로가 만족스럽게 고개를 끄덕였다.

"밀매군요. 대마를 산 걸까요?"

"대마라니, 마약이요?"

"그렇습니다. 이렇게 인적 없는 공원에서 남자 둘이 만나다니 이상하잖습니까. 밀매자를 불러서 마약을 산 겁니다. 노부이가 파친코를 하면서 휴대전화를 보지 않았나요?"

"그러고 보니, 그랬어요."

파친코 가게에 있던 노부이의 모습을 떠올렸다. 구슬이 나온 뒤로 노부이는 수시로 휴대전화를 들여다보았다. 밀매자에게 연락을 취하던 것일까.

삐에로는 노부이의 집 주소를 이미 아는지 미행을 관두고 여유롭게 차를 몰았다. 콧노래까지 불렀다. 료는 들어 본 적 없는 엔카 같은 곡이었다. 삐에로는 몇 분쯤 운전하다가 무인 주차장에 차를 댔다.

"여기서부터는 걷는 게 빠릅니다. 길이 좁아서요."

삐에로와 함께 차에서 내려 주택가를 걸었다. 길 폭이 3미터도 안 되어 자동차 두 대가 동시에 지나가기는 힘들 것 같았다. 비슷한 집이 몇 채나 늘어서서 미로 같았다.

"여기는 30년도 더 전에 분양된 주택가입니다. 예전에는 활기찼지만, 이제는 빈집도 많아졌어요. 사람이 살지 않는 집에는 나무가 자라고 잡초가 납니다. 원래는 집주인이 빈집을 관리해야 하지만,

행정 기관이 강제할 수는 없는 노릇입니다. 저 건물이군요."

삐에로가 가리킨 곳에 2층짜리 목조 주택이 있었다. 2층 맨 오른쪽 방 현관 옆에 달린 창문이 활짝 열려 있어서 동네에 민폐일 정도로 TV 소리가 크게 울렸다. 아무래도 노부이의 집인 듯했다.

"정말 몰상식한 사람이군요. 경찰에 신고합시다. 지금이라면 마약류관리법 위반으로 현행범 체포 할 수 있을 겁니다."

삐에로는 그렇게 말하며 휴대전화를 만지다가 잠시 후 손가락을 멈췄다. 삐에로의 시선 끝에 한 남자가 있었다. 남자가 이쪽을 향해 걸어왔다. 삐에로가 전봇대 그늘에 몸을 숨기자, 료도 그 뒤에서 숨을 죽였다.

"아는 사람이에요?"

료가 작은 목소리로 물었지만, 삐에로는 대답하지 않았다. 조용히 남자의 움직임을 지켜보았다. 남자는 노부이의 집 앞에 멈춰 서서 한숨을 쉬듯 어깨를 크게 들썩인 뒤에 연립주택의 외부 계단을 올라갔다. 남자는 노부이의 방 앞에 서서 문을 두드렸다.

삐에로가 다시 움직이자, 료는 그 뒤를 쫓았다. 삐에로는 연립주택 외부 계단을 살금살금 올라가다가 계단 맨 위에서 멈췄다. 허리를 숙이고 난간 너머로 노부이의 방을 살폈다. 료도 똑같은 자세로 관찰했다.

"실례합니다, 노부이 씨. 늦은 시간에 죄송합니다. 시청 아동복지과에서 나온 후쿠다입니다. 문 좀 열어 주세요, 노부이 씨."

후쿠다라는 남자가 문을 두드렸지만, 노부이가 안에서 나올 낌

새는 없었다. 그런데도 후쿠다가 끈질기게 문을 두드리며 부르자, 마침내 문이 열리며 노부이가 모습을 드러냈다.

"시끄럽네, 정말. 당신 누구야?"

"아동복지과에서 나온 후쿠다입니다."

"아아, 시청 과장? 뭔 일인데? 아케미가 어디 있는지 알려줄 마음이 생겼어?"

가정 폭력을 당한 피해자의 이름이 아케미인 모양이다. 그건 그렇고 TV 소리가 너무 커서 대화가 들리지 않았다.

"아닙니다. 드릴 말씀이 있어서 왔습니다. TV 소리를 조금 줄여 주시겠습니까? 이대로는 제대로 대화하기가 힘듭니다."

"지금 나를 가르치는 거야?"

"아닙니다. 부탁드리는 겁니다."

후쿠다는 허리를 굽히고 고개를 숙였다. 나이는 50대 중반인 것 같았다. 낡은 회색 정장을 입었고 머리숱도 적었다. 전철 안에서 꾸벅꾸벅 졸기가 특기일 것 같은 아저씨였다.

"귀찮게."

노부이가 잠시 방 안으로 물러났다. 곧 TV 소리가 사라졌다. 다시 나온 노부이는 담배에 불을 붙였다. 연기를 뿜으면서 상전처럼 말했다.

"그래서? 나한테 무슨 용건인데?"

"이제 사모님 일로 시청에 오지 말아 주십사 부탁드리러 왔습니다."

"뭐라고? 어디서 헛소리야? 너희가 아케미 위치를 안 가르쳐주니까 이러는 거잖아."

"확실히 말씀드리겠습니다. 민폐입니다, 노부이 씨. 노부이 씨가 올 때마다 저희 업무에 지장이 생깁니다. 제 부하들도 너무 난감해합니다. 제 얼굴을 봐서라도 안 가겠다고 약속해 주시면 안 되겠습니까?"

"내가 왜? 당신, 과장이지? 그럼 아케미가 어디 있는지 알겠네. 어디다 고자질하지 않을 테니까 살짝 알려줘 봐."

"안 됩니다. 설령 시청에 매일 오신다 해도 저희가 사모님 위치를 알려드릴 일은 없습니다. 사모님은 이미 새 인생을 시작하셨습니다. 이제 사모님은 잊고 이혼을 받아들여서 노부이 씨도 본인 삶을 사세요."

"어디서 시건방지게. 죽고 싶어?"

노부이의 목소리가 커졌다. 당장이라도 달려들 기세였다. 경찰을 부르는 것이 낫지 않을까. 그렇게 생각하며 스마트폰을 고쳐 쥐는데, 앞에 있던 삐에로가 뒤돌아서 작게 말했다.

"무슨 일이 생기면 제가 바로 뛰쳐나가겠습니다. 그러면 료 군은 경찰에 신고해주세요. 하지만 아마 괜찮을 겁니다."

삐에로는 그렇게 말했지만, 도무지 괜찮을 것 같지 않았다. 다시 집 쪽을 보니, 노부이가 물고 있던 담배를 던져 버리고 후쿠다의 멱살을 잡은 참이었다.

"너 이 자식, 죽여 버린다."

"이, 이거 놓으세요. 저는 공무 중입니다. 이건…, 엄연한 공무 집행 방해입니다."

"시끄러워. 입 닥쳐."

후쿠다의 목소리가 떨렸다. 그가 속으로 공포와 싸우는 것이 느껴졌다. 후쿠다는 멱살을 잡은 노부이의 손을 어찌어찌 떨쳐내고 깊이 허리를 숙이며 간곡히 말했다.

"부탁드립니다. 이제 시청에 오지 말아 주세요."

노부이는 아무 말도 하지 않고 조용히 후쿠다를 내려다보았다. 당황한 표정이었다. 후쿠다는 무릎을 꿇고 손으로 땅을 짚었다. 이마가 복도 바닥에 닿을 정도로 깊이 고개를 숙였다.

"이렇게 빕니다. 이제 시청에 오지 말아 주세요. 그게 서로를 위한 길입니다. 노부이 씨가 계속 저희를 곤란하게 하시면 저도 다른 수단을…, 경찰의 손을 빌릴 수밖에 없습니다. 제발 부탁드립니다."

그때 노부이의 이웃집 문이 살짝 열리더니 주민으로 보이는 남자가 얼굴을 내밀었다. 남자는 곧바로 문을 닫았다. 아마 두 사람의 대화 소리가 건물 전체에 울려 퍼졌을 것이다.

"못 해. 나는 너희가 아케미 위치를 알려줄 때까지 포기 안 해."

노부이는 거칠게 문을 닫았다. TV 소리가 커져서 다시 시끄러워졌다.

후쿠다는 일어나서 무릎에 묻은 먼지를 손으로 털어 내고 료가 있는 쪽으로 걸어왔다.

삐에로가 허둥지둥 일어났다. 료도 같이 계단을 뛰어 내려가서 연립주택 밑에 선 경차 뒤에 몸을 숨겼다. 뒤늦게 계단을 내려온 후쿠다는 끝으로 노부이의 방을 올려다보았다. 낙심한 듯 어깨를 늘어뜨리고 터덜터덜 걸음을 옮겼다.

"료 군, 저게 공무원입니다."

"힘들겠네요, 공무원은."

"공무원에게는 모든 시민이 고객입니다. 그래서 시민에게 화를 낼 수 없습니다. 달래고, 설명하고, 또 달래고, 그리고 사과하죠. 그 반복입니다. 저 공무원 입장에서는 헛걸음한 셈이지만, 정말 좋은 장면을 봤습니다."

후쿠다의 모습이 멀찍이 보였다. 그 뒷모습은 나약하고 패기 없어 보였다. 일에 지친 중년 남성의 비애가 느껴졌다. 삐에로는 후쿠다의 뒷모습을 끝까지 지켜본 뒤에 휴대전화를 귀에 댔다.

"…신고합니다. 대마를 소지한 사람이 있습니다. 이름은 노부이 마사시. 주소는…."

삐에로는 만족스럽게 고개를 끄덕이고 걸음을 뗐다.

"밥이나 먹을까요?"

삐에로가 그렇게 말하며 승합차를 주차장에 세웠다. 대형 체인점인 라면 가게였다. 차에서 내려 삐에로와 함께 가게에 들어갔다.

"어서 오세요."

가게 안에 들어가자, 젊은 여자 직원이 삐에로를 보고 그렇게 말했지만, 그 얼굴은 굳어 있었다. 삐에로는 개의치 않고 창가 자리에 앉았다. 삐에로가 생맥주와 차슈 라멘을 주문하자, 료도 같은 메뉴를 시켰다. 삐에로는 오늘도 대리운전으로 집에 가려나 보다.

"그래서 료 군, 취업 준비는 잘 돼 갑니까?"

"아니요, 전혀요."

"적을 알고 나를 알면 백전불패. 싸움은 준비 단계에서 이미 승패가 결정 난다는 의미입니다. 료 군은 시간이 있으니까 조금 더 공부하고 자격증도 따면 어떻습니까? 저는 오늘도 아침 여덟 시 반부터 일을 했습니다."

애초에 화장을 지운 삐에로의 얼굴을 본 적이 없다. 나이는 50대 같은데, 만약 삐에로가 화장을 지우고 정장을 입는다면 길거리에서 마주쳐도 알아보지 못할 것이다.

"자, 먹읍시다."

라멘이 나와서 함께 먹기 시작했다. 음식이 입에 들어가자 그제야 저녁에 어묵 포장마차에서 조금 먹은 것이 전부라 배가 고팠음을 깨달았다. 간장으로 간을 한 평범한 라멘이었지만, 담백하고 맛있었다.

"역시 료 군은 젊군요."

눈을 돌려 보니, 삐에로는 젓가락을 놓은 상태였다. 그릇에는 아직 라멘이 반쯤 남아 있었다.

"나이 탓인지 역시 이 시간에는 속이 부대낍니다. 먹고 싶기는 한데, 도무지 젓가락이 움직이질 않네요."

술자리를 마치고 온 듯한 젊은 남녀가 가게에 들어와서 삐에로를 보고 웃었다. "뭐야, 저 사람?" "저 꼴인데 경찰에 안 잡히나?" "삐에로잖아, 삐에로."

삐에로는 그 조롱을 못 들은 체하며 생맥주를 마셨다. 료였으면 참지 못했을 것이다. 그렇게 생각하는데, 삐에로가 료의 속마음을 알아차린 듯 말했다.

"익숙해지면 아무렇지도 않습니다. 아니, 오히려 재미있어요."

"그래요?"

"네. 작년이었습니다. 어느 날 절에서 행사를 크게 해서 아들과 함께 갔습니다. 저는 이래 봬도 발이 넓어서 행사장을 지나다니기만 해도 지인들이 말을 걸어옵니다. 그런데 저희 아들이 '가면을 갖고 싶다'고 조르더군요."

어린이 드라마에 나오는 히어로 가면이었다고 한다. 아들이 빨강과 파랑 가면을 둘 다 갖고 싶어 해서 둘 다 샀다. 아들이 빨간 가면을 쓰자, 삐에로는 들고 있던 파란 가면을 써봤다.

"가면을 쓰자마자 아무도 말을 걸지 않았습니다. 엄청난 발견이었어요. 집에 돌아간 저는 인터넷 쇼핑몰에서 삐에로 분장 세트를 찾았습니다."

거리를 걸으면서도 아무에게도 정체를 들키지 않는 쾌감. 완전히 새로운 자기 자신으로 변신하고픈 욕구가 있었나 보다. 그런데 삐에로는 그냥 변신만으로는 성이 차지 않았는지 매일 밤 거리에 출몰해서 누군가의 소원을 들어주거나 곤경에서 구해준다.

게다가 그런 행동을 누군가에게 과시하지도 않고 오히려 자신이 겉으로 너무 드러나지 않도록 조심한다.

"왜 삐에로였어요? 다른 가면도 괜찮았을 텐데."

료가 묻자, 삐에로가 먼 곳을 보며 대답했다.

"사실 저희 아버지가 삐에로였습니다. 진짜 삐에로요. 곡예를 연마해서 놀이공원이나 행사장에서 공연을 펼치는 삐에로였습니다. 아버지는 제가 초등학생 때 오른쪽 다리를 다치는 바람에 일선에서 물러나서 일본 전역을 돌아다니며 여행했습니다. 아버지가 공연할 때 저는 옆에서 공부하거나 책을 읽었죠."

일본 전역을 떠돈 끝에 결국 삐에로 부자가 당도한 곳은 삐에로 아버지의 고향인 카부토시였다.

"제가 삐에로 분장을 시작한 건 아버지에 대한 동경심 때문일지도 모릅니다. 저는 곡예 같은 건 하나도 못 하는 가짜 삐에로지만요."

"아버님은 어떻게 지내세요?"

"글쎄요…. 그보다 요즘은 밤만 되면 무릎이 쑤십니다. 나이에는 못 당하겠어요."

삐에로가 얼버무리듯 웃었다. 왜 그렇게까지 자신을 혹사하는지 료는 이해되지 않았다.

"왜… 그렇게까지 열심이에요?"

"답은 정해져 있습니다. 카부토시를 위해서입니다."

"카부토시를 위해서 몸을 던지는 게 무슨 의미가 있는지 모르겠어요."

삐에로는 말없이 손에 든 생맥주 잔을 비우고는 창밖으로 눈을 돌리며 말했다.

"료 군, 진심으로 여자를 좋아해 본 적이 있나요?"

갑작스러운 질문에 료는 당황했다. 료는 아직 여자와 사귀어 본 적이 없었다.

"어, 없어요."

"그렇군요. 저는 아내를 사랑합니다. 아내는 저와 초등학교 동창 인데, 막 전학 온 제게 처음으로 말을 걸어준 여자아이였습니다."

중학교 때부터는 진로가 나뉘어서 서로 다른 길을 걷다가 마흔 을 넘겼을 즈음 재회했다.

"운명이라고 생각했습니다. 둘 다 결혼하지 않은 상태라서 금방 마음이 통했어요. 요즘은 옛날과 달리 말싸움이나 사소한 다툼이 잦지만, 제가 아내를 사랑한다는 사실에는 변함이 없습니다."

삐에로가 아내를 사랑한다는 것은 알겠지만, 그것이 이 야간 활 동에 어떤 영향을 미쳤는지는 모르겠다. 삐에로가 이어서 말했다.

"제 아내는 카부토시를 사랑합니다. 나고 자란 고향인 이 마을 을요. 이 나이쯤 되면 이제 몇 년이나 더 살 수 있을지 모릅니다. 우리 아들도 아직 초등학생인데, 제가 죽으면 남은 가족들이 어찌 될지 걱정입니다. 그래서 카부토시를 조금이라도 더 살기 좋은 곳 으로 만드는 게 제 사명이라고 생각합니다."

비약이 너무 심해서 료는 할 말을 잃었다. 삐에로가 이어서 말했다.

"예를 들면 내일 제 아내는 교통사고를 당할지도 모릅니다. 그래서 중앙 병원에 실려 갔다고 칩시다. 지난주까지는 아니었지만, 지금은 나카지 군이라는 훌륭한 외과 의사가 있습니다. 제 아내가 살 가능성이 크죠. 그렇게만 생각해도 어쩐지 마음이 기쁩니다."

"그게 삐에로 씨가 삐에로가 된 이유예요?"

"네, 그렇습니다. 나쁘지 않은 이유죠? 고향을 사랑하는 자는 스스로 자기 자신을 돕는다."

"손자의 말이죠?"

"아니요. 제가 만든 말입니다. 아, 이런. 호랑이도 제 말 하면 온다고 아내에게 전화가 왔군요."

테이블 위에서 삐에로의 휴대전화가 진동했다. 삐에로는 휴대전화를 귀에 대고 통화했다.

"응, 나야. …곧 들어갈 거야. …오늘은 맥주 한 잔만 마셨어. …알았어. 두부지? 연두부 사 가면 되지? 먼저 자도 돼. 응, 끊어."

통화를 마친 삐에로는 조금 멋쩍은 표정을 지으며 계산서를 들고 일어났다.

"난 숙취가 좀 있는 것 같아, 료. 혼자 다녀와. 나는 차에서 기다릴게."

"안 돼요. 죠시마 씨도 같이 가야죠."

료는 경차 조수석에서 내렸다. 카부토시 교외에 있는 양로원 주차장이었다. 죠시마는 노트를 한 손에 들고 마지못해 운전석에서 내렸다. 어젯밤 죠시마는 어묵 포장마차에서 거의 밤 한 시까지 술을 마셨다고 한다.

시간은 오전 열 시를 지난 참이었다. 접수대에서 이름을 말하자, 여직원이 안으로 안내했다. 커다란 홀에서 노인들이 TV를 보거나 수공예를 하며 각자 시간을 보냈다. 창가 테이블 앞에 앉은 고령의 여성에게 여직원이 말을 걸었다.

"시즈코 씨, 면회하러 온 분이 계세요."

여성이 고개를 들었다. 혈색도 좋고 건강해 보였다. 료는 나메카와 시즈코에게 고개를 숙이며 그녀 앞에 놓인 의자에 죠시마와 나란히 앉았다.

"그럼 대화 끝나시면 불러 주세요."

여직원이 떠나자, 죠시마가 명함을 테이블 위에 놓으면서 말했다.

"저는 '마이아사 신문'에서 나온 죠시마입니다. 이쪽은 조수인 타치바나 료예요. 시즈코 씨에게 여쭤볼 게 있어서 찾아왔습니다."

"할 얘기 없어요."

나메카와 시즈코는 시큰둥하게 말했다. 까다로운 성격인 것 같았지만, 말투로 보아 정신은 맑은 듯했다. 죠시마는 그녀에게 말했다.

"전 남편이신 카와카미 타다오 씨 때문에 왔습니다. 그분이 30년 전 시내에 있던 시민 체육 공원에서 관리인으로 일하셨죠? 코마츠 오사무라는 어린아이가 사고로 죽은 공원이요."

나메카와 시즈코의 낯빛이 변했다. 뺨 근육이 경직된 채로 그녀가 말했다.

"아주 오래전 일이야. 나 말고 카와카미한테 직접 물어봐."

"그러고 싶은데, 카와카미 씨는 건강이 좋지 않으셔서요."

"자업자득이지. 그 놈팡이랑 헤어진 지 벌써 20년도 더 됐어. 얼굴도 잊어버렸어."

"30년 전에 일어난 그 사고에는 가해자가 있습니다. 코마츠 오사무 군이 실수로 손을 놓쳐서가 아니라 놀이기구에 결함 혹은 문제가 있어서 일어난 사고였습니다. 그걸 니혼마츠 건설이 교묘하게 은폐한 겁니다. 아닌가요?"

"거기까지 알아냈으면 내 얘기는 들을 필요도 없겠네. 그대로 기사 쓰면 되잖아."

"부탁드립니다." 하며 죠시마가 고개를 숙이자, 료도 똑같이 했다. "지금 단계에서는 상상에 불과합니다. 사건의 당사자나 그 주변 사람의 이야기를 듣고 싶습니다. 힘을 빌려주세요."

나메카와 시즈코는 말없이 창밖을 보았다. 료도 따라서 창밖으로 시선을 던졌다. 이 양로원은 산 중턱에 있어서 시내가 한눈에 보인다. 맑은 날에는 전망이 좋을 듯하지만, 오늘은 아쉽게도 하늘이 흐리다.

"어쩔 수 없네." 나메카와 시즈코가 한숨을 쉬며 말했다. "달리 나를 찾아오는 사람도 없으니 잠깐 수다 정도는 떨어줄 수 있어."

"시간은 충분합니다. 어떤 이야기든 시즈코 씨가 원하시는 대로

해주세요."

"그래…. 카와카미는, 고등학교를 졸업하자마자 니혼마츠 건설에 들어갔어. 벌써 60년이나 지난 얘기지만. 니혼마츠 건설은 그때도 기세등등해서 일이 많았어. 한참 별문제 없이 지내다가 그 사람이 마흔두 살 때였나? 현장에서 사고가 났어."

3층짜리 건물을 건설하는 현장이었다. 카와카미 타다오는 작업 중에 3층에서 떨어져 오른쪽 무릎뼈가 부러지는 중상을 입었다. 오른쪽 무릎에 후유증이 남았고, 조금 불편하기는 해도 일상생활에는 문제가 없었지만, 현장에는 나갈 수 없게 되었다.

"카와카미는 퇴직도 고려하는 것 같았어. 그때 나는 전업주부였지만, 카와카미 대신 일하러 나갈 각오도 돼 있었어. 그런데 그때 마침 니혼마츠 건설에서 시공한 공원이 있어서 거기 관리인 일을 소개받았어. 월급은 적어도 공원 관리실에 종일 앉아 있는 게 전부인 편한 일이었어. 카와카미는 그 일을 받아들였어."

관리인으로 일한 지 4, 5년쯤 된 어느 날이었다. 카와카미는 갑자기 관리인 일을 그만두었다. 시즈코가 이유를 추궁해도 카와카미는 입을 꾹 닫은 채 설명하려 하지 않았다. 같은 시기에 그 공원에서 남자아이가 죽었다는 뉴스가 뜨자, 시즈코는 카와카미가 그 책임을 떠안았나 보다고 추측했다. 하지만 아무래도 찜찜했다. 신문에서는 어디까지나 아이가 손을 놓쳐서 일어난 불행한 사고였고 공원 측 과실은 없었다고 했기 때문이다.

"퇴직금으로 얼마를…, 나중에 생각해 보니 입막음용이었던 것 같지만, 아무튼 카와카미는 돈을 받은 것 같았어. 관리인 일을 관두자마자 카와카미는 집에 처박혀서 술만 퍼마셨어. 그 공원에서 무슨 일이 있었는지 신경 쓰여서 그 사람이 취해서 들떴을 때 물어봤어. 그랬더니 절대 어디 가서 말하지 말라고 당부하면서 입을 열었어."

사고가 일어난 것은 해 질 녘이었다. 카와카미는 여자의 비명 소리를 듣고 관리인실에서 나와 소리가 난 쪽으로 갔다. 로프 슬라이더라고 불리는 놀이기구 밑에 쓰러진 남자아이가 보였다. 아이 엄마가 그 근처에서 아들의 이름을 부르면서 울고 있었다. 외상은 없었지만, 남자아이는 꿈쩍도 하지 않았다. 남자아이의 누나로 보이는 소녀가 엄마의 등 뒤에 숨듯이 서 있었다.

"그때는 휴대전화 같은 게 없었어. 카와카미는 구급차를 부르려고 다시 관리인실 쪽으로 갔어. 그러다 발치에 떨어진 도르래를 발견했지. 그 도르래를 주워 들고 관리인실로 돌아가서 119에 신고했어. 그리고 주워 온 도르래를 봤지."

도르래가 부서진 것은 분명했다. 부품이 깨져서 도르래가 밧줄에서 빠진 것이 사고의 원인이었음을 비전문가인 카와카미도 한눈에 알 수 있었다. 카와카미는 곧장 니혼마츠 건설에 전화를 걸었다. 사장을 바꿔 달라고 하고는 자초지종을 설명하자, 전화 너머에서 사장이 경악했다. "잠깐 기다리게" 하더니 일단 전화를 끊었다. 몇 분 후 다시 전화가 울렸다. 사장의 전화였다.

"카와카미는 사장이 시키는 대로 공원 창고에서 다른 도르래를 꺼냈어. 카와카미가 놀이기구 쪽으로 돌아갔을 때 마침 구급차가 도착해서 남자아이를 데려갔어. 그 애 가족도 같이 구급차를 타고 가서 운 좋게 현장에 남은 건 카와카미뿐이었어. 카와카미는 놀이기구 밧줄에 새 도르래를 끼웠어. 잔디밭 위에 떨어진 부서진 도르래 잔해도 남김없이 치웠어. 사장이 시키는 대로 단순 사고로 조작한 거야."

이튿날 현장 검증을 한 경찰은 코마츠 오사무 군이 실수로 손을 놓쳤다는 결론을 내렸다. 아이의 엄마도 아들이 떨어지는 순간을 보지 못했기 때문이다. 경찰은 도르래가 너무 새것이라 의아하게 여겼지만, 카와카미가 얼마 전 정기 점검 때 교체했다고 설명하자, 더는 추궁하지 않았다.

그 사고를 계기로 카부토시는 공원 관리 체제를 강화하려고 관리인 두 명을 새로 뽑았고, 카와카미는 관리인 자리에서 쫓겨났다.

"사고가 일어난 지 1년 만에 카와카미는 퇴직금 대신 받은 돈을 술로 탕진했고, 그 뒤로 부부 싸움이 끊이지 않았어. 결국 나는 집을 나왔지. 그 이후 한 번도 카와카미를 만나지 않았어. 나도 그 인간도 니혼마츠 때문에 인생을 망쳤어."

나메카와 시즈코의 긴 이야기가 끝났다. 그녀는 지친 듯 크게 숨을 뱉었다.

"둘 다 잘했습니다."

삐에로의 목소리가 들렸다. 주차장으로 돌아간 뒤, 죠시마는 삐에로에게 전화해서 나메카와 시즈코에게 들은 이야기를 전했다.
스피커폰이라서 료에게도 삐에로의 목소리가 들렸다.

"이제 어떻게 움직일까요?" 죠시마가 물었다. "나메카와 시즈코
의 증언도 얻었겠다, 이대로 니혼마츠 건설에 쳐들어갈까요?"

"아니요, 기다리세요. 여기까지 알아냈으니 충분합니다. 이제 제
가 알아서 하겠습니다."

"알아서라니요? 삐에로 씨, 뭔가 계획이 있는 거예요?"

"뭐, 그렇죠."

오전 열시 반이 되어 가는 시간이었다. 삐에로는 지금 일하는 중
일 것이다. 화장실 같은 곳에서 몰래 통화하는 것일까.

"두 분은 이제 카부토 시청으로 와주세요."

삐에로가 그렇게 말하자, 죠시마가 되물었다.

"시청이요?"

"그렇습니다. 회의장으로 와주세요. 지금 시정 질의가 나오고 있
으니 서두르세요."

그 말을 끝으로 전화가 끊겼다. 죠시마가 자동차 시동을 걸며
말했다.

"뭐가 어떻게 되는 거야?"

"회의장이면, 의회 같은 걸 하는 곳이죠?"

"맞아. 오늘부터 9월 의회 시정 질의가 시작돼. 너는 관심 없겠
지만."

료는 사실 카부토시 시의회에서 어떤 논의가 오가는지도 모른다.

"죠시마 씨, 시즈코 씨가 한 이야기, 어떻게 생각해요?"

죠시마가 모는 차는 벌써 출발해서 완만한 커브 길을 내려가고 있었다. 죠시마가 핸들을 쥔 채 대답했다.

"30년 전, 코마츠 오사무 군은 놀이기구의 정비 불량 때문에 목숨을 잃었어. 그 사실을 은폐한 사람은 카와카미 타다오고, 은폐하라고 지시한 건 공원 시공업체인 니혼마츠 건설이야. 타누마는 그 사실을 알아 버려서 살해된 거야."

죠시마는 진지한 표정이었다. 기자의 본능이 그를 움직이는 것일까.

"그런데 아직 의문이 남아요. 죽은 코마츠 오사무 군의 누나 코마츠 에리카를 뒤에서 지지하는 사람이 니혼마츠 의원이잖아요? 두 사람을 잇는 연결고리를 모르겠어요."

"맞아, 그것도 남아 있었지. 게다가 진범의 정체도 아직 밝혀지지 않았어. 타누마를 죽인 사람과 무라오카 씨를 습격한 범인은 동일인이라고 봐도 될 거야."

료는 오늘 아침 집에서 아침밥을 먹으며 나카지와 대화했다. 무라오카 하루유키는 중환자실을 나와서 일반 병동에 있다고 들었다. 의식은 또렷하지만, 아직 면회는 불가능하다고 했다. 나카지는 벌써 중앙 병원 의사가 다 되어서 아침 일찍 출근하고 밤늦게 돌아왔다. 나카지 본인도 집을 구할 생각이 있는 것 같았지만, 아직은 료의 집에서 신세를 지고 있다.

"맞다." 죠시마가 뭔가 떠올랐다는 듯 말했다. "오늘 시의회에서 니혼마츠 의원님이 질문할 거야. 무슨 일이 일어난다면 틀림없이 그때겠지. 우리가 아는 삐에로 씨답게, 기막힌 계획을 짰을지도 몰라."

···◆···

회의장은 어수선했다. 히나코는 집무실 책상에서 서류를 작성하며 이따금 모니터로 시의회 중계를 봤다.

휴식 시간이 끝났는데도 시시도 시장은 회의장에 모습을 드러내지 않았다. 시간은 오전 열 시 사십 분을 넘어섰다. 히나코는 컴퓨터 키보드에서 손을 떼고 모니터를 보았다. 그때 드디어 시시도 시장이 나타나서 자기 자리로 걸어갔다.

"시장님이 지각이라니, 웬일이래?"

옆에 앉은 동료가 그렇게 말하자, 그 말을 들은 다른 동료가 대답했다.

"화장실 갔다 왔나 보지, 뭐."

시시도 시장이 자리에 앉는 모습을 보고 의장이 재개를 선언했다. 남자 의원이 일어나서 발언했다.

"스탠더드 제약이 철수하고 남은 땅에 관해 질문하겠습니다. 현재 활용되지 못한 채 방치된 공장 터 말입니다만, 한시라도 빨리 공장을 유치해야 카부토시가 발전할 겁니다. 기업 유치가 얼마나 진전됐는지 시 당국에서 설명해주십시오."

한 간부 직원이 일어섰다. 의장이 발언을 허락하자, 답변했다.

"그럼 답변 드리겠습니다. 현재 상공부에서는 도쿄에 직원을 파견하는 등 기업을 유치하려고 애쓰고 있습니다. 현시점에서는 기업명을 공표할 수 없지만, 스탠더드 제약이 있던 자리를 효율적으로 사용하는 것이 시급한 과제라는 사실은 저희도 충분히 인식하고 있습니다. 앞으로도 계속해서 기업을 유치하기 위해 힘쓰겠습니다."

시정 질의는 사전에 그 내용이 당국에 전달되기 때문에 간부 직원은 답변서를 읽기만 하면 되고 즉흥적으로 말할 일은 없다. 하지만 답변서 내용에 관한 질문이 추가로 나오면 시 당국은 그 자리에서 바로 설명해야 한다.

예상대로 의원이 거듭 질문했다.

"몇 곳에 접촉해보셨습니까? 지장이 없는 범위에서 답변해주십시오."

"열 곳 이상입니다. 구체적인 기업명은 말할 수 없는 점 양해해주십시오."

"부지가 그렇게 크니 진출하는 쪽에서도 신중해지겠죠. 그렇다면 법인세나 재산세를 감면해서 혜택을 주는 방식은 검토하셨습니까?"

"현재 재경부서와 협의해서…."

질의응답이 이어졌지만, 히나코는 다시 키보드에 손을 올리고 일에 집중했다.

히나코는 2년 전 비서과에 오기 전까지 시의회 중계를 본 적이 한 번도 없었다. 당연한 이야기지만, 의회가 열리는 중에도 시청은 통상적인 업무를 이어가기에 창구에는 늘 사람이 찾아온다.

히나코는 한동안 일을 계속했다. 15분 정도 일하고 나서 벽에 걸린 시계로 눈을 돌려보니, 오전 열한 시 반을 지난 시간이었다. 의회에서는 때마침 다음 의원이 질문을 꺼내려는 참이었다. 히나코는 잠시 일손을 놓고 의회 중계를 보았다.

"이어서 니혼마츠 의원의 시정 질의를 허가합니다. 니혼마츠 의원, 질문하십시오."

의장이 호명하자, 니혼마츠 의원이 일어섰다. 앞에 있는 마이크에 대고 이야기를 시작했다.

"시시도 시장님이 시장으로 취임하고 2년이 지났습니다. 처음에 내건 공약의 달성도와, 현재 카부토시의 불황을 시장님이 어떻게 생각하는지 여쭙고 싶습니다."

시장이 일어나서 답변했다.

"저는 선거 때 '열린 시정, 만나러 갈 수 있는 시장'을 슬로건으로 내세워서 당선됐습니다. 그동안 시간이 허락하는 한 시민들의 목소리에 귀를 기울였습니다. 육아나 복지 같은 여러 분야에서도 제가 내건 공약은…."

의회 중계를 보던 동료 직원이 말했다.

"파란이 일어날 것 같다. 시정 질의 내용이 모호해. 시장과 토론하는 게 목적이겠지."

히나코도 그렇게 생각했다. 조금 더 구체적인 질문이었다면 그에 해당하는 전문 부서에서 답변했을 것이다. 하지만 니혼마츠 의원의 질문은 정확히 시장을 지목했다. 그런 질문에는 시장이 직접 대답해야 한다. 어쩐지 불길한 예감이 들었다.

시장이 답변을 마치자, 다시 니혼마츠 의원이 일어났다.

"시장님, '열린 시정'이 대체 뭡니까? 지난주에 보도된 것처럼 반년 전에 공금으로 발리섬에 다녀오신 것 같던데, 왜 발리섬에 갔는지 그 이유를 아직도 듣지 못했습니다. 이걸 '열린 시정'이라고 할 수 있는 겁니까?"

"그 경위에 관해서는 내일 설명해 드리기로 했습니다."

"방금 다른 의원님도 질문하셨는데, 스탠더드 제약이 철수하고 남은 터에 기업을 유치하지 못하는 것도 시장의 역량이 부족해서 그런 것 아닙니까? 그 터에 기업을 유치하면 카부토시의 불황도 조금은 나아지겠지요. 어떻습니까?"

"상공부서장이 설명했듯이 현재 기업을 물색하는 단계입니다."

"확실히 '만나러 갈 수 있는 시장'이라는 슬로건은 참신했습니다. 제 주위에도 시장실에서 시장을 실제로 만났다는 시민이 많이 계십니다. 그런데 시장님, 시민들을 만나는 건 좋지만, 본인의 직무를 잊으시면 안 되죠. 시시도 시장님은 카부토시의 시장입니다. 수행해야 할 다른 직무가 많지 않습니까?"

그때까지 바로바로 질문에 답하던 시장이 잠시 침묵하다가 입을 열었다.

"저는 가능한 한 많은 시민분을 만나 뵙고 그 목소리에 귀를 기울이는 게 시장의 직무라고 생각합니다. 그리고 시민 여러분이 들려주신 목소리를 시정에 반영하는 것이 제 사명이라고 생각합니다."

억지스러운 답변이었다. 불길한 예감이 적중하고 말았다. 이런 전개라면 앞으로 얼마간은 일방적으로 공격을 받을 것 같다.

"시장님, 이제 그만 현실을 직시하세요. 시민들과 수다 떨 여유가 있으면 한시라도 빨리 이 카부토시에 닥친 불황을⋯."

니혼마츠 의원의 발언을 가로막듯 의장이 말했다.

"정오가 되었으니 잠시 휴식합니다. 오후 의회는 한 시부터입니다. 니혼마츠 의원의 발언부터 시작하겠습니다."

의회는 일단 해산했다. 회의장에 있는 의원들과 직원들이 자리에서 일어섰다. 히나코도 시장이 마실 차를 타려고 일어났다.

⋯◆⋯

"이쪽이야, 료."

료는 죠시마를 따라서 카부토 시청 청사 3층에 있는 회의장에 들어갔다. 생각보다 넓었다. 정면에 의장석이 있었고, 그 오른편에는 의원석이 있었다. 왼편에는 당국 직원들이 앉을 자리가 계단식으로 만들어져 있었다.

"여기가 방청석이야."

죠시마가 그렇게 말하며 방청석 중간쯤에 있는 의자로 향했다. 오후 한 시가 되어 가는 시간이었다. 료는 정오가 조금 지나서 시청에 도착했지만, 의회가 쉬는 중이라 죠시마와 함께 점심 식사를 마쳤다. 방청석은 50석 정도. 지금은 반쯤 찼다. 대부분 지역지 기자 같았고, 기자 몇 명이 죠시마를 보고 고갯짓으로 인사했다. 죠시마는 주위 사람들을 향해 고개를 숙이고 좌석에 앉았다.

"늦지 않아서 다행이다. 곧 시작될 거야."

죠시마가 그렇게 말하자, 중앙 단상에 앉은 남자가 마이크에 대고 말했다. 저 사람이 의장인가 보다.

"그럼 계속해서 시정 질의를 이어가겠습니다. 니혼마츠 의원, 질문하십시오."

의회가 재개되었다. 의장이 호명하자, 니혼마츠 의원이 일어섰다. 료가 태어나기 전부터 계속 의원으로 일한 사람이라 어릴 때 선거 포스터에서 여러 번 봤다. 75세라고 들었지만, 훨씬 젊어 보였다.

"무슨 이야기를 하고 있었더라…."

니혼마츠 의원이 그렇게 말을 꺼내자, 의원석에서 웃음이 터졌다. 그 웃음이 잦아들기를 기다렸다가 니혼마츠 의원이 이야기를 시작했다.

"아, 그렇지. 생각났습니다. 시시도 시장의 역량이 부족하다는 얘기 중이었죠. 현재 카부토시를 덮친 불황을 타개할 다른 방법이 있을 거라는 생각이 강하게 듭니다. 시민분들을 만나는 것도 좋지만, 시시도 시장님께서 본인의 위치를 잘 아셨으면 좋겠습니다. 어떻습니까, 시장님?"

시시도 시장이 손을 들고 일어섰다. 답변대 같은 것은 따로 없고 자기 자리에서 마이크에 대고 말하는 구조인 듯했다.

"시민들의 목소리를 시정에 반영하는 것이 제 책무라고 생각합니다. 그게 제 대답입니다."

"앞뒤가 안 맞잖습니까, 시장님." 니혼마츠 의원이 코웃음을 치며 말했다. "계속 길어지는 불황 때문에 시민들 사이에서 시장에 대한 불신이 커지고 있습니다. 그런데 이번에 공금 여행 문제까지 터졌습니다. 시장님에 대한 신뢰는 땅에 떨어졌어요. 깨끗하게 물러나시는 게 어떻습니까?"

의장 왼편에 앉은 당국 직원들도 그 발언에 놀란 기색이었다. 니혼마츠 의원은 방금 시시도 시장에게 퇴임을 요구했다.

옆에 앉은 죠시마가 중얼거렸다. "뭐야, 엄청난 폭탄을 던지네, 저 사람."

시장이 일어섰다. 그리고 마이크에 대고 말했다.

"제가 시장직에서 사임해야 할지를 논의하기 전에 한 가지 묻고 싶은 게 있습니다. 지난주 저의 후원회장인 타누마 사다요시 씨가 살해된 사건을 기억하십니까?"

회의장이 소란스러워졌다. 시장이 왜 이 자리에서 타누마 살인 사건 이야기를 꺼내는지 아무도 그 의도를 모르는 것 같았다. 시시도 시장은 개의치 않고 이야기했다.

"저는 타누마 씨가 살해당한 사건의 이면에 30년 전 이 카부토시에서 발생한 불행한 사고가 있다는 걸 알았습니다. 거기 계신 니혼마츠 의원님도 간접적으로, 아니, 직접적으로 얽혀 있습니다."

"의장님." 그렇게 말하며 니혼마츠 의원이 일어섰다. "시장의 발언은 시정 질의와 상관이 없습니다. 주의를 주십시오."

의장이 거기에 응해 시장에게 말했다.

"시시도 시장, 시정 질의와 상관없는 발언은 삼가십시오."

하지만 시장은 의장의 말을 못 들은 체하고 이어서 말했다.

"발단은 30년 전 시민 체육 공원에서 일어난 사고입니다. 코마츠 오사무 군이라는 남자아이가 놀이기구에서 놀다가 손이 미끄러져서 사망한 불행한 사고였습니다. 시민 체육 공원은 철거됐지만, 그 공원을 건설하려고 노력을 기울인 사람은 니혼마츠 의원이라는 당시 기록이 남아 있습니다. 그리고 공원 건설을 도급받은 건 니혼마츠 의원의 친동생이 운영하는 니혼마츠 건설이었습니다."

회의장이 더 소란스러워졌다. 료는 마른침을 삼키고 시장의 목소리에 귀를 기울였다.

"카와카미 타다오라는 사람이 있습니다. 그 당시 공원을 관리하던 사람입니다. 그의 전처가 증언한 내용에 따르면 코마츠 오사무 군이 손을 놓쳐서가 아니라 놀이기구에 결함이 있어서 발생한 사고였다고 합니다."

"잠깐, 시시도 시장, 그 이상의 발언은…."

니혼마츠 의원이 벌건 얼굴로 말했지만, 시장은 개의치 않고 계속했다.

"관리인이던 카와카미 씨는 사고의 원인이 놀이기구의 결함이었음을 니혼마츠 건설의 사장, 다시 말해 의원님의 동생분께 보고했다고 합니다. 의원님의 동생분은 카와카미 씨에게 망가진 도르래를 새것으로 교체하라고 분부했습니다. 그 은폐 공작은 성공했습니다. 공원을 시공한 니혼마츠 건설과 관리하던 카부토시가 책임을 지지 않은 채로 30년이라는 세월이 흘렀습니다."

료는 옆에 있는 죠시마와 눈이 마주쳤다. 전부 료 일행이 조사한 내용이었다. 삐에로와 시시도 시장 사이에 연결고리가 있는 것일까. 시장의 발언은 계속 이어졌다.

"사망한 타누마 씨는 부동산 회사를 운영하면서 땅 투기를 하려고 최근에 카와카미 씨에게 접근했다고 합니다. 타누마 씨는 가벼운 치매 증상이 있는 카와카미 씨와 대화하다가 30년 전 사고의 진상을 알아 버렸고, 결국 입막음을 당한 것 같습니다. 그렇다면 누가 타누마 씨의 입을 막았을까요?"

방청석에 앉은 기자들이 몸을 앞으로 내밀고 시장의 이야기를 들었다. 하나같이 손에 수첩을 든 채 펜을 움직이고 있었다. 다들 표정이 진지했다.

"말도 안 되는 헛소리. 이런 건 의회가 아니야."

니혼마츠 의원이 의장을 쳐다보며 으르렁거렸다.

"의장님, 지금 당장 폐회하세요. 시시도 시장이 아무 소리나 지껄이는 겁니다. 이런 걸 용납하면 안 됩니다."

하지만 의장은 아무 말 없이 곤혹스러운 표정으로 니혼마츠 의원을 내려다보았다. 그 얼굴에 의심의 빛이 스쳤다.

"의장, 당신이 누구 덕에 의원이 됐는지 잊었어? 도무지 말이 안 통하는군. 나는 퇴정하겠네."

"도망치시는군요, 니혼마츠 의원님. 본인의 잘못을 인정하시는 겁니까?"

자리를 뜨는 니혼마츠 의원의 등에 시시도 시장의 말이 꽂혔다.

"실행범은 따로 있을 겁니다. 의원님이 직접 손을 더럽히지는 않으셨겠죠. 하지만 타누마 씨의 입을 막도록 사주한 사람은 니혼마츠 의원님이 맞을 겁니다."

···◆···

"뭐야, 이게 어떻게 된 거야?"

"추리 드라마 보는 것 같네."

비서과 직원들이 한마디씩 떠들었다. 의회가 재개되고 나서 비서과 사람들은 하나같이 진지한 얼굴로 화면에 빨려 들어갈 듯 의회 중계를 보았다. 히나코도 일이 손에 잡히지 않아서 의회 중계를 계속 지켜보았다.

"이건 모함이야. 무슨 근거로 하는 말이지? 내가 사건에 관여했다는 증거라도 있나?"

"여러 증언을 모아서 제 나름대로 추리했을 뿐입니다. 사망한 코마츠 오사무 군에게는 누나가 있었습니다. 니혼마츠 의원님도 아시죠?"

니혼마츠 의원은 대답하지 않았다. 당장이라도 자리를 뜨고 싶은 듯했지만, 이대로 떠나면 자신의 잘못을 인정하는 것이나 다름없었다.

"코마츠 에리카 씨입니다. 그분은 니혼마츠 의원님이 운영하는 아카데미 '니혼마츠 스쿨'에 들어가서 오랫동안 의원님께 가르침을 받았습니다. 왜 피해자의 누나를 돌보셨는지, 저는 거기에 의문을 품었습니다."

어젯밤, 어묵 포장마차에서도 코마츠 에리카 이야기가 나왔다. 그녀는 니혼마츠 의원의 후원을 힘입어 잘하면 시장 자리에 앉을지도 모른다.

"속죄를 위해서. 그게 첫 번째 이유였겠지만, 진실이 드러나는 것을 막겠다는 의도도 있었을 겁니다. 코마츠 에리카를 자기 사람으로 만들어서 그녀와 그 가족이 동생의 죽음에 의문을 품지 않도록 감시하신 것 아닙니까?"

"어처구니가 없군." 니혼마츠 의원이 내뱉듯 말했다. "더는 이런 헛소리를 듣고 있을 수가 없어. 자, 여러분, 일어납시다."

니혼마츠 의원이 출구로 걸어갔다. 하지만 그의 말에 찬동해서 일어나는 의원은 없었다. 장로로서 막대한 권력을 자랑하는 니혼마츠 의원에게 다른 의원들의 냉담하고 회의 어린 시선이 쏟아졌다.

"니혼마츠 의원님, 인정하시는 겁니까?"

시시도 시장이 그렇게 물었지만, 니혼마츠 의원은 회의장에서 나가 버렸다. 회의장이 고요해졌다. 시시도 시장이 의장에게 진언했다.

"니혼마츠 의원은 본인이 준비한 시정 질의를 다 한 것 같습니다. 의장님, 다음 질문으로 넘어가시죠."

좋아, 이겼다. 히나코는 책상 밑에서 주먹을 꽉 쥐었다. 잠깐 불안한 순간도 있었지만, 시시도 시장은 훌륭하게 역전승을 거두었다.

"알겠습니다. 그럼 계속해서⋯."

소란스러운 분위기 속에서 다음 의원이 일어나서 시정 질의 내용을 읽어 내려갔다. 옆에 있던 직원이 말했다.

"어떻게 되려나, 니혼마츠 의원님."

"음, 경찰이 수사에 착수할 건 확실해 보이네. 근데 니혼마츠 의원님이 체포되면 자연스레 의원 자리를 잃겠지? 그러면 또 선거야, 보궐 선거."

"하아, 지친다. 다음 달쯤에 하려나? 다음 달에 우리 애들 운동회라서 주말 일정이 꽉 찼는데."

"아, 근데 한 명만 빠지는 거면 차순위 득표자가 당선되지 않을까? 선관위에 확인해 볼까?"

벌써 선거를 이야기하는 것이 시청 직원들답다. 그나저나 엄청난 일이 일어났다. 니혼마츠 의원이 시정 질의 도중에 시장에게 사임을 요구했고, 시시도 시장은 반격하듯 타누마 살인사건에 대한 추리를 펼쳐서 니혼마츠 의원을 물리쳤다. 니혼마츠 의원에게 좋은 인상이 없는 히나코는 속으로 통쾌했다.

"자, 자, 다들 그만 떠들고 일합시다."

과장의 말에 직원들이 입을 닫고 각자 컴퓨터와 서류로 향했다. 히나코도 컴퓨터 화면 보호기를 해제하고 서무 시스템을 켰다.

의문점이 아직 하나 남았다. 시장은 무슨 목적으로 발리섬에 갔을까. 그 답은 내일 시장이 직접 해명할 것이다.

…◆…

"잘했습니다, 료 군. 오늘은 실컷 마셔요."

료는 여느 때처럼 어묵 포장마차에 왔다. 옆에는 삐에로가 있다. 조금 전에 연락을 받고 포장마차에 와 보니, 삐에로는 이미 취한 상태로 사케를 마시고 있었다.

"그런데 삐에로 씨, 진범은 아직 안 잡혔잖아요. 대체 누가 타누마 씨를 살해한 걸까요?"

타누마뿐만 아니라 무라오카도 습격을 당했다. 동일인물이 저지른 범행 같지만, 실행범이 누구인지는 아직 밝혀지지 않았다.

"글쎄요. 누구일까요. 료 군이 추리한 걸 얘기해주세요."

삐에로가 그렇게 말하자, 료는 팔짱을 꼈다.

"흐음, 니혼마츠 씨는 의원이잖아요. 그 사람을 따르는 비서였을까요? 아니, 잠깐만요. 니혼마츠 씨는 개인 아카데미를 운영했죠? 코마츠 에리카처럼 세뇌된 사람이 있을지도 몰라요."

"예리하군요. 제 추측도 그렇습니다. 료 군, 내일 바로 코마츠 에리카를 찾아가 주십시오. 니혼마츠 의원이 운영하는 아카데미의 문하생을 조사하세요. 니혼마츠 의원에게 세뇌돼서 뭐든 시키는 대로 하는 추종자가 있을지도 모릅니다. 이게 코마츠 에리카의 주소입니다. 료 군이 방문한다는 얘기는 미리 해놓겠습니다."

그렇게 말하며 삐에로가 쪽지를 건넸다. 카부토시로 시작되는 주소가 적혀 있었다. 료는 죠시마를 불러내고 싶었지만, 그와 같이 가기는 어려울 듯했다. 죠시마는 오늘 시의회에서 일어난 일을 기사로 쓰려고 회의장을 나서자마자 곧장 지국으로 갔다. 밤을 새워야 할 것 같다고 투덜거렸다.

"삐에로 씨, 사실은 긴히 논의할 게 있어요."

료는 허리를 폈다. 언제 이야기를 꺼낼지 망설이다가, 이를수록 좋겠다는 결론을 내렸다. 삐에로가 고개를 갸웃하며 말했다.

"무슨 일이죠? 료 군, 갑자기 진지하군요."

"조수를 관둬야겠어요."

삐에로가 손에 든 사케 잔을 카운터 위에 놓고 몸을 앞으로 내밀며 물었다.

"처우가 마음에 안 듭니까? 아, 벌써 일주일이 지났군요. 아르바이트비를 또 드릴 수 있습니다. 아니면 복지 차원에서 여행을 보내줬으면 하나요?"

"아니에요. 실은 응급 구조사를 목표로 하려고요."

지난 며칠간 계속 생각했다. 삐에로나 죠시마와 같이 다니는 과정에서 료는 남을 돕는 일을 하고 싶어졌다. 그리고 무라오카가 칼에 찔린 밤, 그를 운송한 구급 대원들의 기민한 움직임이 인상에 깊이 남았다. 나카지와 레이나를 만난 것도 어떤 인연이리라. 두 사람이 있는 병원에 한시바삐 환자를 실어 보내는, 그런 일을 하고 싶었다.

인터넷으로 찾아보니, 응급 구조사가 되려면 국가 자격을 따야 했다. 응급 구조사 양성소에서 2년간 공부하면 시험 자격을 얻을 수 있다. 그런데 근무처는 소방서라서 소방관 채용 시험에도 합격해야 한다. 자격을 취득하기 전에 소방대원이 되어 얼마간 업무 경험을 쌓고 국가시험을 보는 길도 있지만, 료는 내년 봄부터 응급 구조사 양성소에 다닐 계획이었다.

이미 4년 동안 부모님에게 지원을 받아 대학교에 다니지 않았던가. 양성소 입학금은 직접 벌고 싶어서 조금 더 많이 벌 수 있는 아르바이트를 찾을 생각이었다. 게다가 소방대원이 되려면 체력 시험도 봐야 해서 체력도 열심히 키워야 했다.

"사람의 목숨을 책임지는 어려운 일인 거 알아요. 하지만 결정했어요. 저는 나카지 씨처럼 머리가 좋지는 않지만, 환자를 병원으로 옮기는 건 할 수 있어요. 나카지 씨 같은 의사 선생님에게 생명의 배턴을 넘겨주는, 그런 일을 해보고 싶어요."

"진심입니까? 응급 구조사와 소방관 시험이라는 두 난관을 돌파해야 합니다. 어정쩡한 마음가짐으로는 어림도 없어요."

"네. 각오는 됐어요."

그렇게 대답했지만, 불안감이 컸다. 소방서는 서열을 중시하는 체육계인데 잘 헤쳐 나갈 수 있을지 몹시 불안했다. 하지만 자신을 바꿀 좋은 기회라는 생각이 들었다.

"알겠습니다. 료 군이 그렇게까지 말한다면 받아들이겠습니다. 내일 일이 끝나면 조수를 관둬도 됩니다. 그런데 료 군은 유도나 검도를 배워본 적이 있나요?"

"아니요. 유도는 체육 수업 때만 해봤어요."

"체력 향상을 위해서 유도와 검도를 배웁시다. 제가 번화가에 있는 도장을 소개해드리죠. 내년까지 적어도 초단을 따세요. 못 따면 시험 보는 걸 허락하지 않겠습니다. 료 군은 다시 제 조수가 되는 겁니다. 알겠습니까?"

"유도랑 검도 둘 다요?"

"글쎄요." 삐에로가 팔짱을 끼고 잠시 고민하다가 말했다. "둘 중 하나만 해도 괜찮습니다. 아무튼 료 군의 꿈을 찾아서 다행이군요. 오늘은 마십시다. 사장님, 잔 하나 주세요."

삐에로는 사장이 준 잔에 사케를 가득 따라서 료에게 건넸다. 한 모금만 마셨는데도 얼굴이 화끈거렸다.

"새로 구하지는 않으세요?"

료가 묻자, 삐에로는 고개를 갸웃하며 되물었다.

"무슨 이야기죠?"

"조수요. 새로 뽑지는 않으세요?"

"처음 만났을 때도 말했듯이 삐에로의 조수가 될 수 있는 건 선택받은 사람뿐입니다. 그저 그런 평범한 사람은 제 조수가 될 수 없습니다."

정말 그럴까. 료 말고도 젊은 남자는 얼마든지 있다. 자신이 선택받은 사람이라는 자각이 료에게는 전혀 없었다. 태어나서 그런 말을 들어 본 것도 처음이었다.

삐에로와 눈이 마주쳤다. 그가 눈을 피하자, 무언가 숨기는 게 있다는 느낌이 들어서 물었다.

"왜 저였어요? 진짜 이유를 가르쳐주세요."

"이제 슬슬 얘기해도 괜찮겠죠." 삐에로는 헛기침하고 이어서 말했다. "사실은 말입니다, 료 군. 저는 료 군의 할아버님을 압니다."

"그, 그래요?"

"네. 제가 고등학생 때였죠. 저는 서점에서 물건을 훔쳤습니다. 순간 제정신이 아니었나 봅니다. 서점 주인이 통화 중이길래 지금이라면 책을 몰래 들고 나가도 안 들키겠다는 생각이 들었습니다."

삐에로가 서점 앞에 쌓인 잡지를 들고 도망치려고 할 때였다. 잡지를 든 오른쪽 손목을 갑자기 누군가가 붙잡았다. 고개를 들어 보니 모르는 남자가 서 있었다.

"그 사람이 료 군의 할아버님이었습니다. 비번이었는지 사복 차림이었죠. 료 군의 할아버님은 제 손목을 붙잡은 채 말없이 서점 안으로 들어가더니 가게 주인에게 '이거 주세요' 하며 돈을 냈습니다. 서점을 나온 료 군의 할아버님은 말없이 자리를 떠나셨습니다."

반년쯤 지나서 등굣길에 역 근처 파출소를 지나가다가 삐에로는 우연히 료의 할아버지와 재회했다. 경찰 제복 차림인 그를 보고 삐에로는 그 자리에서 얼어붙었다.

"경찰인 줄은 상상도 못 했던지라 체포되는 것 아닌가 걱정했습니다. 할아버님도 저를 기억하시는지 눈이 마주쳤어요. 제가 그 자리에 우두커니 서 있으니 그분이 그 자리에서 저를 향해 경례했습니다."

'이제 도둑질 같은 건 하지 마. 정직하게 살아.' 그 경례에 여러 의미가 내포된 것 같아서 젊은 삐에로는 가슴이 뜨거워졌다.

"그렇게 된 겁니다. 료 군의 할아버님은 훌륭하고 다정한 경찰이 었습니다. 그래서 료 군에게 힘이 되고 싶었습니다. 료 군이 응급구조사가 되겠다는 목표를 찾아서 기쁩니다. 저는 혼자서도 잘해 나갈 수 있습니다."

삐에로는 자작으로 자기 잔에 술을 따르고 고개를 들었다.

"이 카부토시도 머지않아 경기가 회복될 겁니다. 그렇게 되면 제가 나설 일도 줄어들겠죠."

늘 그랬듯 삐에로의 발언은 이해하기 어려웠다. 카부토시의 경기가 좋아질 요소는 어디에도 없다. 지금도 이 마을에는 실업자가 넘쳐나고 료의 아버지가 운영하는 제작소에는 파리만 날린다.

"자, 마십시다. 료 군."

삐에로가 그렇게 말하며 사케를 마셨다. 화장 탓일지도 모르지만, 그 얼굴은 조금 쓸쓸해 보였다. 눈 밑에 그려진 눈물 때문에 그의 표정이 괜히 더 쓸쓸해 보였다.

… ◆ …

풋살장에 조명이 들어와 있었다. 히나코는 신발의 감촉을 확인하면서 풋살장 안을 걸었다. 코트에서 아이들의 목소리가 들려왔다. 초등학생쯤 된 남자아이들도 있었고, 사회인으로 보이는 팀은 경기를 하는 것 같았다.

"카바디 카바디 카바디 카바디…."

그 목소리는 맨 끝에 있는 코트에서 들려왔다. 소년들이 카바디를 한다. 코트 주위에는 보호자로 보이는 어른들이 있었다.

"정말 카바디를 하는구나."

옆에서 걷던 동기 츠치야 마오가 말했다. 사실 퇴근 전에 시시도 시장이 카바디를 하면서 몸을 움직여 보면 어떻냐며 오늘 밤이 풋살장에 가보라고 제안했다. 혼자 가기는 조금 불안해서 어제 아침에 만난 마오를 떠올리고 연락해 봤는데, 마오가 흔쾌히 수락했다.

"히나코 씨, 여기야, 여기. 아, 마오 씨도 왔네."

운동복을 입은 남자가 다가왔다. 동기인 타케다인데, 문화스포츠진흥과 소속이다. 이름뿐인 카바디 추진실의 구성원이기도 하다.

"저 아이들의 움직임 좀 봐. 역시 본고장 출신은 달라."

타케다의 목소리에 코트를 보니, 다섯 소년이 화려하게 춤추는 것 같은 몸놀림으로 한 소년을 구석으로 몰아넣고 있었다. 다섯 명 모두 인도인이었다. 최근에 카푸르와르시에서 온 소년파견단 아이들이다.

카바디는 7 대 7로 진행하는 스포츠다. 공격수는 레이더, 수비 측 일곱 명은 안티라고 불린다. 레이더는 '카바디 카바디'라고 거듭 외치면서 수비 측 누군가를 터치하고 자기 진영 코트로 돌아가면 점수를 얻는다. 수비 측인 안티는 태클을 걸어서 상대가 자기 진영으로 돌아가지 못하게 막는다. 공격 측 선수를 붙잡으면 수비 측이 득점한다.

'카바디 카바디'라고 거듭 외치는 것을 칸트라고 한다. 한 호흡이 이어지는 동안에만 칸트를 할 수 있다. 다시 말해 호흡이 끊기면 그걸로 공격은 종료된다.

"오늘이 마지막 밤이야." 옆에서 타케다가 설명했다. "이 카바디가 끝나면 밥 먹고 숙소로 돌아갈 거야. 소년파견단은 내일 저녁 해산식을 한 뒤에 카부토시를 떠나. 저기 봐. 다들 완전히 친해졌어."

일본인 소년 일곱 명과 인도인 소년 다섯 명이 코트에서 함께 웃었다. 아마 말은 통하지 않을 것이다. 그러고 보니 시시도 시장의 아들은 누구일까. 그렇게 생각하며 보는데, 한 소년에게 눈길이 갔다. 키가 크고 이지적인 얼굴이었다. 눈매가 시시도 시장과 비슷했다. 아무래도 저 아이 같다. 그 아이는 인도인 소년과 무어라 담소를 나누었다.

"자, 이제 팀을 짤 수 있겠다. 연습 경기를 시작해 볼까?"

타케다가 제안하자, 마오가 놀라며 말했다.

"경기를 한다고?"

"당연하지. 그러려고 온 거 아니야?"

"타케다, 너는 일하는 중이잖아. 넌 초과근무 수당 나오겠지만, 우리는 이미 퇴근했어."

"너무 빡빡하게 그러지 말고, 카바디 하자, 카바디. 둘 다 규칙은 기억하지? 자, 어서."

타케다가 주도해서 팀을 나눴다. 히나코는 시장의 아들과 같은 팀이었다. 우선은 다 같이 악수하며 결속을 다졌다. 시장의 아들은 바로 방금까지 인도인 소년들과 즐겁게 담소를 나눴으면서, 히나코의 손을 잡을 때는 "잘 부탁드려요"라고 무뚝뚝하게 말했다. 시장을 꼭 닮았다.

처음에 히나코의 팀이 공격, 다시 말해 레이더가 되었고, 첫 레이더로 히나코가 뽑혔다. 히나코는 숨을 크게 들이마시고 외쳤다.

"카바디 카바디 카바디 카바디 카바디…."

아이들의 몸놀림은 날랬다. 히나코는 마오의 어깨를 터치하고 곧장 자기 진영으로 돌아가려고 했다. 그러나 인도인 소년에게 발목을 붙잡혀 쓰러지고 말았다. 상대 팀의 환성이 들렸다. 놀이인 것을 알면서도 조금 분했다.

그러고 보니, 하며 히나코는 떠올렸다. 어제 역에서 마중한 인도인 손님은 어떻게 됐을까.

···◆···

이튿날 아침, 료는 코마츠 에리카의 집으로 향했다. 삐에로가 준 종이에 적힌 주소는 료의 집에서 자전거로 15분 거리에 있는 주택가였다. 서양식 독챗집 앞에 서서 초인종을 눌렀다. 오전 여덟 시 반을 지난 시간이었다.

잠시 기다리자, 문이 열렸다. 갸름하게 생긴 여자가 얼굴을 내밀었다. 아침 일찍부터 바지 정장 차림이었지만, 표정이 지쳐 보였다. 료는 허리를 펴고 고개를 숙였다.

"코마츠 에리카 씨 댁이죠? 저는 타치바나 료라고 합니다. 실은…."

"얘기 들었어. 그런데 나는 할 얘기 없어. 돌아가."

코마츠 에리카는 냉담하게 말하며 문을 닫았다. 삐에로에게 이야기를 들은 모양이지만, 이야기할 마음이 없다니 어찌할 도리가 없다. 그런데 이대로 물러나도 될까.

료는 망설이면서 현관문 앞에 서 있었다. 삐에로에게 뭐라고 메시지를 보낼지 고민하는데, 문이 다시 열렸다. 조금 전 그 여자가 날카로운 눈빛으로 서 있었다.

"언제까지 거기 있을 셈이야?"

"으음…."

"확실히 해."

"얘기를 듣기 전까지 안 돌아갈 거예요."

료가 그렇게 말하자, 여자는 무언가를 가늠하듯 료의 전신을 훑어본 뒤, 문을 활짝 열고 짧게 말했다.

"들어와."

"감사합니다."

여자는 복도 너머로 사라졌다. 료는 "실례합니다" 하며 신발을 벗었다.

복도 안쪽으로 들어가자, 넓은 거실이 나왔다. 방금 그 여자가 소파에 앉아 있었다. 깔끔하게 정리된 방이었지만, 손님맞이용 테이블 위는 엉망진창이었다. 빈 와인 병과 피자 상자가 널브러져 있었다.

"미안하지만 술이 덜 깼어. 앉아."

"실례하겠습니다."

료는 소파에 앉았다. 코마츠 에리카는 관자놀이를 손가락으로 누르며 료에게 말했다.

"당신, 시청 직원은 아닌 것 같은데, 시시도 시장의 심부름꾼이지?"

어제 일로 보아 삐에로와 시시도 시장 사이에는 강한 연결고리가 있는 것 같았다. 삐에로가 시장을 통해서 약속을 잡았을지도 모른다. 료는 말을 맞췄다.

"뭐, 그런 셈이죠."

"흐음, 그래. 어제 충격적인 일이 있어서 홧김에 술을 퍼마셨어. 나답지 않게 참⋯."

그 마음은 이해한다. 오랫동안 은인으로 여겨 온 사람이 알고 보니 동생의 죽음에 얽힌 진실을 은폐한 장본인이었다.

"저도 어제 방청석에 있었어요. 심정이 어떠실지 알아요."

"위로는 필요 없어."

"죄송합니다."

료는 사과했다. 코마츠 에리카는 심기가 불편해 보였고, 애초에 료가 어려워 하는 유형의 여자였다. 초등학교에서 직접 손을 들고 반장 선거에 나가는 여학생 같은 느낌이었다.

"나한테 물어볼 게 뭐야?"

"코마츠 에리카 씨가 다니던 '니혼마츠 스쿨'이요. 그게 어떤 아카데미였죠? 저는 잘 몰라서요."

"그런 건 직접 찾아보면 되잖아."

"죄송해요."

"자꾸 사과하지 마. 입버릇 돼."

"죄송…, 아, 알겠어요."

료가 고쳐 말하자, 코마츠 에리카의 입가에 미소가 번졌다. 그녀는 어깨를 으쓱하고 이야기를 시작했다.

"평범한 아카데미야. 대상은 초등학교 고학년부터 고등학생까지. 소수 정예로 운영되는 게 특징이야. 한 학년에 두세 명만 받아서 원생이 항상 열몇 명뿐이야. 상급생이 하급생을 도와주거나 다 같이 캠핑하러 다녀서 원생끼리 결속이 강해. 아카데미를 졸업한 뒤에도 계속 연락하는 사람이 많아."

전해 들은 바에 따르면 코마츠 에리카는 엘리트라 가까이하기 힘든 이미지였다. 실제로도 그런 사람 같았지만, 눈앞에 있는 그녀에게서는 강인함과 동시에 연약함이 느껴졌다. 어제 일에 영향을 받아서일까.

"나도 그랬어. 취업 같은 인생의 전환점이 오면 항상 선생님이나 아카데미 선배에게 상담했어. 다른 원생들도 그랬을 거야."

니혼마츠 의원은 민감한 10대 시절의 코마츠 에리카에게 가장 강한 영향을 미친 인물이었다.

"니혼마츠 의원님을 증오하시나요?"

말을 마치고서야 실수했다는 생각이 들었다. 코마츠 에리카의 눈빛이 변했다. 날카로운 눈빛으로 료를 노려보며 내뱉듯 말했다.

"당연히 증오하지. 차기 시장이니 뭐니 허울 좋은 소리로 비행기 태워 놓고 내 동생의 죽음을 몇십 년이나 은폐해온 장본인이니까. 그 사람은 내 능력을 높이 산 게 아니었어. 내 동생이 죽은 진짜 이유를 감추려고 나를 옆에 뒀을 뿐이야. 정말 뻔뻔한 인간이야."

신뢰해온 만큼 배신당했을 때 느낀 반감도 큰 것일까. 코마츠 에리카는 이어서 말했다.

"'차기 시장감은 자네밖에 없다'고 하더니, 개뿔. 치켜세워준다고 속없이 우쭐해진 내 잘못도 있지만, 사람 바보 만드는 데에도 정도가 있지. 지금까지 쌓아 온 모든 게 다 물거품이 됐어."

"그렇게 시장이 되고 싶어요?"

"뭐?"

"저는 시장 같은 건 절대 안 되고 싶어요." 솔직한 마음이었다. 료는 누가 시켜 준다 해도 시장이 되지 않을 것이다. "힘들 것 같고, 책임도 클 테고, 무엇보다 바쁠 것 같아요. 그런데 코마츠 에리카 씨는 시장이 되고 싶은 거죠? 왜 시장이 되고 싶어요?"

코마츠 에리카는 입을 다물었다. 한동안 벽을 노려보던 코마츠 에리카는 잠시 후 일어나서 부엌 쪽으로 갔다. 료는 어떻게 해야 할지 몰라서 그 자리에 그저 앉아 있었다.

"미안해. 차도 안 내왔네."

코마츠 에리카가 쟁반을 들고 돌아와서 컵을 테이블 위에 놓았다. 와인 병이 흩어져 있어서 컵을 테이블 귀퉁이에 놓을 수밖에 없었다. 홍차인 듯했다.

"난 3년 전에 이혼했어." 코마츠 에리카는 컵을 양손으로 감싸 쥐며 말했다. "아이를 원했는데 잘 안 됐어. 결국 남편은 딴 여자랑 바람나서 애를 가졌어. 그래서 헤어져 줬어. 혼자가 돼서 이런저런 생각이 많던 시기에 길거리에서 선거 연설을 들었어. 시시도 시장의 연설이었어. 당시에는 후보였지. 그 사람이 말하는 육아와 복지 공약이 어찌나 훌륭하던지, 그 공약이 전부 실현되면 카부토시는 정말 살기 좋은 곳이 되겠구나 싶었어. 내가 정치에 관심을 갖게 된 건 시시도 시장의 연설 때문이었어."

어제 처음 만나 본 시장은 소문대로 수완가 같은 인상이었다. 배 짱도 두둑하고 말도 잘한다. 유능한 시장이라는 느낌이었다.

"나는 니혼마츠 선생님께 배웠지만, 사실 내 동경의 대상은 시시도 시장이었어. 내가 이상적으로 생각하는 정치인의 모습을 그 사람이 그대로 구현해냈다고 해도 과언이 아니야. 그래서 그 사람의 정책과 언행을 일일이 확인하고, 나였으면 이렇게 했을 텐데, 이런 식으로 말하면 더 전달력이 있었을 텐데, 하면서 이런저런 생각을 했어. 어느샌가 시시도 시장을 뛰어넘는 게 내 목표가 됐어. 뛰어넘는다는 건 시장 선거에서 그 사람을 이긴다는 거야. 그래서 길거리에서 반(反) 시시도를 외쳤어. 니혼마츠 진영에 있는 것도 나한테는 좋은 조건이었어. 그런데 이제는 모르겠다. 어떻게 되려나."

코마츠 에리카는 진심을 이야기하고 있었다. 숙취로 지쳐 보이던 얼굴도 이제 조금씩 혈색이 돌아왔다.

"포기하시는 거예요?"

"뭐?"

"아까워요. 저는 죽었다 깨어나도 시장은 못 될 텐데, 코마츠 에리카 씨는 가능성이 있잖아요. 그럼 포기하지 말아야죠. 저는 기껏해야 대학교 4학년이고 지원한 회사에서도 다 떨어졌지만, 최근에 드디어 하고 싶은 일을 찾았어요."

"나한테 설교하는 거야?"

"고향을 사랑하는 자는 스스로 자기 자신을 돕는다. 제가 아는 사람의 말이에요. 시장이 되고 싶다는 건 이 마을을 사랑한다는 뜻이라고 생각해요. 그러니까 절대 포기하면 안 돼요."

코마츠 에리카가 웃음을 터뜨렸다. 그 웃음소리가 점점 커지더니, 코마츠 에리카는 이내 배를 부여잡고 웃었다. 한바탕 웃고 나서 눈꼬리에 맺힌 눈물을 닦으며 그녀가 말했다.

"왜 내가 너처럼 어린애한테 설교를 들어야 돼? 정말 웃겨. 이해가 안 되네."

"죄송해요."

"뭐, 됐어. 웃으니까 기분이 좀 나아졌어. 고마워. 아무튼 뭐 때문에 왔다고?"

"그게…." 료는 자신이 니혼마츠 의원의 개인 아카데미를 조사하러 왔다는 사실을 떠올렸다. "음, '니혼마츠 스쿨'은 요즘도 졸업생끼리 교류하죠? 모임 같은 게 있어요?"

"졸업생들은 대부분 수도권에서 지내지만, 카부토시로 돌아온 사람도 있어. 가끔 그런 사람들끼리 모여서 공부 모임을 해."

코마츠 에리카가 손을 뻗어 소파에 놓인 노트북을 집었다. 노트북으로 무언가를 여나 싶더니 료에게 보여주며 말했다.

"이게 공부 모임 때 찍은 사진이야. 작년이었나?"

그녀는 노트북을 료 쪽으로 돌려서 테이블에 놓았다. 료는 "잠시 보겠습니다"라고 양해를 구하고 몸을 앞으로 내밀며 노트북 화면을 보았다.

음식점 룸에서 찍은 단체 사진이었다. 연령 폭이 넓은 남녀 스무 명 정도가 카메라 렌즈를 보고 있었다. 코마츠 에리카도 있었고, 취했는지 뺨이 조금 붉었다. 료는 남녀의 얼굴을 확인하다가 한 사람의 얼굴에 시선이 붙박였다.

···◆···

"실례합니다."

히나코가 문을 열어보니, 마침 시장이 책상에서 일어나던 참이었다. 시간은 오전 여덟 시 오십 분이었다.

"이동하실 시간입니다, 시장님."

"알겠습니다. 가시죠."

시시도 시장이 시장실에서 나왔다. 시시도 시장과 나란히 복도를 걸었다. 시장의 손에는 원고가 없었다. 자신의 말로 설명할 모양이다.

시시도 시장은 엘리베이터를 그냥 지나치고 계단을 내려갔다. 아주 급할 때가 아니면 시장은 엘리베이터를 타지 않는다. 계단을 내려가면서 시장이 말했다.

"히나코 씨, 지난주에 저한테 한 질문 기억하십니까?"

"아, 네. 기억합니다."

공용차로 바래다주는 길에 히나코는 시시도 시장에게 왜 시장이 됐냐고 물었다. 그런데 차가 시장의 집 앞에 도착하는 바람에 질문의 답을 듣지 못했다.

"이제 제가 시장이 된 이유를 알게 될 겁니다."

"무슨 말씀이세요?"

"저는 카부토시를 곤경에서 구하려고 시장이 됐습니다."

그 말은 이상하다. 2년 전, 시시도 시장이 시장에 당선됐을 때 카부토시는 불황이 아니었다. 시시도 시정이 시작되고 두 달 후에 스탠더드 제약이 매각된다는 발표가 나왔고, 카부토시에서 공장이 철수된다는 이야기도 전해졌다.

"저는 도쿄에 있는 증권사에서 일하다가 마흔 살에 저희 조모님을 간호하려고 고향인 카부토시로 돌아왔습니다. 도쿄에 살면서도 늘 카부토시를 생각했습니다. 마음속 어딘가에 항상 카부토시가 있었습니다. 그리고 이곳에 돌아와서 비로소 카부토시를 진지하게 생각하게 됐습니다."

그건 히나코도 안다. 시시도 시장은 조모를 돌보다가 행정에 모순이 있음을 깨닫고 시의회 의원에 입후보했다.

"조모님을 모시다가 문득 바람직한 돌봄 제도가 뭘까 하는 의문이 들었습니다. 시장에게 직접 듣고 싶어서 시청을 찾아갔지만, 안내 데스크에서 거부당했습니다. 미리 약속을 잡지 않은 손님은 시장님을 만날 수 없다고 하더군요. 이런저런 행정의 모순을 생각하다 보니 시의회 의원이 돼야겠다는 결심이 섰습니다."

시시도 시장이 내건 '열린 시정, 만나러 갈 수 있는 시장'이라는 공약은 예전에 시장에게 면담을 거부당한 경험으로 만들어진 셈이다.

"도쿄에서 가깝게 지내던 친구들과 요즘도 정보 교환을 합니다. 덕분에 저는 스탠더드 제약이 카부토시에서 철수한다는 소문을 일찌감치 들었습니다. 그 당시에 시의회 의원이었는데, 스탠더드 제약이 정말로 철수하면 카부토시는 엄청난 타격을 입을 게 뻔했습니다."

"그랬군요."

"네. 하지만 시의회 의원이라는 위치에서는 아무것도 할 수 없었습니다. 시장과 시의회 의원 사이에는 엄청난 차이가 있거든요. 뭔지 알겠습니까?"

히나코는 고민하다가 떠오른 생각을 입 밖에 냈다.

"시장은 무언가를 결정할 수 있죠."

"맞습니다." 시시도 시장은 만족스럽게 고개를 끄덕였다. "결정권입니다. 시의회 의원은 시정에 관여할 수는 있어도 최종 결정권은 없습니다. 결정권을 쥔 사람은 시장입니다. 저는 틀림없이 찾아올 불황을 극복하기 위해서 결정권을 손에 쥐어야 했습니다."

1층에 도착하자, 시장이 갑자기 걸음을 멈췄다. 그 시선이 벽에 걸린 그림 열두 장에 쏠렸다. 아이들이 그린 그림이었다. 카니사와 지구에 캠핑하러 간 일본인과 인도인 소년 총 열두 명이 저마다 추억을 그림으로 그렸다.

방갈로 안에서 삼각김밥을 먹는 그림. 다 같이 카바디를 하는 그림. 모든 그림에 똑같이 화려한 옷을 입은 남자가 그려져 있었다. 삐에로였다.

"예전에 카부토시에는 진짜 삐에로가 있었습니다."

시시도 시장이 그림을 바라보며 이야기했다. 히나코는 손목시계로 살짝 시선을 떨어뜨렸다가 시장보다 한 걸음 뒤에 서서 그 이야기를 경청했다.

"역 앞이나 상점가에서 공연을 펼치는 삐에로였습니다. 그 삐에로에게는 아들이 한 명 있었습니다. 초등학생 남자아이였죠. 그 아이는 아버지가 삐에로라는 이유로 학교 아이들에게 놀림을 받고 주눅이 들었습니다. 그러던 어느 날 삐에로는 갑자기 마을에서 모습을 감췄고, 소년은 삐에로의 형인 큰아버지의 집에서 지내게 됐습니다."

시시도 시장이 거기까지 이야기하다가 문득 입가에 미소를 그리며 말했다.

"이 그림을 보니까 떠올랐습니다. 싱거운 얘기를 해버렸네요."

전에 포장마차에서 잠깐 언급된 삐에로와 관련이 있는 것일까. 이것저것 묻고 싶었지만, 이제 시간이 없었다. 히나코는 한 가지만 물어보았다.

"모습을 감춘 삐에로는 지금 어디에 있나요?"

"지금으로부터 20년 전, 그의 아들이 고베시에서 기별을 받았습니다. 한신 아와지 대지진으로 사망한 신원 미상자 한 명이 아무래도 그 삐에로인 것 같다고요. 아들과 함께 찍은 사진이 시신 옆에 떨어져 있었다고 합니다."

시시도 시장은 벽에 걸린 그림에서 눈을 떼고 평소처럼 의연한 표정을 되찾으며 말했다.

"자, 가죠."

"네, 시장님."

히나코는 시장을 따라 걸음을 옮겼다.

시시도 시장은 유유히 걸었다. 긴장이나 불안이 느껴지지 않는 걸음걸이였다. 히나코는 뒤따라 시민 홀에 들어갔다.

시민 홀은 많은 사람으로 넘쳐났다. 시시도 시장이 모습을 드러 내자, 희미하게 웅성거리는 소리가 울렸다. 시장은 정면에 있는 단 옆에 멈춰 섰다.

맨 앞줄에는 언론사 사람들이 있었다. 의원들도 모여 있었다. 시 직원들도 일을 중단하고 구경하러 왔고, 일반 시민도 많이 보였다. 이 시민 홀은 천장이 탁 트인 1층에 만들어진 다목적 홀이라서 카부토시의 초등학생이 그린 선거 의식 개선 포스터나 교통사고 방지 포스터가 전시될 때도 있었다. 예약하면 일반 시민도 빌릴 수 있어서 그림이나 서예 전시회도 열린다.

"시장님, 이제 시작해 주십시오."

비서과장이 다가와서 시시도 시장에게 귓속말했다. 시장은 고개 를 끄덕이고 단상을 향해 걸어갔다. 단에 오른 시장은 시민 홀에 모인 사람들의 얼굴을 죽 둘러본 뒤, 설치된 스탠드 마이크에 대고 이야기했다.

"여러분, 오늘 이렇게 모여주셔서 진심으로 감사드립니다. 시장 시시도입니다. 지난주에 보도되었듯이 제가 공금으로 발리섬에 간 이유를 지금부터 설명하겠습니다."

플래시가 일제히 터졌다. 기자들 사이에 죠시마도 보였다. 죠시 마는 카메라를 들고 있었다.

"2년 전 스탠더드 제약이 철수한 뒤로 우리 카부토시는 전례 없는 불황에 빠졌습니다. 상공부에서는 기업을 유치하려고 애썼지만, 그 광대한 토지에 들어올 기업이 도무지 보이지 않아서 저는 해외로 눈을 돌렸습니다. 전임 시장님이 계실 때 인도 카푸르와르시와 자매 결연을 맺은 건 다들 아실 겁니다. 카바디는 그다지 보급되지 못했지만, 저는 그걸 이용할 수 있지 않을까 생각했습니다."

카바디라는 단어가 나오자, 그 자리에 있던 사람들이 웃음을 흘렸다. 인도와 발리섬이 무슨 관련이 있다는 말인가.

"여기서 여러분께 소개해 드릴 분이 있습니다. 앞으로 나오시죠."

시장이 그렇게 말하자, 맨 앞줄에 있는 기자들 사이에서 한 남자가 모습을 드러냈다. 히나코는 그 모습을 보고 놀랐다. 그저께 밤, 역에서 료칸까지 안내한 인도인이었다. 오늘도 목에 일안 반사식 카메라를 걸고 있었다.

인도인은 시장 옆에 나란히 서서 양손을 가슴 앞에 모으고 정중하게 고개를 숙였다. 시장이 이야기를 시작했다.

"이분은 샤칼 부티아 씨입니다. 현재 우리 카부토시를 방문한 카푸르와르시 소년파견단의 리더 아잔다 군의 아버지입니다. 부티아 씨는 인도에서 화학 제품 제조업체를 운영하는데 주로 화학 비료나 가정용 세제를 만드십니다. 근로자 수는 총 2만 명이고, 인도 국내에서 점유율 2위인 대기업입니다."

도무지 대기업 사장 같지 않았다. 지금도 부티아 씨는 호기심 어린 표정으로 시청 안을 둘러보고 있었다.

"부티아 씨의 공장을 일본에 유치하고자 약 1년 전부터 독자적으로 협상해 왔습니다. 부티아 씨도 일본의 기술력에 관심이 있으셔서 협상이 순조로웠습니다. 반년 전, 발리섬에서 바캉스 중인 부티아 씨를 제가 찾아가서 처음으로 얼굴을 뵀습니다."

목소리를 내는 사람이 아무도 없었다. 여기 모인 사람들의 관심은 이제 시장의 공금 여행 문제가 아닌 다른 곳에 있었다. 스탠더드 제약 공장이 철수하고 남은 땅이 어떻게 될지였다. 시장이 말을 이었다.

"그저께 카부토시에 오신 부티아 씨는 어제 스탠더드 제약이 있던 터를 둘러보고 카부토시에 진출하기로 마음을 굳히셨습니다. 아직 계획 단계지만, 근로자 이천 명 중에 10퍼센트는 인도인을 채용하고, 나머지 천팔백 명은 현지에서, 다시 말해 카부토시 시민을 채용할 예정이라고 합니다."

모인 시민들이 술렁거렸다. 근로자 이천 명이면 상당한 규모다. 카부토시에 미칠 영향력을 다 헤아릴 수가 없다.

"주로 인도에서 판매될 비료, 약품, 세제 등을 제조하겠지만, 부티아 씨는 언젠가 일본 시장에도 진출하실 생각이라고 합니다. 인도의 인구는 13억 명입니다. 카부토시에서 만들어진 제품이 인도 국내에서 유통되는 겁니다. 거기에 일본의 기술력까지 더해진다면 품질도 지금보다 향상될 겁니다."

다들 진지한 표정으로 카부토 시장의 말에 귀를 기울였다. 옆에서 남자 직원들이 대화하는 소리가 들렸다.

"저 말이 사실이면 보통 일이 아닌데."

"거짓말은 아니겠지. 이건 엄청난 사건이야."

카부토 시민들은 모두 그 넓은 땅에 들어올 기업은 없을 것이라고 생각했다. 시 직원들마저 대부분 그렇게 생각했을 것이다. 그 터를 제대로 활용할 수만 있다면, 해외 기업도 대환영이다.

"부티아 씨는 다음 주까지 일본에 머무르실 계획이라서 차차 더 구체적으로 협의할 겁니다. 이제 부티아 씨는 시내에 있는 중소기업을 탐방하셔야 해서 이만 보내드리겠습니다. 부티아 씨, 감사합니다."

시장이 그렇게 말하자, 부티아 씨는 양손을 가슴 앞에 모으고 인사한 뒤 단상에서 내려갔다. 상공부 직원이 그와 함께 시민 홀을 빠져나갔다. 인도 기업이 카부토시에 진출한다니, 소문도 듣지 못했다. 아마 상공부 직원들도 이 회견 직전에 알았을 것이다.

"실제로 공장이 가동되는 건 일러도 내년 여름쯤일 겁니다. 시민 여러분, 그리고 시의 직원 여러분, 조금만 더 견뎌주십시오. 우리 카부토시의 미래는 밝습니다. 저는 그렇게 믿어 의심치 않습니다."

여기저기서 박수가 나왔다. 히나코도 박수를 쳤다. 그 소리가 서서히 커지더니 시민 홀 전체가 시시도 시장을 향한 박수로 가득 찼다.

그때 한 남자가 앞으로 나와서 시시도 시장 앞에 섰다.

····◆····

료가 카부토 시청 시민 홀에 도착했을 때, 어째서인지 홀에 박수 소리가 가득했다. 시시도 시장이 단상에 서 있었고, 그 주위를 시민과 공무원이 에워싸고 있었다.

큰일이다. 이대로면 분명….

시장 앞에 죠시마가 서 있었다. 그렇다. 코마츠 에리카가 보여준 사진 속에는 죠시마도 있었다. 단체 사진 구석에서 죠시마가 어색한 미소를 짓고 있었다. 다시 말해 죠시마도 니혼마츠 의원의 제자였다는 뜻이다.

불안이 가슴을 스쳤다. 죠시마는 무슨 짓을 하려는 것일까. 등 밖에 보이지 않았지만, 시장에게 질문하는 기자 같은 분위기는 아니었다.

"역시."

그 목소리가 뒤에서 불쑥 들렸다. 뒤돌아보니, 거기에 삐에로가 서 있었다.

"삐에로 씨, 어떻게 여기에…."

"불길한 예감이 들었습니다. 죠시마 군이 '니혼마츠 스쿨'의 문하생이었다는 건 알고 있었습니다. 저는 두 사람의 관계가 완전히 끊어진 줄 알았는데, 죠시마 군의 내면에는 아직 충성심이 남아 있었나 봅니다."

"설마 죠시마 씨가, 타누마 씨와 무라오카 씨를…."

"아마도요. 니혼마츠 의원이 명령했겠죠. 저도 원래는 죠시마 군이 절대 그랬을 리 없다고 생각하다가, 어제 갑자기 불안해져서 료 군에게 조사를 의뢰한 겁니다. 그 불안이 적중했을 줄이야…. 갑시다."

삐에로가 그렇게 말하며 앞에 있는 인파를 헤치고 나아갔다. 까치발을 들어 시장 쪽을 보니, 죠시마가 오른손에 칼 같은 것을 손에 쥐고 있었다. 비명이 들렸고, 홀은 혼란에 휩싸였다. 료는 허둥지둥 삐에로의 뒤를 쫓았다.

"비켜주세요."

삐에로는 맹렬히 앞으로 나아갔다. 수상한 차림의 남자가 갑자기 나타나서 당황한 사람도 많았지만, 다들 삐에로의 기세에 눌려 길을 터 주었다. 마침내 삐에로가 맨 앞으로 나갔다. 시시도 시장이 선 강단까지 약 5미터 거리였지만, 그 중간쯤에 죠시마가 서 있었다.

"그만해요, 죠시마 군. 칼 버려요!"

삐에로가 외치자, 죠시마가 뒤돌아보았다. 그 눈은 충혈되어 있었다. 눈물을 흘리는 것 같기도 했다.

"죠시마 군, 더는 죄를 키우지 마세요. 내 탓입니다. 내가 죠시마 군을 조금 더 이해해 줬어야 했어요. 미안합니다, 죠시마 군."

"오지 마. 오지 말라고!"

죠시마가 칼을 한 손에 쥐고 소리쳤다. 죠시마의 시선이 이쪽을 향했다. 도망치려면 지금이다. 하지만 시시도 시장은 단상에 얼어붙어 있었다. 도망치고 싶어도 등 뒤에는 벽이 있었다. 료는 자기도 모르게 죠시마에게 물었다. 묻지 않을 수가 없었다.

"왜죠, 죠시마 씨? 왜 타누마 씨를 죽이고 무라오카 씨까지 해쳤어요? 저랑 계속 같이 수사했잖아요. 그건 뭐였어요?!"

"나도 죽이고 싶어서 죽인 게 아니야." 죠시마가 말했다. 그 시선은 이쪽을 향했지만, 어쩐지 눈이 공허했다. "그 사람이 하는 말은 절대적이야. 거스를 수가 없어. 그래서 메시지가 오면 그대로 실행해야 해."

다시 말해 니혼마츠 의원에게 메시지로 지시를 받은 죠시마는 그 지령을 충실히 수행했을 뿐이라는 뜻이었다. 그렇다면 지금 죠시마에게 떨어진 명령은 무엇일까. 아마 시시도 시장을 없애라는 내용이었을 것이다.

료는 지난 며칠 동안 죠시마와 함께 다녔다. 배신당한 느낌도 있었지만, 그보다는 슬픔이 컸다. 니혼마츠 의원을 향한 충성심과 삐에로를 향한 존경심. 그 둘 사이에서 죠시마는 계속 괴롭지 않았을까. 자신이 저지른 잘못을 속죄하기 위해서 자신의 범행을 료와 함께 파헤친 것이 아닐까. 누군가에게 들켜서 빨리 편해지고 싶다고, 죠시마는 계속 그렇게 생각했을지도 모른다. 그게 아니면 료와 함께 타누마 살인사건을 수사한 이유가 설명되지 않는다. 자신이 저지른 범행을 직접 수사했다. 모순된 죠시마의 행동 뒤에 그의 깊은 어둠이 있지 않았을까.

"이제 괜찮아요, 죠시마 군. 이제 손을 더럽히지 않아도 됩니다. 자, 칼을 버려요. 죠시마 군을 옥죄는 니혼마츠 의원의 속박을 간

파하지 못한 건 제 책임입니다. 저랑 같이 경찰서에 갑시다."

삐에로는 자신과 함께 다니는 과정에서 죠시마가 세뇌에서 벗어났다고 생각했다. 하지만 안이한 추측이었다. 죠시마가 칼을 손에 쥔 채 고개를 옆으로 흔들었다.

"안 돼. 그 사람의 마지막 부탁이야. 나는 그 부탁을 들어줘야 해."

"마지막 부탁? 무슨 뜻이죠?"

"그 사람은 떠났어. 이제 이 세상에 없어."

료는 경악했다. 자신의 잘못이 세상에 드러나자 스스로 목숨을 끊었다는 말인가. 그리고 시장을 길동무로 삼으려고 죽기 직전에 제자인 죠시마에게 메시지를 보냈다는 뜻인가.

이미 주위에는 아무도 없었다. 사람들은 멀리서 시장과 죠시마, 삐에로와 료 네 사람을 지켜보았다. 경비원이 보였지만, 어떻게 해야 할지 몰라 멀거니 서 있을 뿐이었다. 경찰은 아직이다.

"죠시마 군, 그만해요."

삐에로가 그렇게 외쳤을 때, 죠시마가 움직였다. 포효하듯 소리를 지르며 시시도 시장을 향해 돌진했다. 료는 다리가 굳어서 그 자리에 꼼짝없이 서 있었다.

시시도 시장은 단상에서 눈이 휘둥그레진 채, 달려오는 죠시마를 보았다. 하얀 형체가 시시도 시장 앞을 막아섰다. 삐에로였다.

순식간에 일어난 일이었다. 죠시마와 삐에로가 뒤엉켰다. 삐에로가 나동그라져 바닥에 쓰러졌다.

죠시마는 칼을 손에 든 채 그 자리에 얼어붙었다. 삐에로가 입은 하얀 의상 배 쪽이 새빨갛게 물들어 갔다. 칼에 찔린 모양이다.

료는 죠시마를 향해 돌진했다. 칼을 든 죠시마의 팔을 양손으로 붙잡고 그대로 모든 체중을 실었다. 저항할 생각이 없는지 죠시마는 그대로 바닥에 쓰러졌고, 료는 그 위를 덮쳤다. 칼이 건조한 소리를 울리며 바닥에 떨어졌다.

"왜, 왜…."

그렇게 중얼거리는 목소리가 들렸다. 고개를 들어보니, 시시도 시장이 강단에서 내려와 비틀거리며 삐에로의 곁으로 향했다. 시장은 무릎을 꿇고 삐에로의 얼굴을 들여다보며 말했다.

"이런 짓을…."

시시도 시장은 오른손을 삐에로의 뺨에 댔다. 그제야 달려온 경비원에게 료는 날카롭게 소리쳤다.

"어서요. 어서 구급차를 부르세요. 빨리요."

시시도 시장은 삐에로의 얼굴을 보고 떨리는 목소리로 말했다.

"당신, 왜…."

삐에로가 눈을 가늘게 뜨고 숨이 넘어갈 듯한 목소리로 말했다.

"사랑해."

그 말을 듣고 료는 모든 것을 깨달았다. 삐에로는 시장을 뒤에서 지지하려고 삐에로가 되었다.

시시도 시장은 눈물을 흘렸다. 시시도 린코. 그녀의 눈물이 삐에로의 오른쪽 눈 밑 눈물 마크에 정확히 떨어지자, 물감이 살짝 번졌다.

모든 것은 사랑하는 가족을 위해서다. 그 말에 거짓은 없었다. 그는 몸을 던져 아내를 구했다.

"이, 이제 말하지 마. 말하지 않아도 아니까." 그녀가 말했다.

그 말을 들은 삐에로는 눈을 감았다. 그 얼굴은 안심한 갓난아기처럼 평온해 보였다.

…◆…

"시시도 군, 이제 집에 가는 게 낫지 않겠어? 야근 신청서 안 냈잖아."

히나코 선배의 목소리에 시시도 코우키는 고개를 들었다. 오후 여섯 시가 넘었다. 국민건강보험연금과에는 아직 직원 몇 명이 남아서 각자 일을 했다.

"알겠습니다. 퇴근할게요."

"그렇게 해. 그럼 내일 보자."

"수고하셨습니다."

히나코 선배가 일어나서 국민건강보험연금과 부스에서 나갔다. 히나코 선배는 같은 팀에 소속된 자상한 상사다. 마흔을 넘었을 텐데 서른 살이라고 해도 믿을 만큼 젊고 아름답다. 국민건강보험연금과에 들어오기 전에는 비서과에서 오랫동안 어머니를 보좌했다고 한다.

코우키는 컴퓨터 전원을 끄고 일어나서 야근하는 사람들에게 "먼저 가보겠습니다"라고 인사한 뒤 자리를 떴다. 청사 밖으로 나가서 직원 전용 이륜차 주차장으로 향했다. 주차해 둔 소형 오토바이에 앉아서 시동을 켰다.

코우키가 카부토 시청에서 근무한 지 1년이 됐다. 눈 깜짝할 사이에 지나간 1년이었다. 처음에는 일이 마음처럼 되지 않았지만, 요즘은 드디어 직장에 보탬이 되는 느낌이었다. 그 유명한 시시도 전 시장의 아들이라고 색안경을 끼고 보는 사람도 적지 않았지만, 어머니는 어머니고, 나는 나라고 결론지은 지금은 당장 눈앞에 있는 일에만 힘을 쏟는다.

어머니 시시도 린코는 카부토시의 시장을 두 번에 걸쳐 8년간 연임했다. 코우키가 초등학교 4학년 때부터 고등학교 2학년 때까지였다. 어머니가 시장이라는 사실은 사춘기인 코우키에게 많은 영향을 미쳤다. 학교에 가도 시장의 아들이라는 이유로 반 친구들의 태도가 어쩐지 서먹서먹했다. 이제 와서 생각해 보면 그냥 피해 의식이었던 것 같지만, 당시에는 어머니가 시장인 것이 무척이나 싫었다.

고등학교 2학년 때였다. 코우키는 고등학교를 그만두고 영국에서 유학하기로 결심했다. 부모님에게 상담해 보니, 어머니는 극구 반대했지만 아버지 코조는 찬성해서 영국 런던으로 유학을 떠날 수 있었다. 마침 친구인 아잔다도 영국에서 유학 중이라 그와 같은 고등학교에 다녔다. 아잔다의 아버지는 카부토시에 진출한 인도 기업 '카푸르'의 사장으로, 예전에는 인도 내수용 제품을 카부토시에서 제조하다가 3년 전 일본 시장에 진출했다. '카푸르'와 맺은 제휴는 지방자치단체의 기업 유치 시범 사례로 전국에서도 유명했다.

코우키는 런던에 있는 대학교에 진학해서 경영학을 공부했다. 졸업 후 진로를 고민하던 차에 아버지 코조가 쓰러졌다는 소식을 듣고 귀국했다. 가벼운 협심증 발작이라 목숨에 지장은 없다고 했지만, 그 일을 계기로 졸업 후에는 카부토시로 돌아오겠다고 결심했다. 어머니는 이미 시장직을 내려놓고 집에서 유유자적하게 지내고 있었다.

시즈오카현 직원 채용 시험에도 붙었고, 아잔다의 추천으로 '카푸르'의 카부토 공장에서 일할 수도 있었지만, 코우키는 카부토 시청에 들어가기를 선택했다. 어머니의 후광과는 별개로, 자신의 능력을 카부토시를 위해 쓰고 싶었다. 런던에서 유학하는 동안, 고등학교 때까지 산 카부토시에 대한 애착이 오히려 커졌다.

"다녀왔습니다."

집에 도착했다. 불은 켜져 있지만, 현관문은 잠겨 있었다. 문을 따고 안으로 들어갔다. 부모님은 없었다. 이 시간에는 둘이 산책하는 것이 일과였다. 어머니는 시장직을 내려놓은 뒤로 집에서 책을 읽으며 지낼 때가 많았다. 원래 스탠더드 제약에서 일하던 아버지 코조는 쉰두 살 때 직장을 잃고 나서 시민 수영장에서 관장으로 일했다.

코우키는 2층에 있는 자기 방으로 들어가 컴퓨터를 켰다. 인터넷을 보면서 부모님이 돌아오기를 기다렸지만, 두 사람은 좀처럼 돌아오지 않았다. 오후 일곱 시를 지나자 불안해졌다. 평소였으면 저녁을 먹었을 시간이다. 느낌이 좋지 않아 어머니에게 전화하려고 스마트폰을 집어 든 순간, 때마침 전화가 걸려 왔다. 어머니였다.

"코우키, 지금 어디야?"

어머니의 목소리가 절박했다. 코우키가 계단을 내려가면서 대답했다.

"집이야. 무슨 일 있어?"

"아버지가 쓰러졌어. 당장 와 줘. 위치는…."

어머니가 알려준 위치는 집에서 그리 멀지 않은 공원 앞이었다. 코우키는 집을 뛰쳐나가서 소형 오토바이를 타고 공원으로 향했다.

"엄마."

공원 앞에 어머니가 있었다. 아버지 코조는 아스팔트 위에 쓰러져 있었다. 어머니가 아버지의 가슴에 손을 얹고 심폐소생술을 하고 있었다. 얼굴을 찌푸린 아버지는 고통스러워 보여도 의식은 있는 것 같았다. 코우키는 어머니를 돕고 싶었지만 심폐소생술을 할 줄 몰랐다. 그 자리에서 지켜보는 수밖에 없었다.

마침내 구급차가 도착했다. 구급대원 세 명이 구급차에서 내려 아버지를 에워쌌다. 어머니가 설명했다. "갑자기 가슴을 부여잡고 괴로워했습니다. 남편은 3년 전에 협심증 발작으로 쓰러진 적이 있어요. 2년 정도 약을 먹었는데, 지금은 안 먹습니다."

어머니는 이성적이었다. 얼굴이 새파랗게 질렸으면서도 코우키보다 훨씬 침착했다. 구급대원들은 어머니의 말에 귀를 기울이며 혈압을 쟀다. 30대로 보이는 한 구급대원이 아버지의 얼굴을 보고 눈을 크게 떴다. 그 대원의 이름표에는 '타치바나 료'라고 적혀 있었다.

"옮기자. 심전도랑 제세동."

"네."

아버지는 들것에 실려 구급차 안으로 옮겨졌다. 코우키도 어머니와 함께 구급차에 올라탔다. 구급차가 사이렌을 울리며 출발했고, 구급대원은 들것 위에 누운 아버지의 셔츠를 벗기고 심전도 검사를 하려고 패치 같은 것을 가슴에 붙였다. 구급차 안에는 각종 의료기구와 모니터, 기계류가 완비되어 있었다.

"죄송하지만, 시시도 전 시장님이신가요?"

나이 많은 구급대원이 묻자, 옆에 앉은 어머니가 대답했다.

"네, 맞습니다."

"심장 마사지를 하셨죠? 심폐소생술을 배우셨나요?"

"네. 시장으로 재직하던 중에 직원들과 연수를 받았습니다."

"그렇군요. 방심은 금물이지만, 남편분은 아마 괜찮으실 겁니다."

코우키의 대각선 앞에서 타치바나 료라는 구급대원이 아버지의 가슴에 청진기를 대고 있었다. 눈이 마주치자, 타치바나 료가 믿음직하게 고개를 끄덕이며 말했다.

"이분은 꼭 살릴 겁니다."

10분 만에 카부토시 중앙 병원에 도착했다. 구급차에서 내려진 아버지는 이송용 침대에 실려 응급 환자용 입구로 병원에 들어갔다. 커다란 엘리베이터를 탔다. 엘리베이터가 3층에서 멈추고 문이 열리자, 맞은편에서 흰 가운을 입은 의사와 간호사 여럿이 채비하며 기다리고 있었다.

아버지에게 달려온 남자 의사에게 구급대원이 상황을 보고했다. 간호사들은 빠릿빠릿하게 움직였다. 한 여자 간호사가 아버지의 얼굴을 보고 "아"라고 짧게 외쳤다.

"료, 설마 이 사람."

"맞아요." 타치바나 료라는 구급대원이 대답했다. "꼭 살려주세요. 나카지 선생님, 잘 부탁드려요."

남자 의사가 이송용 침대 위에 누운 아버지를 보더니 크게 고개를 끄덕였다.

"당연히 살려야지. 나도 이 사람한테 빚이 있는걸."

아버지는 복도 안쪽으로 이동해서 처치실에 들어갔다. 복도 한쪽에 벤치가 있어서 어머니와 나란히 앉았다. 처치실에 달린 빨간 등에 불이 들어왔다.

아침을 맞은 병원은 고요했다. 오전 여덟 시를 지난 시간이었다. 어젯밤, 아버지는 한 시간 정도 치료를 받았다. 수술은 필요하지 않아서 투약 치료만 했다. 일주일 정도 입원하라기에 어젯밤 코우키도 병원에서 밤을 새웠다. 어머니는 병원에서 지내며 입을 옷가지를 가지러 잠깐 집에 갔다.

1층 매점이 문을 열기 전이라 자판기에서 캔커피를 샀다. 코우키는 가까운 벤치에 앉아서 크게 한숨을 뱉었다. 아버지가 살아서 다행이다. 구급대원도 말했지만, 어머니가 제때 심폐소생술을 한 덕이 큰 것 같다.

우리 부모님은 사이가 별로 좋지 않다고, 어릴 때는 죽 그렇게 생각했다. 그런데 코우키가 초등학교 6학년 때 어머니가 시청에서 괴한에게 습격당하는 사건이 일어나자, 아버지가 몸을 던져 어머니를 구했다. 평소에는 티격태격하던 부모님이었지만, 그래도 깊은 데서 강하게 연결된 부부였다.

"시시도."

누가 이름을 불러서 고개를 들어보니, 어젯밤 아버지를 실어다 준 타치바나 료라는 구급대원이 걸어오고 있었다. 타치바나 료는 코우키 옆에 앉아서 미소 지으며 말했다.

"지금 나카지 선생님한테 병세가 어떤지 들었어. 심각하지 않아서 다행이다."

타치바나 료는 사복 차림이었다. 야근을 마치고 일부러 달려와 준 모양이다. 타치바나 료가 이어서 말했다.

"다 컸구나. 나 기억나?"

기억나지 않는다. 어릴 때 만난 적이 있었나. 그러고 보니 아버지와 아는 사이인 것 같았다.

"죄송해요. 기억이 안 나요."

"그럴 만하지. 벌써 10년도 더 된 일이니까."

사복을 입은 여자들이 복도를 가로질렀다. 출근한 간호사들인가 보다. 그녀들의 발소리와 함께 병원 안이 서서히 활기를 띠었다.

"어젯밤에 감사했습니다."

코우키가 고개를 숙이자, 타치바나 료는 멋쩍게 웃으며 말했다.

"그게 내 일인걸."

"대원님, 아버지랑 아는 사이세요?"

"뭐, 그렇지. 예전에 내가 신세를 졌거든. 시시도, 잠깐 시간 있어?"

"네. 오늘 휴가를 얻었거든요. 그건 왜 물으세요?"

타치바나 료는 대답하지 않고 일어나서 자판기 앞에 섰다. 지갑을 들고 잠시 서 있다가 뒤돌아서 이마를 긁적이며 말했다.

"시시도, 동전 좀 빌려줄래? 만 엔짜리밖에 없어서."

"네."

코우키는 자신의 지갑에서 동전을 꺼내 건넸다. 캔커피를 산 타치바나 료는 다시 코우키 옆에 앉더니 지갑에서 작은 종이를 꺼내서 코우키에게 내밀었다.

"캔커피를 얻어먹은 답례. 내 부적이야. 그거 당첨일지도 몰라."

그가 내민 것은 복권이었다. 몹시 구깃구깃한 것으로 보아 오래된 복권인 것 같았다. 확인해 보니 지금으로부터 10년도 더 된 날짜였다. 당첨금을 받을 수 있는 기한은 1년이 아니었나.

"내가 너보다 조금 더 어릴 때 일이야. 그때 나는 대학교 4학년 이었어. 취업이 안 돼서….

타치바나 료가 차분한 목소리로 이야기를 시작했다.

옮긴이 권하영

한국외국어대학교 일본어통번역학과를 졸업하고, 이화여자대학교 통역번역대학원에서 한일번역을 전공하였다. 번역작으로 《전남친의 유언장》, 《루팡의 딸2》, 《루팡의 딸3》, 《루팡의 딸4》, 《루팡의 딸5》, 《내가 나를 버린 날》, 《9번째 18살을 맞이하는 너와》, 《치유를 파는 찻집》, 《닌자의 딸》 등이 있다.

삐에로의 소원해결소

초판 2023년 12월 6일 1쇄
저자 요코제키 다이
옮긴이 권하영
일러스트 제딧
디자인 전여원
ISBN 979-11-93324-07-3 03830

출판사 북플라자
주소 서울시 강남구 논현동 118-13 5층
홈페이지 www.bookplaza.co.kr

영화 판권, 오탈자 제보 등 기타 문의사항은 book.plaza@hanmail.net으로 보내주세요.
잘못된 책은 구입하신 서점에서 교환해 드립니다.